www.ingramcontent.com/pod-product-compliance
Ingram Content Group UK Ltd.
Pitfield, Milton Keynes, MK11 3LW, UK
UKHW012248290726
14090UKWH00013B/525

9 786140 135758

قبل أن
تبرد القهوة

قبل أن تتلاشى ذاكرتك

before the coffee gets cold

Before your Memory Fades

قبل أن تبرد القهوة

قبل أن تتلاشى ذاكرتك

before the coffee gets cold
Before your Memory Fades

توشيكازو كواغوشي
Toshikazu Kawaguchi

ترجمها من اليابانية: **جيفري تروسيلوت**

تعريب

منتدى فايز علمي

مراجعة وتحرير

مركز التعريب والبرمجة

الدار العربية للعلوم ناشرون
Arab Scientific Publishers, Inc.

يتضمن هذا الكتاب ترجمة الأصل الإنكليزي
BEFORE YOUR MEMORY FADES
حقوق الترجمة العربية مرخّص بها قانونيًا من
Sunmark Publishing, Inc. as represented by Gudovitz & Company Literary Agency LLC, Brooklyn, New York 11211, USA
بمقتضى الاتفاق الخطي الموقّع بينه وبين الدار العربية للعلوم ناشرون

الطبعة الأولى: شباط/فبراير 2023 م - 1444 هـ

ردمك 978-614-01-3575-8

إصدار
الدار العربية للعلوم ناشرون م م ح
مركز الأعمال، مدينة الشارقة للنشر
المنطقة الحرة، الشارقة
الإمارات العربية المتحدة
جوال: 585597200 971+ - داخلي: 0585597200
هاتف: 786233 – 785108 – 785107 (1-961+)
البريد الإلكتروني: asp@asp.com.lb
الموقع على شبكة الإنترنت: http://www.asp.com.lb

التوزيع في المملكة العربية السعودية
دار إقـــراء للنـــشـــر

تصميم الغلاف: **علي القهوجي**

المحتويات

إنْ كنت تستطيع العودة، فمن تود أن تقابل؟

تودوروكي

الممثل الكوميدي الذي يشكّل مع كوتا هاياشيدا الثنائي الكوميدي الناجح بورون دورون. توفيت زوجته، سيتسوكو يوشيوكا، منذ خمس سنوات.

كوتا هاياشيدا

الممثل الكوميدي الذي يشكّل مع تودوروكي الثنائي الكوميدي الناجح بورون دورون.

رجل عجوز يرتدي بذلة سوداء

شبح يجلس إلى الطاولة الأقرب إلى المدخل، في الكرسي الذي يتيح لك السفر عبر الزمن. يغادر الكرسي مرة واحدة في اليوم للذهاب إلى المرحاض.

كيتشي سيتو

والد يايوي سيتو.

سيتسوكو يوشيوكا

زوجة الجنرال تودوروكي توفيت قبل خمس سنوات.

يعود إلى الماضي

يايوي سيتو

شابة توفي والداها في حادث سيارة عندما كانت في السادسة من عمرها.

يعود إلى الماضي

ميوكي سيتو

والدة يايوي سيتو. ماتت في حادث سيارة عندما كانت يايوي في السادسة.

جاء من الماضي

ساتشي توكيتا

ابنة كازو توكيتا البالغة من العمر سبع سنوات، تقدّم القهوة خلال المراسم التي تتيح للناس السفر عبر الزمن.

يعود إلى الماضي

يوكاري توكيتا

المالكة السابقة لدونا دونا، سافرت إلى أمريكا لتساعد صبياً في العثور على والده.

جاء من الماضي

ريغي أونو

طالب جامعي وممثل كوميدي طموح يعمل في دونا دونا. صديق الطفولة لناناكو ماتسوبارا.

كازو توكيتا

ابنة عم ناغاري توكيتا، والدة ساتشي، تعمل في دونا دونا منذ أن سافرت يوكاري توكيتا.

ناغاري توكيتا

والد ميكي توكيتا، ابن يوكاري توكيتا. يدير مقهى والدته دونا دونا، ويمتلك فونيكولي فونيكولا في طوكيو. توفيت زوجته "كي" قبل خمسة عشر عاماً وهي تنجب ميكي.

ناناكو ماتسوبارا

طالبة جامعية وزبونة منتظمة في دونا دونا، وهي صديقة الطفولة لريغي أونو.

الدكتورة ساكي موراوكا

طبيبة نفسية في المستشفى وزبونة دائمة في دونا دونا.

ريكو نونوكاوا

زبونة منتظمة في دونا دونا. توفيت أختها الصغرى يوكيكا قبل بضعة أشهر.

يوكيكا نونوكاوا

الشقيقة الصغرى لريكو نونوكاوا. عملت بدوام جزئي في دونا دونا وتوفيت قبل بضعة أشهر.

1

الابنة

سألته كي بصوتٍ مشوش عبر الهاتف: "لِمَ أنت في هوكايدو؟".

أجابها ناغاري توكيتا: "اهدئي، كل شيء على ما يرام".

إنها المرة الأولى التي يسمع بها ناغاري صوت زوجته منذ أربعة عشر عامًا. كان في جزيرة هوكايدو، وتحديدًا في مدينة هاكوداته.

تملأ المنازل ذات الطراز الغربي مدينة هاكوداته، والتي يعود تاريخ بنائها إلى أوائل القرن العشرين. تتميّز هذه المنازل المنتشرة في جميع أنحاء المدينة بطرازٍ معماري فريد، يتمثل بالطبقات الأرضية ذات الطابع الياباني، والطبقات العليا ذات الطابع الغربي. تقع منطقة موتوماتشي (ومعناها "المدينة الأصلية") عند سفح جبل هاكوداته، وتُعدّ مقصدًا سياحيًا شهيرًا. يكمن سحر البلدة القديمة في المواقع التاريخية الشهيرة، مثل القاعة القديمة العامة، وعمود الكهرباء الخرساني المستطيل - الأول من نوعه في اليابان - والمستودعات التي شُيّدت بالطوب الأحمر في منطقة الخليج التاريخية.

كانت كي تتحدّث من طوكيو، وبالتحديد من مقهى فونيكولي فونيكولا، الذي يقدّم لروّاده فرصة السفر عبر الزمن. حيث سافرت خمسة عشر عامًا إلى المستقبل من أجل مقابلة ابنتها. في ذلك المقهى في طوكيو، لم يكن لديها سوى وقت قصير لتشرب قهوتها قبل أن تبرد. ونظرًا لأن ناغاري كان بعيدًا، في هوكايدو في شمال اليابان، لم يكن يعلم كم بردت قهوتها، لذلك حرص على التركيز على المسألة المهمة.

قال ناغاري: "ليس هناك وقت لشرح سبب وجودي في هوكايدو، من فضلك استمعي إليّ فقط".

أدركت كي جيدًا أنها لا تملك وقتًا كافيًا، فردّت باستياء: "ماذا تقصد بقولك ليس هناك وقت؟ يجب عليّ أنا قول ذلك".

لم يعر ناغاري انتباهًا لكلامها، وتابع: "هناك فتاة تبدو كأنها في المدرسة الإعدادية، أليس كذلك؟".

أجابته كي: "ماذا؟ تلميذة؟ نعم، إنها هنا. الفتاة نفسها التي زارت المقهى منذ حوالى أسبوعين؛ لقد أتت من المستقبل لتلتقط صورة معي".

حدث هذا منذ أسبوعين بالنسبة إلى كي، لكنها كانت تشير إلى شيء حدث منذ خمسة عشر عامًا بالنسبة إلى ناغاري.

قال ناغاري: "عيناها كبيرتان ودائريتان، وترتدي كنزة عالية الياقة؟".

ردّت كي: "نعم، نعم، ما بها؟".

أجاب ناغاري: "حسنًا، اهدأي واسمعيني، لقد سافرت خمسة عشر عامًا إلى المستقبل عن طريق الخطأ".

قالت كي: "كما أخبرتك، بالكاد أستطيع سماع ما تقوله".

عندما حاول ناغاري إخبارها شيئًا مهمًا، سمع نفخة هواء قوية كأنها عاصفة تضرب هاتفه، جعلت التواصل مع كي شبه مستحيل. تابع ناغاري بسرعة نظرًا لضيق الوقت، وقال بصوتٍ أعلى: "تلك الفتاة التي تنظرين إليها".

أجابت كي: "ما بها هذه الفتاة؟".

ردّ ناغاري: "إنها ابنتنا".

سألت كي: "ماذا؟".

خيّم الصمت على سماعة الهاتف التي يحملها ناغاري، واختفى صوت كي، وسمع صوت ساعة فونيكولي فونيكولا الوسطى، كان رنين جرسها مألوفًا بالنسبة إليه، فتنهّد وبدأ يشرح بهدوء.

قال: "لقد وافقتِ على السفر عشرة أعوامٍ إلى المستقبل، لذلك تعتقدين أن طفلتك ستكون في سن العاشرة تقريبًا، ولكن حدث خطأ ما جعلك تسافرين خمسة عشر عامًا. لقد حدث خلط بين عشرة أعوام وخمس عشرة ساعة، وخمسة عشر عامًا وعشر ساعات. انظري إلى الساعة الوسطى، إنها تشير إلى الساعة العاشرة، أليس كذلك؟".

قالت كي بارتباك: "أجل".

قال ناغاري: "نحن في هوكايدو لأسباب لا مجال لذكرها الآن، ولن أشرحها الآن لأننا لا نملك وقتًا كافيًا".

كان ناغاري يسرع بالشرح، ولكنه توقف قليلًا وقال بلطف: "على أي حال، لم يبقَ لديك متسع من الوقت، لذا أمعني النظر إلى ابنتنا

البالغة فحسب، واطمئني إلى أنها تتمتع بصحة جيدة، ثم عودي إلى حاضرك"، ثم أنهى المكالمة.

من المكان الذي كان يقف فيه، استطاع ناغاري رؤية الطريق المستقيم المنحدر الممتد بجانب المحيط الأزرق، وبدت السماء من خلفه كأنها تتوج ميناء هاكوداته. بعد ذلك دخل المقهى مترنحًا.

صوت رنين الجرس

تتميّز هاكوداته بالعديد من الشوارع المنحدرة. سمي تسعة عشر شارعًا منها، بما في ذلك شارع توينتي أسترايد رايز، الذي يبدأ من أقدم عمود للكهرباء، وشارع إيت بانير رايز، الذي يبدأ بالقرب من المستودعات التي شُيّدت بالطوب الأحمر في منطقة خليج هاكوداته السياحية. وهناك أيضًا شارع فيش فيو رايز، وشارع شيب فيو رايز، اللذان يعبران من واجهة هاكوداته البحرية. على الجانب الآخر من التل، يمرّ شارع كوكيل رايز وشارع غرين ويلو رايز نحو يوغاشيراشو، التي تعني رأس الوادي. ولكن هناك شارعًا واحدًا منحدرًا لا تظهره الخرائط السياحية ولا اسم له. يشير إليه السكان المحليون بالشارع غير المسمى الذي يقع في وسطه مقهى دونا دونا الذي يعمل ناغاري فيه، والذي هناك أسطورة غريبة متداولة بشأن أحد كراسيه.

من يجلس على هذا الكرسي، سيتمكّن من السفر عبر الزمن إلى أي وقتٍ يريده.

لكن القواعد كانت مزعجة للغاية:

1. الأشخاص الوحيدون الذين يمكن للجالس على الكرسي مقابلتهم في الماضي، هم أولئك الذين سبق لهم أن زاروا المقهى.
2. لا شيء يحصل في الماضي يمكنه أن يغير الحاضر.
3. لا سبيل للعودة إلى الماضي، سوى الجلوس على هذا الكرسي حصرًا، وإذا لم يكن شاغرًا، فيجب الانتظار حتى يشغر.
4. أثناء السفر عبر الزمن، يجب البقاء على الكرسي وعدم التحرك منه مطلقًا.
5. تبدأ الرحلة عندما تُسكب القهوة، ويجب أن تنتهي قبل أن تبرد.

مع أن هذه القواعد غير مستساغة، إلا أن كثيرًا ممن سمعوا بها لا يكفّون عن زيارة المقهى.

عندما عاد ناغاري بعد أن أنهى مكالمته الهاتفية، نهضت ناناكو ماتسوبارا عن كرسيها، واتجهت نحوه، وسألته: "ناغاري، لماذا لم تبقَ في طوكيو؟ أما زلت تعتقد أن المجيء إلى هنا كان فكرةً سديدة؟".

تدرس ناناكو في جامعة هاكوداته. كانت ترتدي كنزة ذات لون قشدي مدسوسة في بنطالها الفضفاض. بدت عصرية قليلًا بتبرّجها الناعم، وشعرها الأجعد المربوط على شكل ذيل حصان. سمعت ناناكو أن زوجة ناغاري المتوفاة ستزوره من الماضي لتقابل ابنتها في مقهى طوكيو، وبالنظر إلى أنها كانت الفرصة الوحيدة لمقابلة زوجته التي لم

يرها منذ أربعة عشر عامًا، اعتقدت ناناكو أنّ من المستغرب أن يقرر ناغاري إلقاء التحية على زوجته عبر الهاتف بدلًا من رؤيتها شخصيًا.

أجابها ناغاري بشكلٍ غامض: "نعم، ربما"، ثم سار بجوارها، واتجه إلى خلف المنضدة. جلست الدكتورة ساكي موراوكا على الكرسي بجانب ناناكو، بدت ناعسة وهي تحمل كتابًا في يدها. تعمل ساكي في قسم الطب النفسي في أحد مستشفيات هاكوداته، وهي وناناكو من رواد المقهى المنتظمين. نظرت ناناكو إلى ناغاري، الرجل العملاق الذي يبلغ طوله مترين تقريبًا، وسألته بفضول: "ألا تشعر بالرغبة في رؤيتها مجددًا؟".

ردّ ناغاري: "بالتأكيد، لكن يجب عليّ تقبّل الحقيقة".

سألته ناناكو: "وما هي هذه الحقيقة؟".

أجابها: "لقد عادت لترى ابنتها، لا لتراني".

اعترضت ناناكو: "ولكن مع ذلك.."

قاطعها قائلًا: "لا بأس، صحيح أنه مرّ بعض الوقت، لكن ذكرياتي لا تزال حيّة".

قصد ناغاري أنه سيفعل كل ما في وسعه ليجعل الوقت بين الأم وابنتها أكثر قيمة.

قالت ناناكو بإعجاب: "أنت لطيف جدًا يا ناغاري".

احمرّت أذناه خجلًا، وقال: "يا إلهي".

ردّتْ: "لا داعي للخجل".

"أنا لست خجلًا على الإطلاق"، واختفى على الفور في المطبخ ليهرب منها.

خرجت النادلة كازو توكيتا من المطبخ لتأخذ مكانه، كانت تضع مئزرًا أزرق فوق قميصها الأبيض وتنورتها ذات اللون القشدي المكشكشة. إنها في السابعة والثلاثين من العمر، لكن روحها المفعمة بالحيوية والسعادة جعلتها تبدو أصغر سنًّا وأكثر شبابًا.

غيّرت ناناكو موضوع الحديث بعد أن أخذت كازو مكان ناغاري خلف المنضدة، وسألت ساكي: "ما هو رقم السؤال الذي وصلتِ إليه؟".

أجابتها ساكي: "امـمم، السؤال الرابع والعشرون". لم تبدِ ساكي اهتمامًا بالمحادثة التي دارت بين ناناكو وناغاري، بل كانت تقرأ كتابها باهتمام.

قالت ناناكو وكأنها تذكّرت فجأة: "أجل... أجل..."، ثم ألقت نظرة خاطفة على كتاب ساكي.

قلبت ساكي صفحات عدة إلى الوراء، وقرأت بصوت عالٍ:

ماذا ستفعل إن كان العالم سينتهي غدًا؟ مئة سؤال

السؤال الرابع والعشرون

إذا كنت مغرمًا بشخص ما، وعلمت أن نهاية العالم ستحلّ في الغد، فماذا ستفعل؟

1. هل تتزوجه؟
2. أم لا ترى جدوى من ذلك؟

"حسنًا، ماذا ستختارين؟". أبعدت ساكي عينيها عن الكتاب، ونظرت إلى ناناكو.

أجابت ناناكو: "امـمم، لست متأكدة مما سأفعله".

فردّتْ ساكي: "هيّا، أخبريني. ماذا كنتِ ستفعلين؟".

"حسنًا، ماذا عنكِ يا ساكي، ماذا كنتِ ستفعلين؟".

"أنا؟ أعتقد أنني كنت سأتزوجه".

"لماذا؟".

"لأنني لا أحب أن أموت وأنا أشعر بالندم".

"أوه، وجهة نظر جديرة بالاهتمام".

"إذًا، أتقولين أنك لن تتزوجيه؟".

بعد أن أجبرتها ساكي على الإجابة، هزّت ناناكو رأسها، ثم قالت بهدوء: "لا أعرف، حسنًا، ربما سأفعل ذلك إذا كنت متأكدة من أنه يحبني، ولكن إن لم أكن متأكدة من مشاعره، فغالبًا لن أتزوجه".

سألتها ساكي: "حقًا؟ ولم لا؟".

وجدت ساكي صعوبة في تقبل ما صرّحت به ناناكو، التي أجابتها: "حسنًا، إذا علمت أنه يحبني، فلن ينزعج، أليس كذلك؟".

أجابت ساكي: "كلا، لا أعتقد ذلك".

"ولكن إن لم يكن يحبني، فسأجبره بهذه الطريقة على التفكير بي بشكل مختلف، وأنا أكره أن أضيف له سببًا يزعجه".

"صحيح، هذا يحدث بالفعل، خصوصًا مع الرجال. في يوم عيد الحب مثلًا، عندما يتلقى رجلٌ ما الشوكولاتة من امرأة لم يسبق له أن فكّر فيها، يدرك فجأة وجودها".

"سأشعر بالذنب إذا تسببت له بمزيد من القلق والانزعاج في الوقت الذي يوشك فيه العالم على الانتهاء، كما أنني سأنزعج شخصيًا إذا تبيّن

لي أنه لا يهتم بي، لذلك لا أعتقد أنني سأفعل ذلك، مع أن التقدّم للزواج من شخصٍ ما قد يكون مؤثّرًا".

"أعتقد أنك تأخذين الأمر على محمل الجد يا ناناكو".

"حقًا!".

"بالتأكيد، فالعالم لن ينتهي غدًا بالفعل".

"نعم، أنت محقة".

كانتا تثرثران قبل أن يخرج ناغاري ليجري المكالمة الهاتفية. انحنت ناناكو على المنضدة، وسألت: "ماذا عنك يا كازو، ماذا ستفعلين؟". عندها نظرت ساكي بدورها إلى كازو باهتمامٍ كبير.

قالت كازو: "حسنًا، كنت سـ..." وقاطعها صوت رنين الجرس.

صوت رنين جرس الباب

التفتت كازو تلقائيًا إلى المدخل عندما سمعت رنين الجرس، وعادت للتصرف كنادلة، فقالت: "أهلًا وسهلًا". عندما رأت ناناكو وساكي ذلك، لم تضغطا عليها لتجيبهما عن سؤالهما. عندها دخلت فتاة ترتدي فستانًا ورديًا فاتحًا المقهى، وقالت بحماسة: "لقد عدت!".

إنها ابنة كازو وهي في السابعة من العمر، وتدعى ساتشي توكيتا. كانت تحمل على كتفها حقيبةً بدت ثقيلة، وتمسك ببطاقةٍ بريدية في يدها، أرسلها لها كوكو شينتاني -والدها وزوج كازو- الذي كان مصوّرًا مشهورًا عالميًا. بعد زواجه، تكنى كوكو بكنية عائلة توكيتا، ولكنه عمل تحت كنيته الخاصة. يُحتّم عليه عمله التنقل في جميع أنحاء العالم

لتصوير المناظر الطبيعية. لذا، لم يكن يمضي في اليابان سوى أيام معدودة في السنة، واعتاد أن يرسل لساتشي بطاقات بريدية كثيرة طُبعتْ عليها صور سبق له أن التقطها.

رحبّت ناناكو بساتشي، قائلة: "أهلًا بعودتك". بينما كانت كازو تنظر إلى الشاب الذي دخل بعد ساتشي.

قال ريغي أونو، وهو يعمل بدوام جزئي في المقهى: "صباح الخير".

ارتدى ريغي ملابس غير رسمية؛ بنطال جينز وكنزة بيضاء. لقد ظهرت قطرات العرق على جبهته، وكان يلهث، وهذا يدل أنه صعد التل بخطوات سريعة.

قال ريغي وهو يشرح سبب دخوله مع ساتشي، مع أن أحدًا لم يسأله: "حدث أن وصلنا في الوقت نفسه".

اتجه ريغي إلى المطبخ، وألقى التحية على ناغاري. كانوا على وشك البدء في التحضير لفترة الغداء التي تشهد في العادة ازدحامًا، والتي ستبدأ في غضون ساعتين.

جلست ساتشي إلى الطاولة بجوار النافذة الكبيرة المطلة على ميناء هاكوداته الخلاب، إنها تعتبرها ركنها الخاص بالدراسة.

كان هناك زبائن آخرون في المقهى إلى جانب ناناكو وساكي، فقد جلس رجل عجوز يرتدي بذلة سوداء رسمية إلى الطاولة القريبة من مدخل المقهى، وجلست امرأة تناهز ناناكو سنًّا إلى طاولة تحيط بها أربعة كراسٍ، وهي التي لم تبارح مكانها منذ أن فتح المقهى أبوابه صباحًا، ولم تفعل شيئًا

سوى التحديق من النافذة. يفتح المقهى أبوابه باكرًا، في الساعة السابعة صباحًا، لجذب السياح الذين يزورون السوق الصباحية.

وضعت ساتشي حقيبتها على الطاولة، فأصدر ارتطامها صوتًا مرتفعًا، وبدا جليًا أن هناك شيئًا ثقيلًا في داخلها.

جلست ناناكو على الكرسي المقابل لساتشي، وسألتها: "ما يوجد داخل الحقيبة؟ هل ذهبتِ مجددًا إلى المكتبة؟".

"نعم".

حدثتها ناناكو قائلة: "تبدين مولعة بالقراءة".

"نعم".

عرفت ناناكو أن ساتشي تزور المكتبة باكرًا عندما يكون لديها عطلة لاستعارة الكتب، وصادف اليوم ذكرى تأسيس مدرستها الابتدائية، فمنحتْ عطلة. بدأت ساتشي ترتب بفرح الكتب التي استعارتها حديثًا على الطاولة.

سألتها ناناكو: "ما نوع الكتب التي تحبين قراءتها؟".

نهضت الدكتورة ساكي موراوكا عن كرسيها، واقتربت منهما، ثم قالت بحماسة: "أريد أن أعرف ما هي الكتب التي تعجبك يا ساتشي؟ وما الكتب التي استعرتها اليوم؟".

مدّت ناناكو يدها، وأمسكت أحد الكتب، قرأت عنوانه: "تحدي الأعداد التخيلية والصحيحة".

أمسكت ساكي كتابًا آخر، وقرأت: "نهاية العالم في الكون المحدود، ميكانيكا الكم الحديثة".

تناوبت ناناكو وساكي على قراءة العناوين بصوت عالٍ.

ناناكو: "مشاكل الفن الكلاسيكي والدروس المستقاة من بيكاسو".

ساكي: "الروحانية الكامنة في المنسوجات الأفريقية".

أذهلت هذه العناوين ناناكو وساكي، فتغيرت تعابير وجهيهما. كان هناك كتب أخرى على الطاولة لم يقرآ عناوينها بعد، لكن لم ترغب أي منهما بفعل ذلك.

بدت ناناكو مندهشة عندما قالت: "حسنًا، تبدو هذه الكتب صعبة للغاية".

أمالت ساتشي رأسها، وقالت بشيء من عدم اليقين: "هل هي صعبة حقًا؟".

ردّت ساكي: "عزيزتي ساتشي، إذا كنت تستطيعين فهم هذه الكتب، فأعتقد أننا سنضطر لمناداتك بالدكتورة ساتشي!". تنهدت ساكي وهي تنظر إلى كتاب *الروحانية الكامنة في المنسوجات الأفريقية*، فهذا الكتاب يشبه الأدبيات العلمية التي يقرؤها العاملون في مجال الطب النفسي، مثل ساكي.

قالت كازو من خلف المنضدة، في محاولة منها لمواساة المرأتين البالغتين: "إنها ليست مهتمة بفهم هذه الكتب، بل تحب النظر إلى هذه المؤلفات الشيقة فحسب".

قالت ساكي: "بالرغم من ذلك، لايزال الأمر رائعًا... أليس كذلك يا ناناكو؟".

أجابت ناناكو بذهول: "نعم... رائع".

أرادتا القول إن هذه ليست كتبًا تختارها فتاة تبلغ من العمر سبع سنوات.

عادت ناناكو إلى كرسيها بجوار المنضدة، والتقطت الكتاب الذي كانت ساكي تقرؤه، وبدأت تقلب صفحاته، ثم قالت: "هذا الكتاب يناسبني تمامًا".

قصدت أن هذا الكتاب لا يحتوي سوى بضعة أسطر في الصفحة بدلًا من بقية الكتب ذات الصفحات المحشورة بنصوصٍ مكتوبة بخط صغير.

يبدو أن هذا الكتاب أثار اهتمام ساتشي أيضًا، فسألتها: "ماذا تقرئين؟".

أعطتها ناناكو الكتاب، قائلة: "أترغبين بقراءة بعض منه؟".

اتسعت عينا ساتشي من الإثارة، وقرأت العنوان بصوت عالٍ: "ماذا ستفعل إن كان العالم سينتهي غدًا؟ مئة سؤال، يبدو ممتعًا جدًا".

عرضت عليها ناناكو: "هل تريدين تجربته؟".

ناناكو هي من أحضرت الكتاب إلى المقهى، لذلك كانت سعيدة لأن ساتشي أبدت اهتمامًا به.

ابتسمت ساتشي وهي تجيبها: "بالتأكيد! حسنًا، من الأفضل أن نبدأ القراءة من السؤال الأول. لنقم بذلك".

قالت ناناكو: "هذه فكرة جيدة". فتحت الكتاب على الصفحة الأولى، وقرأت بصوتها الرنان:

"السؤال الأول.

أمامك غرفة لا يستطيع دخولها إلا شخص واحد، إذا دخلتها، ستنجو من نهاية العالم.

إذا كان العالم سينتهي غدًا، فما الإجراء الذي ستتخذه؟

1. ستدخل الغرفة.

2. ستفضل عدم الدخول.

حسنًا، أيهما ستختار؟".

قطّبت ساتشي حاجبيها، وقالت بحيرة: "ممم". ابتسمت ناناكو وساكي وهما تشاهدان ساتشي تفكّر مليًا في السؤال. ربما بسبب شعورهما بالراحة لأنها بدت فتاة صغيرة تبلغ من العمر سبع سنوات، رغم ما حدث سابقًا.

سألت ناناكو ساتشي وهي تدرس تعابير وجهها: "هل هذا السؤال صعب عليك يا ساتشي؟".

أجابتها ساتشي بثقة: "لن أدخل الغرفة".

بدت ناناكو مندهشة من قرار ساتشي الحازم. اختارت ناناكو دخول الغرفة، وكذلك ساكي. ابتسمت كازو وهي تصغي للمحادثة من مكانها خلف المنضدة.

سألتها ناناكو: "لماذا اخترت عدم الدخول؟". لقد صدمها قرار هذه الفتاة الصغيرة عدم دخول الغرفة.

جلست ساتشي مستقيمة الظهر، من دون أن تلاحظ الحيرة على وجهي ناناكو وساكي، ثم ذكرت سببًا لم يخطر على بالهما.

قالت: "حسنًا، إذا بقيت وحدي على قيد الحياة، فهذا يعني أنني سأموت وحيدة، ألا تعتقدين ذلك؟".

ساد الصمت، فقد عجزت ناناكو وساكي عن الكلام. بدت ناناكو مذهولة، بينما انحنت ساكي وقالت: "ساتشي، إجابتك أفضل من إجابتي" لقد توجب عليها الاعتراف بعمق إجابة الفتاة، التي لم تفكّر بها على الإطلاق. تبادلت ناناكو وساكي النظرات وفكرتا في الأمر نفسه: *ربما تفهم تلك الفتاة بالفعل هذه الكتب الصعبة التي تقرؤها!*

قال ريغي، الذي خرج من المطبخ مرتديًا مئزره: "آه، أنت تقرئين هذا الكتاب مرةً أخرى، إنه يلقى رواجًا كبيرًا في الوقت الحالي".

قالت ساكي: "حسنًا، لا بد من أنه يلقى رواجًا كبيرًا ما دام ريغي قد سمع به".

ردّ ريغي: "ماذا تقصدين بذلك؟".

أجابت ساكي: "لا يبدو أنك تقرأ كثيرًا، هذا كل ما في الأمر".

قال ريغي: "أوووف! ليكن في علمك أنني أنا من أعار هذا الكتاب لتلك المرأة أساسًا".

عادة سيكون من الوقاحة أن تقول (تلك المرأة)، خاصة أن ناناكو كانت تجلس بجوارهما. لكن ريغي وناناكو ترعرعا معًا، وهما يدرسان في الجامعة نفسها، لذلك كان يتصرف بشيء من الرعونة عندما يتعلق الأمر بها.

تأوهت ساكي وهي تسأله: "حقًا؟".

أجابت ناناكو: "نعم، قال ريغي إنه كتاب ممتع، وأعارني إياه. يشهد هذا الكتاب رواجًا، وبإمكانك رؤية كل طلاب الجامعة وهم يحملونه".

قالت ساكي: "يبدو أنه كتاب رائج حقًا".

مدّت الدكتورة ساكي موراوكا يدها رغبةً منها بأن تلقي نظرة أخرى على الكتاب، فمررته ناناكو لها، وقالت: "لقد أثار اهتمام الجميع".

قالت ساكي: "حسنًا، أستطيع فهم سبب ذلك".

كانت شهرته منطقية بالنسبة إلى ساكي، فقد كانت منهمكة في قراءته حتى خرج ناغاري لإجراء مكالمته الهاتفية. والآن، أثار هذا الكتاب اهتمام ساتشي أيضًا. اعتقدت ساكي أن شهرته ستعمّ شتى أنحاء البلاد، فقالت وهي تقلب صفحاته وتلقي نظرة ثانية عليها: "مثير للاهتمام".

نهضت الشابة التي جلست هناك منذ أن فتح المقهى صباحًا، وقالت: "شكرًا لكَ، كان ذلك لذيذًا".

اتجه ريغي إلى ماكينة المحاسبة، وقال: "الشاي المثلج وقطعة كيك، أليس كذلك؟ الحساب سبعمئة وثمانون ينًا، من فضلك".

أخرجت المرأة محفظتها من حقيبة كتفها من دون أن ترد. فأسقطت بالخطأ صورة على الأرض، ولم يلحظ أحد ذلك.

ناولته ورقةً نقدية من فئة ألف ين، وقالت: "تفضل". ضغط ريغي على مفاتيح ماكينة المحاسبة، فأصدرت صوتًا، ثم فُتح الدرج، فأخرج منه ريغي المال ببراعة، بطريقةٍ تظهر أنه تعود على فعل ذلك، وقال: "تفضلي مئتين وعشرين ينًا".

أخـذت المـال مـن يـد ريغـي بصـمت، وتوجّهـت صـوب البـاب وهي تتمتم: "ما قالتـه تلـك الفتـاة صحيح. أُفضّـل المـوت علـى العيش وحدي".

صوت رنين جرس الباب

ودّعها ريغي قائلًا: "شكرًا.. على.. قدومك". لم يكـن وداعـه هـذه المرة واضحًا ولطيفًا كعادته.

عاد ريغي وهو يلتفت إلى الوراء، سألته ساكي: "ما الأمر؟".

قال ريغي: "... أفضل الموت!"

صرخت ناناكو متفاجئة: "ماذا؟".

ردّ ريغي بسرعة: "لا، لا! قالت تلك المرأة إنها تفضل الموت على العيش وحدها".

ضربته ناناكو على ظهره وهو يمشي، وقالت: "لقد أخفتني".

بدت ساكي مرتبكة، ونظـرت إلـى كـازو مستفسـرة، فلـم يكـن هـذا التعليق شيئًا يمكن تجاهله. ثبتـت كـازو نظرهـا علـى المـدخل، وقالـت: "نعم، هذا غريب".

بدا أن الوقت توقف للحظة.

أعـادتهم ساتشـي إلـى وعـيهم، وقالـت: "مـا هـو السـؤال التـالي؟". كانـت عيناهـا تناشـدهم لمتابعـة المئـة سـؤال. لكـن سـاكي نظـرت إلـى الساعة المعلقة على الحائط، ووقفت قائلة: "أوه، انظري إلى الساعة".

إنها العاشرة والنصف.

كان في المقهى ثلاث ساعات كبيرة معلقة على الحائط تمتد من الأرض إلى السقف. الأولى بالقرب من المدخل، والثانية في وسط المقهى، والأخيرة بجوار النافذة الكبيرة المطلة على ميناء هاكوداته. كانت ساكي تنظر إلى الساعة الوسطى. كانت عقارب الساعة القريبة من المدخل تتحرك بسرعة، بينما تتحرك عقارب الساعة المجاورة للنافذة ببطء.

سألت ساتشي: "هل حان وقت العمل؟".

ردّت ساكي: "نعم"، وأخرجت المال من محفظتها. لم تكن في عجلة من أمرها. تعيش ساكي بالقرب من المقهى، فأصبح شرب القهوة هنا جزءًا من روتينها اليومي.

سألتها ساتشي: "وماذا عن السؤال التالي، دكتورة ساكي؟".

أجابتها ساكي مبتسمة: "دعينا نفعل ذلك لاحقًا، حسنًا؟"، ووضعت ثلاثمئة وثمانين ينًا على المنضدة.

بدا وجه ساتشي كئيبًا، فسألتها كازو: "لم لا تبدئين بقراءة تلك الكتب التي استعرتها؟".

قالت ساتشي: "حسنًا".

أشرق وجه ساتشي على الفور. لقد تعودت أن تفتح كتبًا كثيرة في الوقت نفسه، وتقرأها جنبًا إلى جنب. ربما بدت كئيبة لأنها المرة الأولى التي تتشارك فيها القراءة مع الجميع، ولكنها بدت مستمتعة بذلك. خرجت من كآبتها بمجرد أن اقترحت كازو عليها أن تقرأ كتبها الجديدة، حيث كانت هذه فرصتها للاستمتاع بهوايتها المفضّلة.

التقطت أحد الكتب المبعثرة على الطاولة، وجلست على الكرسي، ثم بدأت بالقراءة على الفور.

قالت ناناكو وبدت أنها تغبطها: "إنها تحب الكتب"، وهي التي لطالما عانت عند قراءة الكتب الصعبة.

لوّحت ساكي للجميع، وقالت: "أراكم لاحقًا، وداعًا".

قال ريغي: "شكرا لك!". بصوته الصاخب المعتاد، المختلف تمامًا عن صوته عندما قالت المرأة تلك الكلمات المقلقة.

فجأة، استدارت ساكي عند المدخل، وقالت لكازو:

"إذا جاءت ريكو، هل بإمكانك أن تطمئنيني عنها؟".

قالت كازو: "بالتأكيد"، وبدأت تنظف فنجان ساكي.

استفسرت ناناكو: "ما قصة ريكو؟".

أجابتها ساكي على عجل: "أوه، لا شيء مهم"، وخرجت مسرعة. فأصدر جرس الباب صوتًا.

صوت رنين جرس الباب

لاحظت ناناكو الصورة على الأرض، فنادتها: "ساكي! انتظري!". لكن ساكي خرجت من دون أن تسمعها. ركضت نحو ماكينة المحاسبة لتلتقط الصورة وتعيدها إلى ساكي، ثم حدقت إليها بارتباك.

لم تخرج ناناكو عندها وراء ساكي، بل أرت كازو الصورة. قالت: كازو، ما هذه؟ ظننت أن ساكي أوقعتها، لكنني لا أعتقد أنها لها".

لم تكن صورة ساكي، بل كانت صورةً لامرأةٍ شابة، تحمل بين

يديها طفلًا حديث الولادة، ويقف بجوارها شاب بالعمر نفسه تقريبًا. كما يوجد شخص آخر في الصورة: يوكاري توكيتا.

يوكاري هي مالكة المقهى، ووالدة ناغاري الذي يعمل هناك. أختها الصغيرة، كانامي توكيتا، هي والدة كازو. كانت يوكاري سيدة حرة تفعل ما يحلو لها. على عكس ناغاري، الذي يضع الآخرين في المرتبة الأولى دائمًا، لأنه يتمتع بحس عالٍ بالمسؤولية. قبل شهرين، ذهبت يوكاري إلى أمريكا مع صبي أمريكي زار المقهى. لقد ذهبا بحثًا عن والد الصبي الذي اختفى فجأة.

عندما غادرت مالكة المقهى فجأة، كان ريغي الشخص الوحيد القادر على إدارته، حيث اعتاد أن يساعدها أحيانًا. خططت يوكاري لإغلاق المقهى حتى تعود، وبذلك لا تزعج أحدًا، كونها ستستمر بدفع أجر ريغي. لكنه رفض ذلك، ولم يرد أن يكون عالةً عليها.

في ذلك الوقت، سافر ريغي إلى طوكيو، وزار مقهى فونيكولي فونيكولا الذي يديره ناغاري، ليسأله إن كان يستطيع مساعدته بحيث يبقى المقهى مفتوحًا. شعر ناغاري أن عليه تحمل المسؤولية، والتعويض عن سلوك والدته الطائش، لذلك وافق على مدّ يد العون لريغي، وهكذا أتى ناغاري إلى هاكوداته، وترك ابنته ميكي وحدها في مقهى طوكيو.

لم يكن الأمر بهذه البساطة. فلم يحل قدومه كل المشاكل. كان لدى مقهى دونا دونا كرسي مماثل لذلك الموجود في مقهى فونيكولي فونيكولا، الذي يتيح السفر عبر الزمن. يوجد هذا الكرسي بالقرب من مدخل المقهى، ويشغله الآن الرجل العجوز الذي يرتدي بذلة سوداء.

لكن لا يمكن لناغاري أن يسافر بالزوار إلى الماضي عندما يسكب لهم القهوة، فذلك لا يحصل إلا عندما تسكب القهوة أنثى من عائلة توكيتا، لا تقل سنّها عن سبع سنوات. في الوقت الحالي، هناك أربع إناث من عائلة توكيتا: يوكاري، كازو، ميكي ابنة ناغاري التي تركها في طوكيو، وساتشي ابنة كازو. من المعلوم أنه عندما تحظى إحدى نساء العائلة بابنة، فإنها ستفقد قوتها وستمررها لابنتها.

ولأن يوكاري سافرت إلى أمريكا، ومررت كازو قوتها لساتشي، وبقيت ميكي في طوكيو لتقابل أمها عندما تزورها من الماضي. كانت ساتشي الوحيدة القادرة على سكب القهوة للزبائن في مقهى هاكوداته.

قرر ناغاري الذهاب إلى هاكوداته وحيدًا، وافتتاح المقهى، لكن هذا الحل لم يكن مثاليًا، لأن لا أحد هناك ليسكب القهوة للزبائن. لذلك قررت ساتشي الذهاب، فقد أتمت للتو عامها السابع.

لكنها لا تستطيع العيش بعيدًا عن أمها وهي في هذه السن الصغيرة. أخبرت كازو ناغاري أنها لا تمانع الذهاب إلى هاكوداته. ورغم أن هذه الفكرة لم ترق لناغاري، إلا أنه اضطر للموافقة ليعوض عن تصرف أمه الطائش. كما أن ميكي لم تعترض على ذهاب أبيها، بل قالت له: "فوميكو وغورو سيساعدانني، سأتدبر الأمر حتى تعود جدتي، لا مشكلة". ونظرًا لدعم ميكي له، قرر ناغاري الذهاب مع كازو وساتشي، التي كانت متحمسة جدًا، ولأنهم قد يبقون هناك لفترة، قررت كازو أن تغير مدرسة ساتشي.

ارتاد غورو وفوميكو مقهى طوكيو بانتظام لأكثر من عشر سنوات، لذلك طلب منهما ناغاري إدارة المقهى بغيابه، في الوقت الذي تسافر فيه كازو وساتشي معه، وبهذا لم يبقَ شيء يثير قلقهم عدا وقت عودة يوكاري.

الآن، تعلقت العيون بيوكاري في الصورة.

قالت ناناكو: "تبدو يوكاري صغيرة جدًا. انظروا كم هي جميلة! متى التقطت هذه الصورة؟ قبل عقود عدة على ما أعتقد. لا شك في أن هذه الصورة تعود للشابة التي جلست هنا منذ الصباح".

يبدو أن ناناكو كانت تتذكّر وجه يوكاري عندما غادرت إلى أمريكا. لم تستطع إخفاء دهشتها لرؤية صورة يوكاري وهي شابة.

أومأت كازو برأسها، من الواضح أنها اعتقدت ذلك أيضًا.

قالت ناناكو: "كازو، انظري. هناك كتابة على ظهر الصورة. 27-8-2030 الساعة 20:31... إنه تاريخ اليوم!".

لا بد من أن هذه الصورة قد التقطت منذ زمنٍ بعيد، نظرًا لأن يوكاري بدت فيها شابة، لكن تاريخ اليوم كان مكتوبًا بوضوح على ظهر الصورة.

وأكثر ما أثار الحيرة هو ما كتب بعد هذه الأرقام:

أنا سعيد للغاية لأننا التقينا.

أمالت ناناكو رأسها وبدا الارتباك جليًا على وجهها، بينما فكّرت كازو: *سيحدث ذلك الليلة*

هذه الليلة...

حان وقت الإغلاق، كان مقهى دونا دونا خاليًا من الزبائن، إلا من الرجل العجوز الذي يرتدي البذلة السوداء الجالس قرب المدخل، وساتشي التي كانت تقرأ كتبها على المنضدة.

أنهى ريغي مسح الطاولات، وقال لكازو: "حان الوقت لأدخل اللافتة الأمامية، أليس كذلك؟".

ردّتْ كازو: "نعم، فكرة جيدة".

كانت الساعة السابعة والنصف. خرج ريغي لإحضار اللافتة، فأصدر جرس الباب رنةً خافتة.

عادةً ما يتم إغلاق المقهى عند الساعة السادسة. نظرًا لأن الشارع شديد الانحدار، ونادرًا ما يأتي الزبائن بعد حلول الظلام، ولكن في موسم العطلة الصيفية، قد يتجوّل بعض السياح الشباب بعد حلول الظلام، لذلك يتم تأخير موعد الإغلاق حتى الساعة الثامنة.

تفصلهم ثلاثون دقيقة عن موعد الإغلاق. كانت كازو تستعد لإغلاق المقهى لأنهم قدّموا الطلبات الأخيرة.

نادت كازو: "ساتشي...". لكنها لم تجبها، كانت تجلس إلى المنضدة تقرأ. توقعت كازو ألا تجيب ساتشي، لأن ذلك غالبًا ما يحدث. ومع ذلك، فقد حرصت دائمًا على مناداتها باسمها مرة واحدة على الأقل. التقطت كازو فاصل الكتاب الموجود بجانب ساتشي، وضعته برفق على الصفحة المفتوحة، وأغلقت الكتاب.

بدت ساتشي وكأنها عادت إلى رشدها في اللحظة التي أغلق فيها الكتاب، وقالت: "ماذا يا أمي؟".

تكلمت ساتشي وكأنها لاحظت للتو أن كازو بجوارها. من الواضح أنها لم تسمعها عندما نادتها.

قالت كازو: "سنغلق قريبًا، هل بإمكانك النزول إلى الطابق الأرضي وملء حوض الاستحمام؟".

ردّت: "حسنًا". نهضت من كرسيها بهدوء، أمسكت بالكتاب الذي كانت تقرؤه، وهرعت إلى الدرج المجاور للمدخل.

كانوا يعيشون في قبو المقهى، الذي له نافذة تطل على ميناء هاكوداته. يمكن وصف القبو بأنه طبقة أرضية، ما دام المبنى قد شُيّد على منحدر، بينما شغل المقهى الطابق الأول. وقفت كازو لتحصي أرباح اليوم.

صوت رنين جرس الباب

نظرت كازو إلى الباب، فرأت زبونة عند المدخل، إنها الشابة التي زارت المقهى صباحًا. وفكرت: *كما توقعت*.

في العادة، كانت ستعتذر منها وتقول إن المقهى مغلق، ولكنها لم تفعل ذلك بسبب تلك الصورة.

رحّبت كازو بها بصوت ناعم: "مرحبًا، أهلًا وسهلًا بك". ونظرت إلى عيني الشابة مباشرة.

كانت تدعى يايوي سيتو. قدّرت كازو صباحًا أنها تبلغ من العمر عشرين عامًا، وأنها بعمر ناناكو تقريبًا، لكنها لم تكن متأكدة. وبالنظر

إليها الآن، قدّرت أنها قد تكون أصغر سنًا، لكنها بدت أكبر من سنّها بسبب الإرهاق الظاهر على وجهها.

وقف يايوي هناك صامتة، ونظرت بثبات إلى كازو.

دخل ريغي مع اللافتة، وقال: "تقول إنها تريد العودة إلى الماضي"، بقيت يايوي صامتة، التفتت إلى ريغي، الذي تكلم بالنيابة عنها، ثم نظرت مجددًا إلى كازو. كان السؤال واضحًا في عينيها: *هل هذا حقيقي حقًا؟*

استفسرت كازو: "هل تعرف القواعد؟". وكأنها تجيب عن السؤال الذي يدور في ذهن يايوي. *نعم، هذا حقيقي.*

سألت يايوي مستفسرة: "قواعد؟!".

عندما رأى ريغي ردّ فعل يايوي، نظر إلى كازو، وعلم أنها من ذلك النوع من الزبائن الذين يريدون العودة إلى الماضي من دون أن يعرفوا ما هي القواعد.

سأل ريغي: "هل أشرح لها؟".

أجابت كازو: "بالطبع".

بعد أن تلقى أمر المباشرة من كازو، استدار ليقف بمواجهة الزبونة. بدا جليًا أن مهمة شرح القواعد قد وقعت على عاتقه. لكنه لم يكن متوترًا على الإطلاق. ثم قال: "نعم، بإمكانك العودة إلى الماضي، ولكن هناك قواعد قد لا تعجبك".

سألت يايوي: "ما هي هذه القواعد؟".

تابع ريغي: "هناك أربع قواعد مهمة للغاية. لا أعرف لماذا ترغبين في العودة إلى الماضي، لكن معظم الناس يتخلون عن الفكرة ويغادرون

بعد سماع هذه القواعد الأربع".

يبدو أن يايوي لم تتوقع ما سمعته، تغيرت تعابيرها، وسألته: "لماذا؟".

عرفت كازو أن يايوي كانت من أوساكا أو من جوارها بسبب لكنتها. وبدأت يايوي تفكّر قائلة: *"إذا كنت لا أستطيع العودة إلى الماضي، فلماذا إذًا قطعت كل هذا الطريق إلى هاكوداته؟"*.

سرعان ما بدأ ريغي بالشرح، بعد أن رأى القلق في عينيها، رفع سبابته وقال: "القاعدة الأولى: مهما حاولتِ لن تتمكني أبدًا من تغيير حاضرك".

بدت يايوي مذهولة مع أنها لم تسمع بعد إلا القاعدة الأولى، وقالت: "ماذا!".

لم يمنع ذلك ريغي من متابعة كلامه، وقال: "إذا كنت تخططين للعودة إلى الماضي لتصحيح شيء ما حدث في حياتك، فسيضيع جهدك سدى".

قاطعته يايوي: "ماذا تقصد؟".

قال ريغي: "أرجوكِ، أصغي لي بعناية".

وافقت يايوي على مضض.

أكمل ريغي: "دعينا نفترض أنك تمرين الآن بأوقاتٍ عصيبة؛ ربما تكونين مدينة، أو فقدت وظيفتك للتو، أو انفصلت مؤخرًا عن حبيبك، أو خُدعتِ بطريقة أو بأخرى. إن كنت تكرهين ظروفك الحالية، وقررت العودة إلى الماضي، وبذل أقصى جهدك لتصححي الموقف، لن تتخلصي من مشكلة دينك، ولن تتمكني من استرداد حبيبك السابق. لن يتغير شيء".

سألت يايوي: "لماذا؟".

مع تسلل العاطفة إلى صوتها، أصبحت لهجة أهالي أوساكا أكثر وضوحًا، ولاحظ ريغي ذلك أيضًا.

أجابها ريغي: "من غير المجدي أن نسأل لماذا؛ فهذه هي القاعدة".

أصرّت يايوي: "من فضلك قدّم لي شرحًا واضحًا!". تجاهلها ريغي ببساطة، ولكن كازو أنقذت الموقف بقولها: "لا أحد يعرف من وضع هذه القاعدة أو لماذا وضِعتْ". كانت تقصد أن أي شرح سيقدمونه لها سيكون عديم المعنى.

قالت يايوي: "لا أحد!".

أجابتها كازو: "أُنشئ هذا المقهى في أواخر القرن التاسع عشر. منذ ذلك الوقت، أصبح السفر إلى الماضي ممكنًا. لكن لا أحد يعرف لماذا، ولا نعرف أيضًا سبب كل هذه القواعد المزعجة".

سحب ريغي كرسيًا من الطاولة الأقرب إليه، ثم دوّره وجلس عليه: "لا نعلم كيف بدأ الأمر. ولكن يبدو أن شخصًا سلّم رسالة بينما كان المقهى خاليًا".

قالت يايوي: "رسالة؟".

أجاب ريغي: "نعم، كُتبت هذه القواعد في الرسالة".

مهما حاولت، لن تتمكن من تغيير حاضرك عند عودتك للماضي

قال ريغي: "إنها قاعدة رائعة، ألا تعتقدين ذلك؟ أعتقد أن معظم الناس يريدون العودة إلى الماضي لحل مشاكلهم الحالية بطريقةٍ ما،

ولكنهم لن يتمكنوا من تغيير الحاضر. لذلك لا يستطيعون إصلاح حياتهم".

لمعت عينا ريغي. من الواضح أنه يتحمس عندما يتعلق الأمر بهذه القواعد الغامضة، لكنه بدا منزعجًا، لأنه لم يكن الشخص الذي سيعود بالزمن إلى الوراء.

سألت يايوي بصوتٍ منخفض: "ما هي القواعد الأخرى؟".

قال ريغي: "هل تريدين حقًا أن تعرفي؟ يقرر معظم الناس ترك الأمر بعد سماع القاعدة الأولى فقط".

كررت يايوي سؤالها: "ما هي القواعد الأخرى؟".

تابع ريغي شرحه: "القاعدة الثانية: الأشخاص الوحيدون الذين بإمكانك لقاؤهم في الماضي، هم أولئك الذين سبق لهم أن زاروا المقهى".

لم تصدق يايوي ما سمعته للتو، سألته: "ماذا؟".

حافظ ريغي على هدوئه واستمر بالكلام: "هذه هي القاعدة الثانية كما وردت في الرسالة".

سألت: "لكن لماذا؟". يبدو أن لكنتها تزداد وضوحًا كلما ازداد ارتباكها.

قال ريغي: "أعتقد أنك ستفهمينها بشكلٍ أفضل بعد سماع القاعدة الثالثة. للعودة إلى الماضي، يجب أن يجلس المرء على كرسي معين في هذا المقهى، وألا يغادر الكرسي أبدًا، وهذا هو سبب القاعدة الثانية".

أرادت يايوي أن تصرخ بشدة وتقول: "ما هو سبب وجود هذه القواعد المزعجة؟". ولكنها سرعان ما أدركت أنها لن تحصل على

إجابة مرضية، لأنها القاعدة. عندما بدأت في تقبل هذه القواعد، وجدت أنها ليست معقدة لهذه الدرجة.

تابع ريغي: "ولأنه لا يمكن مغادرة الكرسي، من المستحيل أن تخرجي من هذا المقهى لمقابلة شخصٍ ما، لذلك...".

وجدت يايوي نفسها تكمل كلام ريغي: "بإمكانك فقط مقابلة الأشخاص الذين سبق لهم أن جاؤوا إلى المقهى".

أشار ريغي بإصبعه إليها، وقال مبتسمًا: "بالضبط".

لم تقل يايوي شيئًا، عبّرت عن ازدرائها من خلال النظر بعيدًا. قال ريغي: "القاعدة التالية".

قاطعته يايوي: "ماذا؟ هناك مزيد من القواعد؟".

أكمل ريغي: "القاعدة الرابعة: سيكون وقتك محدودًا".

بدت يايوي ممتعظة وهي تقول: "رائع، هناك مهلة زمنية أيضًا...". أغمضت عينيها، وتنفست بعمق. يبدو أنها كانت تسأل نفسها: *"لماذا قمت بهذه الرحلة الطويلة إلى هاكوداته؟"*. وقف ريغي، وأحنى رأسه معتذرًا، وقال: "نعم، هذه القواعد مزعجة للغاية. لست وحدك من يظنّ ذلك، فمعظم الذين يأتون إلى هنا يستسلمون ويغادرون بعد سماع القواعد".

لكن اعتذاره لم يرح يايوي، لأنه ليس الشخص الذي وضع هذه القواعد.

زار هذا المقهى كثير من الزبائن الآخرين مثل يايوي، حيث حطمت تلك القواعد آمالهم، ودفعتهم للاستسلام. لم يأخذ بعضهم هذه الرحلة

على محمل الجد أساسًا. بينما غضب بعضهم الآخر وقالوا إنها مجرد خدعة، وأن هذه القواعد المزعجة هي مجرد ستار لإخفاء كذبة السفر عبر الزمن، كانت هذه طريقتهم للانسحاب مع حفظ ماء وجوههم.

لقد فهم ريغي وكازو ذلك. لا يهم ما يقوله الزبائن لهما، فهما يعرفان أشخاصًا عادوا إلى الماضي بالفعل. وبالمثل، حتى وإن اتهمتهما يايوي بصوت عالٍ، وقالت إن هذه عملية احتيال كبيرة! كانت كازو سترد عليها وتقول: "كما تريدين".

تذكر ريغي فجأة تفصيلًا مهمًا كان قد نسيه. عندما غادرت يايوي المقهى في وقت سابق من ذلك اليوم، قالت هذه الكلمات.

أفضل الموت على العيش وحدي...

في السنوات الخمس التي قضاها ريغي يعمل في المقهى، كان كثير من الزبائن الذين استفسروا عن السفر عبر الزمن جديين. وبالرغم من ذلك، غادر معظمهم ببساطة بعد أن علموا أنهم لن يتمكنوا من تغيير الحاضر بغض النظر عن محاولاتهم.

اعتقد ريغي أن هذه الحالة مشابهة، ثم فكّر: *كيف نسيت شيئًا بهذه الأهمية؟* ندم لأنه لم يعر ذلك اهتمامًا أكبر.

وقفت يايوي أمامه صامتةً من دون حراك. كان الصوت الوحيد في المقهى هو صوت دقات الساعة. يمكن رؤية الغسق من النافذة المطلة على ميناء هاكوداته، تتخلله أشعة الضوء الخافتة التي تتمايل في الظلام كالفوانيس، لكنها في الواقع قادمة من مراكب صيد الحبار المضاءة بمصابيح مثبتة بإحكام.

قالت يايوي وهي تولي ظهرها لريغي: "حسنًا، أفهم ذلك".

لم يرد ريغي أن يتركها تغادر، لكنه لم يعرف ماذا سيقول في تلك اللحظة.

سألتها كازو: "هل أنتِ من تظهر في هذه الصورة؟"، وأرتها الصورة التي التُقطت من الأرض في وقت سابق من ذلك اليوم. كانت لشاب وامرأة متزوجين على الأرجح، يقفان في المقهى ويحملان طفلهما، ووقفت إلى جانبهما يوكاري توكيتا، صاحبة المقهى. كانت كازو تشير إلى الطفل.

ردت يايوي بشكل عفوي: "ماذا؟". تقدمت والتقطت الصورة من يد كازو. نظرت إليها بغضبٍ وقالت: "نعم".

سألتها كازو: "هل هما والداكِ؟".

أجابتها يايوي: "لقد ماتا في حادثة سيارة عندما كنت صغيرةً جدًا".

قالت كازو: "فهمت".

وفكرت: *إنها تريد العودة إلى الماضي كي تلتقي بوالديها المتوفيين.*

فهم ريغي ذلك. إذا كانت يايوي قد جاءت إلى هنا بهدف مقابلة والديها المتوفيين، فلا مشكلة لها مع القاعدة الثانية: فقد بدا جليًا من الصورة أن والديها قد زارا المقهى.

لكن، إذا كانت تفكر بإنقاذهما من الموت في الحادث، فلن يحدث ذلك أبدًا. لأن القاعدة الأولى تتعارض مع هدفها، فليس بإمكانها تغيير الحاضر.

ذات مرة، وفي مقهى فونيكولي فونيكولا في طوكيو، سافرت امرأة تُدعى هيراي إلى الماضي لتقابل أختها، التي توفيت في حادث مروري. كانت هيراي من زبائن المقهى المنتظمين، وهي تعرف جيدًا أنها لن تستطيع كسر القواعد. كل ما استطاعت هيراي فعله هو شكر أختها، كما وعدتها بأنها ستتصالح مع والديها. اختارت هيراي العودة إلى الماضي وهي على علم بهذه القواعد، أما يايوي فقد عرفتها للتو. ربما ظنت أنها ستستطيع إنقاذ والديها قبل أن يشرح لها ريغي القواعد.

وضعت يايوي الصورة بعناية في حقيبتها، وتوجهت إلى الباب وقالت: "أنا آسفة لأنني أهدرت وقتكما".

ناداها ريغي: "انتظري".

توقفت يايوي لكنها لم تستدِر، وقالت: "ما الأمر؟".

اقترح ريغي: "حسنًا، لقد سافرت كل هذه المسافة، لِمَ لا تزورين والدك ووالدتك؟ لا شكّ في أنهما كانا عزيزين عليكِ، ولولا هذه القاعدة، كنت ستحاولين إنقاذهما، أليس كذلك؟ لذلك...". بدا مترددًا، لم يرد أن يضغط عليها نظرًا لعدم قدرتها على تغيير الحاضر.

صاحت يايوي فجأة: "أوه، ما الذي تعرفه أنت!"

قال ريغي مصدومًا: "ماذا!".

حدقت يايوي إليه بغضب، تراجع خطوتين إلى الوراء تحت ضغط نظراتها، ثم قالت: "أنا أكره هذا النوع من الناس!". كانت شفتا يايوي ترتجفان وهي تتكلم، لكن غضبها لم يكن منصبًا على ريغي، عندها توقفت كازو عما كانت تفعله.

بدأت يايوي تروي قصتها، وكأنها أرادت التنفيس عن حزنها المكبوت: "لقد أنجباني ثم ماتا. بعد وفاة والديّ، تنقلت بين أقاربي، وانتهى بي الأمر أعاني من المعاملة السيئة في دارٍ لرعاية الأطفال. مات والداي وتركاني وحدي في هذا العالم، كيف يمكن ألا ألومهما على ما عانيته وحدي؟".

أخرجت يايوي الصورة التي وضعتها للتو في حقيبتها، وأمسكتها بيدها المرتجفة لتريها ريغي وكازو، ثم قالت: "انظرا إلى هذه الصورة، انظرا إلى السعادة في وجهيهما، وهما غافلان عن ألمي. ولهذا...".

حاولت يايوي أن تكبت مشاعرها الجامحة. ربما كانت غاضبة أو حزينة، لكن مشاعرها التي حاولت كبتها تحولت كلمات تخرج من فمها من دون قصد منها، وقالت: "ظننت أنه إذا تمكنت من مقابلتهما، سيستمعان لشكواي على الأقل".

سألها ريغي: "ألهذا السبب تريدين العودة إلى الماضي؟".

"هذا ما نويت فعله، لكنني لم أعرف بوجود كل هذه القواعد المزعجة، وعندما بدأت بتعدادها لي، بدا الأمر غير منطقي. أي نوعٍ من الأشخاص يؤمن بالسفر عبر الزمن في أي حال؟ المجانين فقط".

كانت يايوي على وشك المغادرة، لكن يبدو أن كلمات ريغي أغضبتها، وفجّرت سيلًا من المشاعر لم تستطع التحكم فيها. وقالت باستهزاء: "هل أتيتِ لمقابلة والديك المحبوبين؟ هل تعتقد أن بإمكانك طرح هذا السؤال دون أن تعرف شيئًا عن معاناتي؟".

أجاب ريغي: "لا، اممم، هذا...".

تابعت يايوي: "تقول إن الحاضر لن يتغير؟ حسنًا، لا مشكلة. هذا يعني أنني أستطيع قول أي شيء أريده، أليس كذلك؟ حسنًا إذا تمكنت من العودة إلى الماضي، سأفعل ذلك بالطبع. وسأغتنم هذه الفرصة لأقابل الشخصين اللذين تركاني وحدي في هذا العالم، لأخبرهما كم أنا مستاءة منهما".

هذا صحيح، لا يوجد شيء يمكن أن يقال من شأنه أن يغير الحاضر. كانت تلك هي القاعدة الذهبية لهذا المقهى. على سبيل المثال، لن يتغير الأمر حتى إذا أبلغ أشخاص أن حادثة سيارة ستحصل لهما في المستقبل، استغلت يايوي هذه القاعدة. تقدمت وأعطت الصورة لكازو، وقالت: "حسنًا، أعيديني إلى ذلك اليوم، ذلك اليوم الخالي من الهموم، عندما كانا يلتقطان الصور من دون أن يفكرا في مستقبلي".

فكّر ريغي: *ماذا الذي فعلته؟*

شحب وجهه عندما علم أنه هو من تسبب بثورة الغضب هذه. من ناحية أخرى، لم تتغير تعابير وجه كازو، فأجابت ببساطة: "حسنًا".

صرخ ريغي متفاجئًا: "ماذا!".

نادرًا ما يقابل ريغي زبونًا يصر على العودة إلى الماضي بعد سماع هذه القواعد. لكن الأمر الأكثر إثارة للقلق كان دافع يايوي للقيام بذلك وهو لوم والديها، وإن لم تستطع أفعالها تغيير الحاضر، بإمكانه بسهولة أن يتخيل كم سيكون ذلك محزنًا لوالديها.

همس ريغي بالقرب من أذن كازو: "إنها تريد التنفيس عن ضغينتها، هل هذا مقبول حقًا؟". لكن المقهى كان فارغًا، وهذا يعني أن

يايوي سمعته، فحدقت إليه بحدّة، ثم نظرت بسرعة إلى الأسفل.

التفتت كازو إليه، وقالت: "من فضلك، هل يمكن أن تشرح للزبونة عن الرجل؟". كانت تقصد الرجل العجوز الذي يرتدي بذلة سوداء، ويجلس على كرسي السفر عبر الزمن. لم تبدُ كازو منزعجة مما حدث، كان لكل زبون سببه الخاص الذي يدفعه للعودة إلى الماضي. لم يكن من حقها أن تحكم عليهم، فلهم الحق بفعل ما يشاؤون، فالقرار قرارهم، حيث لا يمكن تغيير مصير شخص ميت. والآن، اختارت يايوي العودة إلى الماضي لتلوم والديها المتوفيين.

مع أن ريغي لا يزال يشعر بعدم الارتياح مما تريد الإقدام عليه، إلا أنه نفّذ تعليمات كازو.

قال ريغي: "حسنًا. من المهم أن تستمعي إليّ جيدًا. لكي تعودي إلى الماضي، سيتوجب عليكِ الجلوس على كرسي معين في هذا المقهى، وهذا الكرسي يجلس عليه الآن زبون آخر".

جالت يايوي بعينيها في أرجاء المقهى، الشخص الوحيد الذي ينطبق عليه ما قاله ريغي هو ذلك الرجل العجوز.

كانت هذه هي المرة الأولى التي تلاحظه فيها، مع أنه كان جالسًا هناك طوال الوقت. كان ساكنًا تمامًا، ويقرأ كتابه بصمت. لم تكن متأكدة، ولكنها شعرت أنه كان هنا أيضًا عندما كانت في المقهى صباحًا، لكن لم يسبق لها أن انتبهت لوجوده، كان غريبًا. مع أنه لم يبدُ متطفلًا بالنسبة إلى تصميم المقهى الداخلي قديم الطراز، ولكن أي شخص يرى هذا الرجل العجوز يتجول في المدينة، سيعتقد أنه جاء من زمنٍ مختلف.

بدت بذلته غريبة ليايوي، فهو يرتدي معطفًا خطّافي الذيل؛ سمي بذلك لأن ذيل السترة كان مشقوقًا مثل ذيل السنونو، ويعتمر قبعةً مع أنه يجلس في المقهى. كان النظر إليه أشبه بالنظر إلى مشهد من فيلم صوّر في أواخر القرن التاسع عشر، أو بدايات القرن العشرين.

وقف الرجل بعد أن نظرت إليه يايوي، لم يكن غريبًا أنها لم تنتبه لوجوده، فقد بدا منسجمًا مع المقهى حتى أصبح جزءًا من الديكور.

نظرت إلى ريغي، وقالت: "أفترض أن هذا هو الكرسي الذي تقصده". بدا السؤال واضحًا في عينيها: *هل سأتمكن من العودة إلى الماضي إذا جلست على هذا الكرسي؟*

قال ريغي: "نعم". شعر أن ردّه لم يكن ضروريًا، لأن يايوي لم تنتظر جوابه، ومشت مباشرةً باتجاه الرجل العجوز.

ناداها ريغي قائلًا: "لا فائدة من محاولة التحدّث إليه".

التفتت يايوي إليه بحيرة، وسألته: "لماذا؟ ماذا تقصد؟".

تنهد ريغي، وأجابها: "لأنه شبح".

لم تستطع يايوي استيعاب ما قاله ريغي للتو، فسألته مندهشة: "ماذا تقصد؟".

أجابها ريغي: "شبح".

كررت يايوي مستفسرة: "شبح؟".

قال ريغي ببساطة: "نعم".

"أنت تمزح، أليس كذلك؟".

"كلا، أنا لا أمزح".

قالت يايوي معترضة: "لكنه يجلس هناك، بإمكاني رؤيته بوضوح".

اعتقدت يايوي أن الشبح سيكون شفافًا، أو شيئًا لا يراه سوى قلة من الناس.

أصرّ ريغي: "نعم، أعلم ذلك، لكنه شبح".

كيف لي أن أصدق ذلك؟

وصلت هذه الكلمات إلى طرف لسان يايوي، لكنها اختارت ألا تتفوه بها. لأنها في النهاية هي من اختارت المجيء إلى هذا المقهى، حيث يمكن لها السفر عبر الزمن. إذا كانت تصدق ذلك - السفر عبر الزمن - فعليها أن تصدق أيضًا أن هذا الرجل الذي يجلس أمامها هو مجرد شبح.

ثم فكرت: *لا أعتقد أنني سأقتنع بأي تفسيرٍ يقدمونه لي.*

لم تكتفِ بما قدّمه ريغي من شرحٍ للقواعد، فقررت أن تقبل ما قاله لها. أخذت نفسًا عميقًا، ثم زفرته، في محاولة منها لتهدئة نفسها. ظهرت ملامح الاستسلام على وجهها. ثم سألت بخنوع: "حسنًا، ما الذي يفترض بي أن أفعله؟".

أجاب ريغي: "خيارك الوحيد هو الانتظار".

قالت يايوي: "أنتظر ماذا؟".

شرح ريغي: "ينهض الشبح ليذهب إلى المرحاض مرة في اليوم".

ردّت يايوي: "هل يذهب الشبح إلى المرحاض؟".

"نعم".

تنهدت يايوي.

لماذا يذهب الشبح إلى المرحاض؟

أدركت أنه لا جدوى من طرح هذا السؤال. حيث إنها كانت بارعة باختيار أسئلتها، ثم قالت: "عندما يذهب الشبح إلى المرحاض، سأجلس مكانه".

أجاب ريغي: "بالضبط".

سألت يايوي: "إلى متى يتوجب عليّ الانتظار؟".

قال ريغي: "لا أعرف".

أكملت يايوي: "حسنًا، سأجلس هنا، وأنتظره حتى يذهب إلى المرحاض؟".

"نعم".

"فهمت". ثم مشت باتجاه المنضدة، وجلست على الكرسي. كانت تنتعل حذاء عالي الكعب، مما جعل وقع خطواتها عاليًا جدًا.

سألتها كازو: "هل تريدين أن تشربي شيئًا؟".

فكّرت يايوي قليلًا، ثم أجابت: "حسنًا. سأتناول كوبًا من شاي الزنجبيل الساخن".

على الرغم من أننا في الصيف، إلا أن المقهى يبرد قليلًا في المساء. لم يكن الصيف في هاكوداته يتطلب التكييف دائمًا، حتى في منتصف النهار.

قالت كازو: "حسنًا"، ثم اتجهت إلى المطبخ.

تدخل ريغي وقال: "سأحضره أنا".

قالت كازو: "ولكن..".

لقد تجاوزت الساعة الثامنة، وهذا يعني أن مناوبة عمل ريغي قد انتهت.

قال ريغي: "هذه حالة خاصة".

أراد أن يرى ماذا سيحدث مع يايوي، نظر إلى كازو بعينين متوسلتين، ثم اختفى في المطبخ.

لم تركز يايوي على الرجل العجوز، بل كانت تتأمل المنظر من النافذة، مفتونةً بمصابيح مراكب الصيد، ثم تمتمت لنفسها فجأة: "كان بإمكانهما ألا ينجبا طفلة، أليس كذلك؟"، كان كلامها مفاجئًا، لكن كازو عرفت على الفور ما كانت تعنيه.

في وقت سابق من ذلك اليوم، تحدث ناغاري عن زوجته كي أمام ناناكو وكل من في المقهى. أخبرهم كيف حذّرها طبيبها: "إذا أنجبت هذه الطفلة، سيقصر ذلك عمرك بالتأكيد"، لكنها مع ذلك قررت أن تنجب ابنتها ميكي. تذكرت كازو كيف كانت يايوي تجلس هناك، وتستمع إلى ناغاري وتنظر بكآبة.

لقد رأت يايوي هذه القصة من منظور الظروف الحالية. وفكرت أنّه قد يكون *من الأفضل ألا تنجب طفلًا عندما تكون حياتك على المحك*.

لم تخالفها كازو الرأي، وقالت: "نعم، كان بإمكانهما ذلك".

قالت يايوي: "حسنًا. لقد حالفها الحظ، ونشأت في بيئة لطيفة. إن تُركت وحيدة في العالم لتدبر أمرها بنفسها، مثلي، أعتقد أنها سوف تبغض والدتها لأنها قررت أن تنجبها".

توفيت كي بعد وقت قصير من ولادتها لابنتها، لكن ناغاري بقي بجانب ابنتهما ميكي، ولم تتركها كازو، كان هناك أيضًا رواد المقهى المنتظمون الذين أحبوها كثيرًا. من المؤكد أنها شعرت بالوحدة في بعض الأوقات، لكن لم يتوجب عليها أن تشق طريقها في العالم بمفردها. دائمًا ما كان هناك أحد بجانبها يدعمها ويحميها. صحيح أن ميكي فقدت أمها باكرًا، لكنها كبرت وهي محاطة بالحب والسعادة.

بالطبع لم تعرف يايوي أنه عندما جاءت كي من الماضي لمقابلة ابنتها ميكي، قالت لها ميكي: "شكرًا لكِ لأنكِ أنجبتِني".

بالعكس تمامًا من يايوي والسؤال الذي أرادت أن تطرحه على والديها: *لماذا أنجبتماني؟* لا يمكننا أبدًا معرفة ما كان سيحدث إذا كانت بيئة ميكي مختلفة؛ إن توفيت أمها بعد إنجابها، ولم يكن ناغاري وكازو إلى جانبها، وإن لم تجد شخصًا تستطيع الاعتماد عليه.

قالت كازو: "ربما تكونين محقة".

أفضل الموت على العيش وحدي.

كانت تلك الكلمات التي قالتها يايوي قبل أن تغادر في وقتٍ سابقٍ من ذلك اليوم. لا يمكن لفتاةٍ فقدت والديها أن تحيا دون الاعتماد على شخصٍ ما، ربما لم تقابل شخصًا بالغًا يستحق ثقتها.

عندما فقدت يايوي والديها. كان أول من استقبلها عمها - شقيق والدها - وزوجته. قالا بالطبع إنهما سيعتنيان بها، لكن التوقيت كان سيئًا. كانت زوجة عمها قد أنجبت للتو طفلها الأول، لم يعرفا كيف يتعاملان مع الطفلين، خاصة وأنهما وجدا نفسيهما فجأةً أبوين لطفلة

تبلغ من العمر ست سنوات، بالإضافة إلى المولود الجديد. كانت حياتهما الأبوية الجديدة عبارة عن سلسلة من المفاجآت، وشعرا أنهما غير مؤهلين للتعامل مع هذا. وهذا ما أثار مشاعر مختلفة عن الحب، وهذا ما جعلهما يشعران بالذنب. اعتقدا أنه كان عليهما أن يحبا هذه الطفلة بشكل صحيح، لكن في بعض الأحيان شعرا أنهما ملزمان بها.

رعاية طفلنا أمرٌ صعبٌ بما فيه الكفاية! لماذا علينا الاعتناء بطفلة شخصٍ آخر؟

الأطفال حساسون تجاه الحالة المزاجية لدى البالغين، وبإمكانهم معرفة ما يحدث حتى في سن مبكرة. لذلك بدأت يايوي تتصرف بتحفظ تجاه زوجة عمها، وهذا ما أشعر الأخيرة بالسوء. في النهاية، عندما بلغت سبع سنوات، استقبلتها عمتها أخت والدها.

تلك العمة لديها ثلاثة أطفال. كان ابنها البكر في الصفوف الأخيرة من المدرسة الابتدائية، وكان ابنها الأصغر أصغر من يايوي بعامٍ واحد. تعودت عمتها على تربية الأبناء، ولم تجد صعوبة في قبول يايوي كطفلةٍ لها، ومن المفارقات أن هذه كانت المشكلة. من وجهة نظر الكبار، يايوي التي فقدت والديها تستحق المودة نفسها، ولكن من منظور أبناء عمتها، ظهرت يايوي فجأة دخيلة تسرق عاطفة والديْهم، وما زاد الطين بلة، أنه كلما كان والداهم يعاملونها كابنةٍ لهما، زادت رغبة أبناء عمتها بالانتقام.

حاول الأطفال الثلاثة استبعادها، لم يؤذوها جسديًا، لكنهم بدأوا يتجاهلونها تدريجيًا. في حضور والديْهم كانوا يتظاهرون بحبها

ويعاملونها وكأنها أخت لهم، ولكن في غيابهما كانوا ينبذونها، وبذلك شعرت يايوي مجددًا بالنبذ والتهميش.

لكن لم يكن لديها مكان آخر تذهب إليه، أو شخص تستطيع التحدث إليه، وهذا ما فطر قلبها وأهاض جناحها. أثّرت مشاعرها الكئيبة على طريقة تفكيرها بوالديها، وأصبحت تنظر إليهما على أنهما السبب الحقيقي لما تعانيه من صعوبة العيش.

تركت جروح الطفولة هذه ندوبًا في شخصية يايوي، وأشعرتها بأنها غير مرغوبة، فعاشت وحيدة، وهذا ما أضاف مهانة إلى الإساءة.

لم تجد هدفًا تعيش لأجله.

بحلول الوقت الذي أنهت فيه يايوي نصف كوب شاي الزنجبيل، أصبحت مصابيح مراكب الصيد التي كانت تراقبها من خلال النافذة أصغر وأبعد.

فجأة، سمعت صوت إغلاق كتاب.

أدارت يايوي رأسها باتجاه الصوت، لترى الرجل العجوز ينهض عن الكرسي.

اندهشت يايوي، ولاحظ الرجل العجوز ردّ فعلها. مشى بصمتٍ بين الطاولات والكراسي وتوجه إلى المرحاض بالقرب من المدخل. وبالطبع، لم تصدر خطواته صوتًا.

فُتح باب المرحاض بهدوء، ثم دخل الرجل، واختفى خلف الباب الذي أُغلق دون أن يصدر أي صوتٍ.

ربما ما كانت يايوي لتنتبه أن الكرسي أصبح شاغرًا، ما لم تسمع صوت إغلاق الكتاب. نهضت ببطء عن كرسيها، وأشارت بعينيها إلى كازو، وهمست من دون داعٍ: "هل أستطيع أن أجلس الآن؟".

توقفت كازو عما كانت تفعله، وقالت: "بالطبع".

أعادت كرسيها إلى مكانه بهدوء، وهي تشعر بخفقات قلبها تتسارع. كان وقع خطواتها مسموعًا، بخلاف خطوات الرجل العجوز الذي لم يصدر أي صوت أثناء توجهه إلى المرحاض.

فجأة، سرت قشعريرة في جسدها عندما أدركت: *إنه شبح بالفعل.*

همست كازو إلى ريغي: "نادِ ساتشي". لا تزال ساتشي في القبو.

لم تفهم يايوي لماذا يناديان الفتاة الصغيرة، لكن بدا أن ريغي يعرف السبب. فأجابها ببساطة: "فورًا"، وهرع إلى الأسفل.

ركّزت يايوي على ريغي، ولكنها ذهلت عندما رأت كازو تقف إلى جانبها وهي تحمل صينية. ثم أخذت فنجان الرجل العجوز. بعد أن مسحت الطاولة، قدّمت الكرسي ليايوي، وقالت: "من فضلك اجلسي". لم تنتظر ردّها، وعادت إلى خلف المنضدة وهي تحمل الفنجان الفارغ.

قالت يايوي من دون أن توجّه كلامها إلى شخصٍ معين: "حسنًا"، وجلست على الكرسي. لم تجد شيئًا غريبًا في الكرسي. كان مقعده ثابتًا ومنجدًا بقماش مُطبّع بخطوط من الأزهار. لقد بدا قديمًا، مثل التحف الإنكليزية. توقعت أن تشعر بصعقةٍ مفاجئة، مثل صدمة كهربائية، لكن شيئًا لم يحدث. كان الكرسي سيعيدها إلى الماضي، لذلك اعتقدت أن

شيئًا سيحدث وسيشعرها بقوته. لكن عدم حدوث أي شيء دفعها إلى الشك بأن هذا الكرسي ليس سحريًا.

بينما كانت يايوي تغرق بشكوكها، قالت كازو: "هل تتذكرين ما قلناه بشأن وقتك المحدود؟".

أجابتها: "نعم".

قالت كازو: "ستأتي ابنتي الآن، وتسكب لك القهوة".

قالت يايوي: "ماذا؟".

شرحت كازو: "الوقت الذي باستطاعتك أن تقضيه في الماضي سيبدأ عندما تصب ساتشي القهوة في فنجانك، ويمكن لك البقاء هناك حتى تبرد قهوتك".

لم تفهم يايوي هذه التفاصيل المفاجئة.

أرادت يايوي جوابًا مقنعًا، فقالت كل ما كان يدور في ذهنها: "انتظري قليلًا... قهوة؟ لماذا القهوة؟ قلتِ إن ابنتك ستسكب القهوة؟... لمَ لا تفعلين ذلك بنفسك؟ هل يجب أن تفعل ذلك ابنتك؟... وهناك شيءٌ آخر، ستبرد القهوة بسرعة، أليس كذلك؟ هذا هو الحد الزمني؟ حقًا؟".

كانت قد نسيت شيئًا مهمًا... لأن هذه هي القاعدة...

أيًا يكن ما تسأله يايوي، فسيتم مقابلته بهذه الإجابة البسيطة.

لا يمكن للمرء أن يعود إلى الماضي إذا سُكب في فنجانه الشاي أو الكاكاو بدلًا من القهوة. في الحقيقة، حتى كازو لم تعرف لماذا القهوة تحديدًا. ليس للأمر علاقة باستخدام حبوب بن خاصة. يمكن استخدام أي نوعٍ متاح، ولا توجد متطلبات محددة للأداة المستخدمة لطحن البن

أيضًا، ولم تكن هناك طريقة تخمير معينة، لا يهم سواء خُمرت بالتنقيط أو بأي طريقة أخرى، ومع ذلك، فإن الركوة المصنوعة من الفضة كانت ضرورية، حيث تم توارثها عبر الأجيال، لم يكن معروفًا سبب عدم قدرة ركوة أخرى على السفر عبر الزمن. لقد وصلت يايوي إلى هذا الحدّ، لذلك لم يكن لديها خيار آخر سوى القبول بهذا التفسير - لأن هذه هي القاعدة - على مضض.

نادى ريغي كازو، وقال: "كازو، ستأتي ساتشي قريبًا، إنها ترتدي ملابسها".

أجابت كازو: "شكرًا لك يا ريغي". ووقفت أمام يايوي التي بدت حزينة بسبب التفسير الذي لم يعجبها.

استشعرت يايوي نظرة كازو، فسألتها: "ماذا؟".

أجابت كازو: "هناك قاعدة أخيرة مهمة".

قالت يايوي: "لا يزال هناك مزيد من القواعد؟".

أصبح تعبير كازو أكثر جدية.

قالت كازو بصرامة: "عندما تعودين إلى الماضي، من فضلك اشربي القهوة بالكامل قبل أن تبرد". كانت تنبهها بوضوح: *يجب أن تفعلي ذلك من دون أخطاء.*

قالت يايوي: "قبل أن تبرد؟".

أجابتها كازو: "نعم".

هذه المرة، لم تسأل يايوي عن السبب. لقد عرفت الجواب مسبقًا: لأن هذه هي القاعدة.

قالت يايوي: "أفترض أن هذا جزء من القاعدة".

ردّتْ كازو: "نعم".

لكن بدا لها أن هذه القاعدة مهمة؛ توجب عليها أن تفعلها من دون أخطاء.

لم تكن يايوي راضيةً بعد، فقالت: "لنقل إنني لم أنهِ الفنجان".

قالت كازو: "إذا لم تشربي الفنجان كاملًا..".

قاطعتها يايوي: "إذا لم أشرب فنجان القهوة بالكامل؟".

أجابت كازو: "ستصبحين شبحًا، وسيأتي دورك لكي تجلسي دائمًا على هذا الكرسي".

مع أن تعبير وجه كازو لم يتغير، إلّا أن وقع كلماتها كان ثقيلًا، توتر الجو، لقد قصدت بكلماتها أنها إذا لم تشرب الفنجان كاملًا، فستموت.

هذه المرة، ورغم خطورة الوضع لم تبدِ يايوي أي ردّ فعل، واكتفت بقول: "فهمت".

سمعت خطوات شخص يصعد الدرج، وبعد قليل ظهرت ساتشي، وتبعها ناغاري ببطء. كان فستان ساتشي أبيض بالكامل، وارتدت فوقه مئزرًا أزرق مخصصًا للأطفال، يشبه تمامًا المئزر الذي سبق لكازو أن ارتدته.

قالت ساتشي: "أنا هنا يا أمي". بدا وجهها هادئًا وخاليًا من تعابير القلق، ربما لأنها تعرف تمامًا ما يفترض بها أن تقوم به، وربما لأنها طفلة صغيرة لا تدرك تداعيات ما ستقدم عليه.

ردّتْ عليها كازو بإيماءة من رأسها، وقالت: "استعدي"، وهي توجه ابنتها لتذهب إلى المطبخ.

قالت ساتشي: "حسنًا". ثم خطت سريعًا صوب المطبخ، وتبعها ناغاري ليساعدها.

في غضون ذلك، كانت يايوي ساكنة في جلستها، بدت وديعة وهي تحدق إلى الفراغ حتى يُخيّل للناظر إليها أن جسدها حاضر ولكن عقلها غائب. عندما لاحظ ريغي ذلك، تقدم نحو كازو، وهمس في أذنها: "هل تعتقدين أنها ستكون على ما يرام؟".

أدركت كازو أنه يقصد يايوي، فلم تجبه، بل ذهبت لتجلب من الطاولة كوب الشاي الخاص بيايوي.

قال ريغي: "في العادة، تبدو علامات الصدمة والتردد على الزبون عندما يعرف أنه قد يتحول إلى شبح، فسائر القواعد لا تشكل عقبة أمام رغبته بالعودة إلى الماضي، بخلاف هذه القاعدة".

شرعت كازو تغسل الكوب في الحوض خلف المنضدة.

فأردف ريغي: "لا يبدو أن احتمال تحولها إلى شبح شكّل لها عقبة أو رادعًا".

خيّم الهدوء على المقهى، باستثناء صوت جريان المياه في الحوض.

تابع ريغي، ولكن بصوت أكثر انخفاضًا: "وهذا ما يشعرني بالسوء".

سبق له أن سمع يايوي تقول: *أفضل الموت*. كان صعبًا ألا يقلق، لكن كازو تجاهلت ما قاله، واكتفت بإغلاق الصنبور.

نادى ناغاري من المطبخ: "كازو". في الوقت نفسه، ظهرت ساتشي وهي تحمل الركوة الفضية وفنجان قهوة أبيض على صينية فضية وكانت يداها ترتجفان، وبينما كانت تتقدم نحو يايوي بدا جليًا أن الفنجان يهتز في صحنه، وكانت كازو تسير في إثرها.

قال ريغي والقلق بادٍ عليه: "كازو، أنا...".

قاطعته كازو من دون أن تلتفت إليه، وقالت باقتضاب: "سيكون الأمر على ما يرام".

ما كان بوسع ابنة السنوات السبع حمل الصينية بشكل متوازنٍ بيد واحدة، وتقديم القهوة باليد الأخرى، لذلك رافقتها كازو لتساعدها.

أمسكت كازو بالصينية، في الوقت الذي حملت فيه ساتشي الفنجان بكلتا يديها ووضعته أمام يايوي.

سألت ساتشي وهي تمسك الركوة: "هل شُرحت القواعد؟" فهي لم تكن تعرف ما دار بينها وبين كازو؛ سألت لتعرف إن كان يجدر بها شرح القواعد، فهي كانت تؤدي عملها بإتقان بالرغم من صغر سنها.

ابتسمت كازو بلطف وقالت: "لقد شرحناها بالفعل".

قالت ساتشي وهي تمسك بمقبض الركوة بكلتا يديها: "حسنًا"، وعندما أصبحت وجهًا لوجه مع يايوي سألتها: "هل أنتِ مستعدة؟".

أجابت يايوي بنعم وهي تنظر إلى الأسفل، بدت وكأنها تتجنب النظر مباشرة إلى ساتشي.

راقب ريغي وناغاري ما يحدث بقلق، ولكنهما كانا يفكران بشيئين مختلفين، فقد كان ريغي وبالنظر إلى حالة يايوي الذهنية قلقًا من أن لا

تعود أبدًا من الماضي، في حين كان ناغاري قلقًا على ساتشي، وهي تصب القهوة للمرة الأولى، بخلاف كازو التي بدت هادئة. ابتسمت ساتشي والتفتت إلى والدتها وقالت: "لنبدأ قبل أن تبرد القهوة".

لأن الركوة كانت ثقيلة، أمسكت بها ساتشي بكلتا يديها، ومع ذلك كانت ترتجف وهي تسكب القهوة ببطءٍ في الفنجان.

بدت بايوي مفتونة بها: *إنها لطيفةٌ جدًا.*

في اللحظة التي بدأ فيها البخار يتصاعد من الفنجان. سرحت يايوي وهي تحمل الصورة بيدها. فجأة، بدأ كل شيء من حولها يلمع ويتموج.

صاحت يايوي: "آه.."، وأدركت أن جسدها اندمج مع بخار القهوة. ثم شعرت بطيفها يرتفع، وفي الوقت نفسه بدأ كل شيء يتلاشى حولها، ثم رأت مشهدًا يعود لوقت سابق في المقهى؛ عانق النهار الليل واندمجا معًا، وما بدا وكأنه فترة طويلة من الزمن، اختصر في لحظات.

أنا أسافر إلى الماضي.

أغمضت عينيها بهدوء، ولم تبدُ خائفة، فقد كانت تعرف ما هي مُقدِمة عليه، وكانت تصبو إليه. لقد هان عليها التحدي، عندما قاسته بمقدار المعاناة التي تريد أن تسببها، والتي يفترض بها أن تكون أكبر مما عانته في حياتها. إنها تعرف أن واقعها المرير لن يتغير، ولكنها تسعى وراء الانتقام، لقد كان لديها حساب مفتوح مع والديها اللذين تركاها وحيدة، وحان وقت إغلاق الحساب.

كانت تكره زيارات الآباء للمدرسة، لمشاهدة أولادهم في الصف. هذه الزيارة ما كانت تحصل بالوتيرة نفسها في مختلف مراحل الدراسة، ففي المدرسة الابتدائية كانت تحصل ثلاث مرات في السنة. في تلك الزيارات عندما كان رفاقها يرون عمتها، كانوا يسألونها: "إنها ليست أمك الحقيقية، أليس كذلك؟". ذات مرة، دخلت في شجار مع صبي علّق على هذا الموضوع. ومع ذلك، كان هناك شيء يزعجها أكثر بكثير.

في تلك الزيارات كان أصدقاؤها يشتكون: "لا أريد أن يأتي والداي، هذا محرجٌ جدًا".

هذه الشكاوى كانت تؤلمها، فقد كانت مستعدة للقيام بأي شيء، ليأتي والداها ويشاهداها، لكنهما أُخذا منها، وما كان بوسعها القيام بشيء لتغيير هذه الحقيقة. لماذا يجلب غياب الأبوين كثيرًا من المشقة والحزن؟ كان عليها أن تتحمل ذلك طوال حياتها. *لم يتبق لي شيء في هذه الحياة.*

منذ ذلك الحين، تشوّه قلب يايوي، وأصبحت نظرتها سوداوية. وعندما بدأت الصف السادس، جعلها غضبها تبدو عدوانية في المنزل، وتعذّر على عائلة عمتها التعامل معها، فنُقلت إلى دار لرعاية الأطفال.

وهذا ما زاد من شعورها بالوحدة وعززه. إن انعزالها وتقوقعها، رسّخا اعتقادها بأن أحدًا لا يفهم مشاعرها. في النهاية، لم تجد خيارًا أمامها سوى العيش بمفردها.

في المرحلة الإعدادية، بدأت تتغيب عن المدرسة، وفي الأيام التي حضرت فيها، وجدت نفسها منزعجة من جميع أصدقائها، الذين عاشوا حياة سعيدة في كنف عائلاتهم. كان من المؤلم سماع أصدقائها وهم يتحدثون عن والديهم فمقتتهم.

بطبيعة الحال، لم تلتحق بالمدرسة الثانوية مثل أقرانها، وبدلًا من ذلك بدأت تعمل في أعمال غير رسمية، وغادرت دار رعاية الأطفال، وقضت أيامها بالتسكع في مقاهي الإنترنت التي أمضت فيها فترات طويلة من الليل، حيث أصبحت واحدة من (لاجئي مقاهي الإنترنت). عندما كان الطقس دافئًا نامت في الشوارع، ولم تستطع إحصاء المرات التي أُجبرت فيها على توسد الرصيف الصلب وهي تبكي، ولطالما تساءلت عن الهدف الذي تعيش من أجله، وعما يُجبرها على تحمل هذه المشقة؟

مع ذلك، بدا الموت بهذه الطريقة مثيرًا للشفقة. في نهاية المطاف، أصبح السعي للعثور على المقهى حيث التقط والداها صورتهما هدف حياتها الوحيد.

قبل ستة أشهر، صادفت صورة حُملت على أحد مواقع الإنترنت، تظهر مقهى يقع على سفح تل هاكوداته في مدينة هاكوداته. بدا المقهى مألوفًا، كما ارتبطت به أسطورة تفيد أنه يتيح العودة إلى الماضي.

وفكرت *إذا كان هذا صحيحًا..*

حتى ذلك الحين، كانت يايوي تعمل بما يكفي لتأمين نفقات معيشتها فحسب، لكنها عملت بجد أكثر من أي وقتٍ مضى لمدة ستة أشهر، ووفرت ما يكفي من المال لشراء تذكرة طائرة إلى هاكوداته.

إذا تمكنت من العودة إلى الماضي، إذا تمكنت من العودة ورؤية والديّ...

نظرت إلى والديها المبتسمين بسعادة في الصورة، وفكّرت: *بموتكما جلبتما التعاسة لطفلتكما.*

وأدت رغبتها بالصراخ.

انتهت حياتي، ليس هناك عودة الآن.

أرادت أن تموت بعد أن تجعلهما يختبران قليلًا من حزنها ومعاناتها، أو جزءًا يسيرًا منهما.

يستحيل أن أموت قبل أن أفعل ذلك!

اليوم، زارت يايوي المقهى.

من دون أن تشتري تذكرة عودة.

لبرهة، لم ترَ شيئًا سوى ذلك الضوء الباهر، ثم استعادت إحساسها الخفيف بيديها وقدميها، في الوقت الذي حجبت فيه الضوء بيدها. عندما فتحت عينيها ببطء، رأت ضوءًا أبيض ناصعًا يشع من النافذة، لم تعد قادرة على رؤية المصابيح المتوهجة في البحر المظلم. وها هي الآن ترى ميناء هاكوداته الهادئ والسماء الزرقاء الصافية، تمامًا كما بدت في وقت سابق من ذلك اليوم.

أدركت يايوي: *لقد عدت إلى الماضي.* انقلب الليل نهارًا، واختفت ساتشي وكازو والآخران، وجلس مكانهم أناسٌ لم يسبق لها أن

رأتهم. كان هناك رجلان في أواخر العشرينات، وجلست امرأة بجانب النافذة، بالإضافة إلى يوكاري، المرأة الموجودة في صورة يايوي، التي كانت تبتسم من خلف المنضدة، وتجلس مع مجموعة من الأشخاص.

نظرت يوكاري إلى يايوي، وأومأت برأسها، ثم عادت للتحدّث مع أصدقائها.

قالت يوكاري: "إذًا؟ قلتما إنكما قررتما اسم ثنائيكما الكوميدي؟".

أجاب رجل يضع نظارة ذات إطار فضي: "هذا صحيح".

سألته يوكاري: "ما هو الاسم؟".

صرخ صديقه الطويل النحيف: "بورون دورون".

سألت يوكاري: "ماذا؟".

تفاجأت يايوي بالاسم، كانت تعرف الثنائي الكوميدي بورون دورون المشهور، فهما صعدا سريعًا إلى النجومية في السنوات الأخيرة. إذا كان هذان الرجلان هما بورون دورون، فلا بد من أن الرجل الطويل هو هياشيدا، الرجل المضحك. والذي يضع النظارة هو تودوروكي، الرجل الجدي، كانا مشهورين جدًا لدرجة أن يايوي كانت تعرفهما، غالبًا ما ظهرا في البرامج التلفازية الكوميدية. لكن الثنائي الكوميدي الذي تعرفه يايوي كانا أكبر سنًا من هذين الشابين. هذا بديهي لأنها سافرت إلى الماضي.

سألت يوكاري بهدوء: "بورون دورون...؟".

سألها تودوروكي وهاياشيدا في الوقت نفسه، وهما ينظران إليها ببالغ الاهتمام: "ما رأيك؟" نظرا إليها بحب، وكأنها أختهما الكبرى، وانتظرا جوابها بفارغ الصبر.

صاحت يوكاري: "إنه اسمٌ رائع، إنه الأفضل، سأمنحه الميدالية الذهبية، ستنجحان بالتأكيد".

عندها غمرت السعادة وجهيهما.

قال تودوروكي: "لقد فعلناها!".

قال هاياشيدا: "آه، هذا مريح!".

تابع تودوروكي: "لقد فكّرنا طوال الليل باسمٍ يعجبكِ".

أكد هاياشيدا: "نعم... نعم، هذا صحيح".

ضرب أحد الرجلين راحة يده براحة يد الآخر.

قالت يوكاري: "إنه اسم جيد، ويسهل تذكره. دورون ديرون، أليس كذلك؟".

قالا: "بورون دورون".

قالت يوكاري: "ها؟ ماذا؟".

لقد أخطأت بالاسم، ولم تتذكره مع أنها قالت إنه يسهل تذكره.

قال تودوروكي: "لقد قلت للتو إنه رائع!".

اعتذرت يوكاري وهي تضم كفيها معًا: "آسفة... آسفة".

انفجر تودوروكي من الضحك، وقال: "كدتِ أن تنالي منا يا يوكاري".

بالغ هاياشيدا بالتنهد وهو يقول: "لقد فعلتِ ذلك بالتأكيد".

بهدوء، قالت امرأة كانت تراقبهما: "يجب أن نذهب قريبًا يا رفاق". بدت أصغر بكثير من تودوروكي وهاياشيدا، لكن تصرفها الهادئ أظهر شيئًا من النضج. كان الوقت يداهمهم، حيث يجب عليهم اللحاق بالطائرة.

سألت يوكاري: "هل سترافقينهما يا سيتسوكو؟".

قالت المرأة التي تدعى سيتسوكو بوضوح: "نعم، بالتأكيد".

ردّت يوكاري: "حظًا موفقًا".

قالت سيتسوكو: "هذا الغبيان هما من سيحتاجان إلى الحظ الجيد".

قال تودوروكي ممازحًا: "نادنا بالغبيين لم لا تفعلين ذلك...".

في تلك اللحظة، التفت يوكاري إلى يايوي وسألتها فجأة: "إذًا، هل أتيتِ من المستقبل؟".

على الرغم من أنه كان من الأفضل البدء ببعض المجاملات، إلا أن يوكاري تخطت ذلك، تحدثت وكأنها تستأنف محادثة قد انقطعت منذ قليل.

ردّت يايوي: "نعم".

بدا أن تودوروكي والآخران قد لاحظا للتو حضور يايوي. قال تودوروكي على عجل وهو يحمل حقيبة كبيرة بجانبه: "حسنًا، لدينا طائرة لنلحق بها، لذلك...". إذا كانت يوكاري بمنزلة أخته، فسيكون بالتأكيد على دراية جيدة بقواعد المقهى.

قالت يوكاري: "حظًا سعيدًا، سأشجعكما".

انحنى الثلاثة وغادروا المقهى.

صوت رنين جرس الباب

طردت يوكاري الثلاثة بعفوية، ربما لأنها كانت تفكّر بيايوي. كانت يايوي تجلس على ذلك الكرسي وهذا يعني أنها جاءت لمقابلة شخصٍ ما، ولديها وقتٌ محدود لتفعل ذلك.

أوضحت ليايوي قائلة: "إنهما يتجهان إلى طوكيو ليصبحا كوميديين، هذا حلمهما"، خاطبتها وكأنها إحدى زبائنها الدائمين، بدلًا من أن تسألها عمن تريد أن تقابل. ثم سألتها: "ما اسمك؟".

بدت يايوي محتارة عندما سألتها: "ماذا؟".

كررت يوكاري: "ما اسمك؟ لديك اسم، أليس كذلك؟".

أجابتها يايوي: "يايوي".

كررت يوكاري: "يايوي؟".

"نعم".

قالت يوكاري وهي ترسم عبارة صلاة أمام صدرها: "إنه اسمٌ جميل".

لم يرق ليايوي هذا الثناء على اسمها، فتغيرت تعابير وجهها.

سألتها يوكاري: "ما بك؟".

أجابت يايوي: "أنا أكره هذا الاسم".

"لماذا؟ إنه اسمٌ لطيف".

"أنا منزعجة من والديّ اللذين منحاني إياه".

عنت يايوي تمامًا ما قالته، ومع ذلك، لم ترتبك يوكاري. بل اتكأت على المنضدة، وسألتها بنبرة تنم عن إعجاب عميق بها: "أظنك أتيت لإطلاق العنان لغضبك على والديك؟".

من هي هذه المرأة!

لم تعجب يوكاري بردّ يايوي - ليس بسبب تخمينها الدقيق لدوافع يايوي الحقيقية، ولكن لأنها كانت تحدق إليها كأنها بدعة غريبة. فلم تستطع أن تخفي انزعاجها.

قالت يايوي دفاعًا عن نفسها: "هل أبدو في غاية السوء؟"، كانت تعلم أن الجدال مع شخصٍ قابلته للتو لن يفيدها، لكنها لم تستطع أن تمنع نفسها. مع ذلك، لم تفكر يوكاري بإلقاء محاضرة على يايوي. رفعت قبضتها، وقالت: "بإمكانك أن تقولي أي شيءٍ تريدينه! في النهاية، لن يغير هذا المستقبل الذي أتيت منه".

سألت يايوي عما تفكره فيه: "من هي هذه المرأة؟". فالشخصان اللذان أتت لتنتقم منهما لم يكونا هنا.

ربما أخطأتُ بطريقةٍ أو بأخرى؟

كانت تفكر في اليوم الذي من المفترض أن تعود إليه.

لنفكر بالموضوع..

لا تتذكر أنها سألت كيف يجب أن تعود إلى اليوم الذي أرادت العودة إليه. كانت تحمل الصورة فقط، وتمنت بشكلٍ مبهم: *أريد العودة إلى اليوم الذي التُقطت فيه هذه الصورة.*

يا إلهي..

تذكرت يايوي المحادثة التي أجراها ناغاري والآخرون في وقتٍ سابق. عندما سافرت زوجة ناغاري من الماضي إلى المستقبل، لقد خططت للسفر عشر سنوات للمستقبل، لكنها وجدت نفسها في المستقبل بعد خمس عشرة سنة، بسبب الاختلاط بين السنوات والساعة في ذلك اليوم. لم تفهم ما حدث وقتها، ولكن الأمور عادت الآن لتبدو لها منطقية، شعرت وكأنها طُعنت في قلبها. *هل يحدث هذا النوع من الأخطاء؟*

كان الثنائي الكوميدي شابين، وهذا دليل على أنها سافرت إلى الفترة الزمنية المناسبة قبل عشرين عامًا تقريبًا. ولكن المشكلة تكمن في أنه لا يفترض بها تحديد اليوم فقط بل الساعة أيضًا.

لم تفكّر يايوي في ساعةً محددة، فكل ما فكّرت فيه وصَبتْ إليه هو العودة إلى اليوم الذي التقطت فيه الصورة، ولكن اليوم يتألف من أربع وعشرين ساعة، والقهوة تبرد في غضون خمس عشرة دقيقة، وإذا لم تقابل والديها في غضون هذه الدقائق، فهذا يعني أن رحلتها إلى الماضي عديمة الجدوى، يا ليتها تعرف التاريخ والوقت المحددين، يا ليتهما كتباه على الجهة الخلفية للصورة..

لكن مهلًا، دقيقة، دقيقة واحدة فقط...

بسرعة فتشت يايوي في حقيبتها، وأخرجت الصورة ونظرت إليها، فرأت ساعة المقهى في الصورة، خلف والديها اللذين كانا يحتضنانها مبتسمين، كانت الساعة تشير إلى...

الواحدة والنصف

نظرت يايوي إلى الساعة. إنها تشير الآن إلى...

الواحدة واثنتين وعشرين دقيقة.

لقد وصلت قبلهما بثماني دقائق.

وضعت يايوي يديها على فنجان القهوة لتتلمس حرارته.

لم يكن ساخنًا.

لم يكن الفنجان ساخنًا، ولكن سيمضي بعض الوقت قبل أن يبرد، فتنفست الصعداء. لا شك في أن والديها سيصلان قريبًا. وهذا ما حصل فعلًا.

صوت رنين جرس الباب

رنّ الجرس. فجأة، شعرت يايوي بالتوتر. فأخيرًا، ستستطيع رؤيتهما، تسارعت أنفاسها بمجرد تفكيرها أنها ستراهما وجهًا لوجه.

أخيرًا، سأراهما؟

هل فكّرت لتوها بأنها ترغب برؤية والديها اللذين احتقرتهما لسنوات؟

قالت يوكاري بصوتٍ عالٍ: "يا إلهي، أهلًا وسهلًا... يا لها من مفاجأة رائعة!".

استقبلت يوكاري ميوكي سيتو، التي كانت تحتضن طفلتها، وزوجها كيتشي. ثم عانقتها بشدة، وقالت: "تهانينا! لقد خرجت من المستشفى اليوم، أليس كذلك؟ لماذا لم تخبريني، كنت سأذهب وأصطحبك... هل بذلت مجهودًا للمجيء إلى هنا؟ أوه، لكنني سعيدة

جدًا بمجيئك، لا يمكن أن أكون أكثر سعادة، لن يهمني إذا انتهى العالم غدًا، أنا في غاية السعادة".

قال كيتشي وقد ارتسمت على شفتيه ابتسامة عريضة: "أوه، يوكاري، أنت تبالغين كالعادة". وابتسمت ميوكي بجذل وهي تقف إلى جانبه، إنهما يبدوان تمامًا كما في الصورة، وكانت الطفلة التي تحتضنها ميوكي ترتدي ثوبًا أزرق.

بدا أن ميوكي لاحظت يايوي وهي تحدق إليها بهدوء، فابتسمت لها.

قالت يوكاري وهي تنظر إلى الطفلة: "أوه، تبدو لطيفة، هل هي فتاة؟".

ردّتْ ميوكي: "نعم".

نقّلت يوكاري نظراتها بين ميوكي وكيتشي، وقالت: "أتساءل من تشبه؟".

أجاب كيتشي بخجل: "من المؤكد أنها تشبه والدتها، إن كانت تشبهني ما كانت لتبدو بمثل هذا الجمال".

أكدت ميوكي على ما قاله: "نعم، هذا صحيح".

قال كيتشي: "أنتِ، من الكياسة أن لا تؤيدي ما قلته".

فقالت ميوكي: "آسفة... آسفة".

ساد المقهى جو من السعادة، *ما كل هذا؟*

بدأ الغضب يحتدم في قلب يايوي.

ما يجدر بهما أن يكونا في غاية السعادة...

استعادت ما كانت تشعر به في طفولتها بأنها لا تنتمي إلى أي مكان.

لقد كان هذا خطأكما.

تزاحمت الذكريات في رأسها؛ تجاهل أبناء عمتها لها، وتغيبها عن المدرسة الإعدادية، وعدم تمكنها من دخول المدرسة الثانوية، وكيف قضت حياتها في العمل.

لقد عانيت من كل هذا بمفردي..

لم تشعر بالغضب فحسب، بل شعرت أيضًا بفجوةٍ عملاقة بين عالمها والعالم الذي عاش فيه هؤلاء الثلاثة الذين يقفون أمامها. لم يفصلها عنهم أكثر من مترين، ومع ذلك فاض عالمها بالحزن، بينما غمرت السعادة عالمهم.

شعرت بغربة ووحدة لا نظير لهما

وفقًا للقواعد، ما كانت تستطيع أن تبارح كرسيها، وهذا ما أشعرها بأنها مستبعدة، وتفاقم إحساسها السوء.

لماذا أنا فقط من يجذب كل هذه المصائب؟

لم تستطع تقبّل السعادة التي تشعر بها عائلتها، شعرت بالقشعريرة تسري في جسدها، واغرورقت عيناها بالدمع. شعرت بالحزن على حالها، وأيقنت عمق الوحدة التي تعاني منها وصعوبتها.

لا يهمني، يمكن للقهوة أن تبرد وتجعلني شبحًا.

عندما فكّرت بالأمر.. اقترب منها أحدهم وقال بلوعة: "أفضل الموت على العيش وحدي".

رنّ ذلك الصوت الأنثوي في أذن يايوي، فسألته مندهشة: "ماذا..؟"

هذا بالضبط ما قالته يايوي أثناء مغادرتها المقهى في وقت سابق اليوم. ولكن الآن، لم تكن هي الشخص الذي يتكلّم.

من يتكلّم؟

يمكن لواحدة فقط أن تكون صاحبة هذا الصوت.

بالتأكيد ليست..

نظرت إلى الأعلى، فرأت كيتشي يحمل الطفلة بينما كانت ميوكي تواجه يوكاري.

إنها ميوكي والدة يايوي.

رفعت ميوكي رأسها، وتابعت كلامها: "لا أعرف كيف أشكرك يا يوكاري".

سألتها يوكاري مستوضحة: "تشكرينني؟".

قالت ميوكي: "نعم".

لم يكن لدى يايوي فكرة عن السبب الذي حمل ميوكي على قول ذلك فجأة. ألم يبدوا جميعًا سعداء جدًا قبل لحظات؟ ألم تظهر الصورة أسرة سعيدة يغبطها الجميع؟

ماذا؟ كيف لهذا أن يحدث؟

تجمدت يايوي إثر كلمات ميوكي.

قالت ميوكي: "اختفى والداي من حياتي عندما كنت في الرابعة من عمري، وبعد ذلك تنقلت بين أقاربي، وقتها لم أشعر أنني أنتمي إلى أي مكان".

لم تصدق يايوي ما سمعت، فهي ما كانت تعرف أن والدتها هُجرت عندما كانت طفلة.

قالت يوكاري: "أوه، يا له من أمرٍ مروع".

تابعت ميوكي: "بعد ذلك، عندما تركت المدرسة الإعدادية، قال عمي وعمتي أنهما لن يستمرا في إطعامي إن لم أعمل، ولم يُسمح لي بالذهاب إلى المدرسة الثانوية، لذلك بدأت العمل، لكنني أثبتُّ أنني عديمة الفائدة في كل شيء، فشلت مرارًا وتكرارًا في كل شيءٍ فعلته".

قالت يوكاري: "فهمت".

أكملت ميوكي كلامها: "لقد أساء زملائي معاملتي، وعندما أصبحت سخريتهم لا تطاق، تركت العمل، واتهمتني عائلتي بعدم القدرة على التحمل وطردتني من المنزل".

قالت يوكاري: "يا إلهي، هذا فظيع".

قالت ميوكي: "لماذا حدثت كل هذه الأشياء الفظيعة لي فقط؟ لماذا يعيش الآخرون بسعادة بينما لم أحصل أنا على حياةٍ لائقة في أي مكان ذهبت إليه؟ لقد أحزنني ذلك كثيرًا، وشككت أن لا أهمية للبقاء على قيد الحياة".

انهمرت الدموع من عيني يوكاري وهي تستمع إلى ميوكي.

قالت ميوكي: "قبل خمس سنوات... في أحد أيام الشتاء، وقفت على الجسر، وفكّرت بالقفز في الماء... لو لم تنادِني عندها يا يوكاري".

قالت يوكاري: "نعم، أتذكّر ذلك اليوم".

تابعت ميوكي: "ما لم ألتقِ بك ولم أجد هذا المقهى...".

قالت يوكاري: "لقد جررتك إلى هنا، أليس كذلك؟ نعم أنا أتذكر".

قالت ميوكي وهي تحني رأسها لتشكر يوكاري: "لم أظن أنني سأحظى يومًا بالسعادة. لذا، شكرًا جزيلًا لك".

لـم تصـدق يـايوي مـا سـمعته. فهـي لـم تكـن تعـرف أن والـدتها انفصلت عن والديْها عندما كانت طفلة صغيرة، وعملت بعد المدرسة الإعدادية مثلها، وتعرضت للتعذيب، ويئست حتى رغبت بالموت، لكن الأمور تغيرت في النهاية.

لقد عرفت ذلك الآن؛ لقد عانت أمها مما عانت هي منه تمامًا. انفصلت ميوكي عن والديها عندما كانت طفلة صغيرة. كما أنها بدأت العمل بعد المدرسة الإعدادية أيضًا. لقد تعرضت للتعذيب؛ وعانت وكافحت، حتى أنها أرادت أن تموت.

مع ذلك... كانتا مختلفتين. ففي الوقت الذي عاشت فيه يايوي شاكية متذمرة، سعت ميوكي بشجاعة خلف السعادة.

ماذا حدث؟ ما هو الاختلاف بينها وبين ميوكي؟ استولت المحادثة بين المرأتين على حواس يايوي لدرجة أنها بالكاد تذكّرت أن تتنفس.

قالت يوكاري: "ارفعي رأسك".

رفعت ميوكي رأسها ببطء، فنظرت إليها يوكاري، وابتسمت لها بعذوبة ودفء.

قالت يوكاري: "افخري بنفسك لأنك تمسكتِ بالحياة ولم تستسلمي مطلقًا، لقد أبهرتني مثابرتك، لم يحدث هذا عن طريق السحر، أتتذكرين عندما ناديتكِ في ذلك اليوم؟ لم تتغير حياتك فجأة من تلقاء نفسها، ولم تُحل أي من مشاكلك، أليس كذلك؟ لكنك ثابرتِ لتحصلي على حياتكِ هذه، أنتِ هنا اليوم لأنك لم تتوقفي أبدًا عن إخبار نفسك أنك تستحقين السعادة".

أصغت ميوكي لكل ما قالته يوكاري، وأومأت برأسها موافقةً، في الوقت الذي انهمرت فيه دموعها مدرارًا.

قالت يوكاري: "لذلك، ارفعي رأسك، وقفي بفخر، فلقد كافحت لتحصلي على سعادتك، ولم تحصلي عليها جزافًا".

ردّتْ ميوكي: "حسنًا". ورفعت رأسها. فأضاءت ابتسامة وجهها الذي بللته الدموع.

ابتسمت يوكاري أيضًا بسعادة، وقالت: "حسنًا، هذا ما أريد رؤيته، فابتسامتك تزيدك جمالًا وألقًا".

فجأة، تذكّرت يوكاري شيئًا فسألتها: "أوه، ما اسم الطفلة؟".

استدارت ميوكي، ونظرت إلى كيتشي الذي كان يحمل الطفلة، وحملتها. كانت يايوي تعرف الإجابة مسبقًا.

قالت ميوكي: "آه، ألم نخبرك؟ يايوي".

اسمي.

إنه الاسم الذي منحتني إياه أمي.

نظرت يايوي إلى يوكاري بصمت لجزء من الثانية، لكنها شعرت بالوقت وكأنه دهر.

داعبت يوكاري وجنتي الطفلة بلطف، وقالت: "أوه حقًا؟ هل اسمك يايوي؟ إنه اسمٌ رائع، أليس كذلك؟".

ابتسمت الطفلة بجذل.

صوت ضجيج

أعلنت الساعة في المقهى عن الساعة الواحدة والنصف، بضربةٍ واحدة لجرس منخفض النغمة تردد صداها لوقتٍ طويل. تحققت يايوي من الساعة في الصورة.

أخرج كيتشي الكاميرا من حقيبته، وقال: "هل تمانعون أن نلتقط صورة لنتذكّر هذه اللحظة؟".

أخذت يوكاري الكاميرا، وتوجهت صوب يايوي، وقالت: "نعم بالتأكيد، دعونا نرَ".

اتسعت عينا يايوي، وقالت: "ماذا؟".

سألتها يوكاري وهي تعطيها الكاميرا: "من فضلك، هل بإمكانك أن تلتقطي لنا صورة؟".

قالت يايوي: "أوه! اممم". ثم لاحظت ميوكي وكيتشي وهما يراقبانها بفارغ الصبر.

ابتسمت ميوكي وأحنت رأسها: "شكرًا لكِ، نحن نقدّر ذلك".

قالت يايوي: "حسنًا، بالطبع".

أخذت يايوي الكاميرا، ونظرت من خلال العدسة، ووجدت نفسها تلهث.

إنها الصورة نفسها...

كانت ميوكي تحتضن طفلتها يايوي، وتتوسط كيتشي ويوكاري. ويظهر خلفهم ضوء النافذة الساطع. أشارت الساعة الكبيرة إلى الساعة الواحدة والنصف، وبدأت الصورة تشبه إلى حد كبير الصورة التي لطالما تأملتها يايوي.

وضعت إصبعها على زر الكاميرا، وسألت: "هل أضغط على الزر فقط؟".

أجابت يوكاري: "نعم، هذا صحيح". رأت يايوي ميوكي تبتسم لها عبر عدسة الكاميرا.

أوه..

في تلك اللحظة، لاحظت يايوي شيئًا ما.

منذ وفاة والديها، نظرت يايوي إلى هذه الصورة وشعرت بالغربة، وكأنها لم تكن موجودة في الصورة. لكن هذا لم يكن صحيحًا، فهي جزء منها. كانت تستلقي براحة هناك بين يدي والدتها، وكانت سعيدة بقدر سعادة والديها.

قالت يايوي: "حسنًا، هيّا بنا، قولوا تشيييز".

كانت رؤيتها ضبابية عندما ضغطت على الزر بصمت.

قالت ميوكي: "شكرًا لكِ".

ردّت يايوي وهي تتجنب النظر إلى ميوكي: "لا داعي للشكر"، وأعادت الكاميرا إلى يوكاري من دون أن تنبس ببنت شفة.

همست يوكاري، وبدت منزعجة: "هل أنت متأكدة أنك ستكونين بخير من دون أن تُعبّري عما كان يجول في خاطركِ؟". ربما خمّنت يوكاري ما أرادت يايوي أن تقوله.

مع أن يايوي أوشكت على الانهيار إلا أنها أجابت: "نعم، أنا بخير". مدّت يدها لتتناول فنجان القهوة، لقد أوشك أن يبرد.

تناولت القهوة دفعة واحدة، وفكّرت: ربما إذا علقت هناك أيضًا ولم أتخلَّ عن الحياة...

شعرت بمحيطها يتموّج، وأصبح جسدها براّقًا، وبدأت تشعر بالدوار، تحوّل جسدها إلى طيف ودخل في دوامة في الهواء.

رأت ميوكي والآخرين ينظرون إليها. لن تقابلهم مرةً أخرى. فقدت وعيها، ثم وجدت نفسها تصرخ: "أمي! أبي!" ربما سمعا كلماتها...

هذا آخر ما تتذكّره، ثم وجدت نفسها تنظر مجددًا إلى المصابيح الصغيرة المتلألئة عبر النافذة. اختفى النهار وخيّم الليل ببساطة. والآن، غمر انعكاس الضوء البرتقالي المقهى.

قالت: "أوه".

لقد عادت إلى الحاضر من دون ميوكي والآخرين. كانت ساتشي تنظر إليها بقلق، ووقفت خلفها كازو مع ناغاري وريغي.

إنه ليس حلمًا...

أظهرت الصورة في يدها وجه ميوكي المبتسم، والذي رأته من خلال عدسة الكاميرا.

لم يكن حلمًا..

غمرها فيض من العواطف والمشاعر، أغمضت يايوي عينيها، وارتجفت كتفاها.

رنّ جرس الساعة معلنًا عن الساعة الثامنة والنصف. فجأة، أدركت يايوي أن الرجل العجوز قد عاد من المرحاض، وأنه يقف إلى جانبها.

قالت يايوي: "أوه.." ونهضت بسرعة لتتيح للرجل استعادة كرسيه.

أومأ الرجل العجوز برأسه، وقال: "إذا سمحتِ لي..." وجلس على الكرسي بسكون.

سألتها كازو وهي تأخذ فنجان يايوي، وتقدم فنجانًا جديدًا للرجل العجوز: "كيف جرى الأمر؟".

رفعت يايوي الصورة، وأجابت: "امم.. يبدو أنني لم أكن وحيدة". وبدا الارتياح على وجهها، في تناقض صارخ مع الدموع التي ترقرقت من عينيها.

قالت كازو بغير اكتراث: "أوه، حقًا؟". وجلس ريغي- الذي خشي جديًا من أنها لن تعود- على أقرب كرسي وتنفّس الصعداء.

غافلةً عما كان يشعر به ريغي، مشت يايوي إلى ماكينة المحاسبة، وسألت بمرح: "كم؟".

لكن كازو لم تتحرك.

كانت كازو أقرب إلى الماكينة من ريغي. في مثل هذه الحال، عادة ما كانت تذهب هي إلى ماكينة المحاسبة. لكن بدلًا من ذلك، لم تحرك كازو ساكنًا، ولم تنوِ التحرك من موقعها أمام كرسي السفر عبر الزمن.

كان ريغي سريع الاستجابة في مثل هذه اللحظات، فنهض بسرعة وأراد الذهاب باتجاه الماكينة، لكن كازو أشارت له أن يتوقف.

ما الذي كانت تفكّر به؟

أمال ريغي رقبته.

قالت كازو ليايوي: "أعتقد أن هناك مزيدًا لتكتشفيه"، والتفتت إلى الرجل العجوز الجالس على الكرسي.

في تلك اللحظة...

تحوّل جسد الرجل العجوز فجأةً إلى بخار، وارتفع إلى السقف وكأن دوامة التهمته. ظهرت أسفل البخار امرأة ترتدي معطفًا صوفيًا رثًا يغطيه الغبار. بدا مشهد اختفاء الرجل العجوز، وظهور المرأة فجأة وكأنه خدعة سحرية مذهلة.

لم يدهش ذلك ناغاري وكازو، فقد تعودالى مثل هذه الأحداث، بخلاف ساتشي التي انبهرت، وكأنها تشاهد حيلة سحرية. لم تكن هذه هي المرة الأولى التي يشهد فيها ريغي ذلك، لكنه لم يستطع كبح اندهاشه نظرًا لأن ذلك حدث فور عودة يايوي من الماضي.

وقفت يايوي أمام الماكينة، مذهولةً بما حدث أمام عينيها، وقالت: "ماذا حدث؟".

قالت المرأة: "أين أنا؟". كان صوتها أجش. عندما جالت بعينيها في أرجاء المقهى، اتضح أن شحوبها لم يكن نتيجةً لصدمتها في تلك اللحظة. كان وجهها نحيلًا، وشفتاها زرقاوين، وكانت عيناها تفتقدان إلى البريق. في الواقع، بدت في غاية الوهن وكان بقاؤها على قيد الحياة موضع تساؤل. لقد غطى الغبار ملابسها وكأنها سقطت مرات عدة.

فجأة قالت يايوي: "أمي".

قالت ذلك، ولم تصدّق ما رأته عيناها، فالمرأة التي ظهرت على الكرسي كانت والدتها ميوكي. لكن ميوكي التي تجلس أمامها بدت مختلفة تمامًا عن التي قابلتها في الماضي قبل لحظات، لقد غاب حضور ميوكي القوي، وبدت هزيلة جدًا، وبدا أنها ستتلاشى في غضون ثوانٍ.

سأل ريغي: "أمك؟". كان ريغي يعاني لاستيعاب ما يحدث.

أما كازو التي حافظت على هدوئها، فسألتها: "هل كل شيءٍ على ما يرام؟".

لم تكن نبرة صوتها مختلفة عن نبرتها عندما تتحدّث مع أي زبون عادي، بدت ميوكي تائهة وهي تنظر إليها، وظلت صامتة لبرهة. بدت هي الأخرى لا تعرف ما الذي يحدث.

ثم أجابت: "لا أعرف، نادتني سيدة من هذا المقهى... أجلستني على هذا الكرسي، وقدّمت لي فنجانًا من القهوة. ثم شعرت بالدوار... ولا أعرف ماذا حدث بعد ذلك".

لم يكن لدى ميوكي فكرة عن مكانها أو سبب وجودها فيه، صحيح أن المقهى لم يتغير، ولكنها بدت مرتبكة من اختفاء المرأة التي كانت تقف أمامها، واستبدال مجموعة من الأشخاص لم يسبق لها أن رأتهم بها.

استشعرت كازو ارتباك ميوكي، فتكلمت بألطف وأهدأ ما يمكن، وقالت: "هل شرحت لك تلك المرأة شيئًا؟".

كالقواعد، على سبيل المثال.

كانت كازو تسأل عن شيءٍ حدث منذ لحظات، ومع ذلك استغرق الأمر من ميوكي بعض الوقت لتجيب، ثم قالت: "طلبت مني أن أُغمض

عيني بلطف، وأن أتخيّل المستقبل الذي أريد رؤيته". بدا حديثها غير مترابط.

قاطعها ناغاري سائلًا: "المستقبل الذي تريدين رؤيته؟".

كان الجميع متفقين على أن ميوكي أتت من الماضي. ولكن لسببٍ ما، بدا ناغاري مستغربًا عندما سمع هذه الكلمات: *المستقبل الذي أريد رؤيته*. لقد كانت هذه الكلمات في غاية الغموض، فلا يمكن إرسال شخص ما إلى المستقبل من خلال هذه العبارة، وبدا له جليًا أن المرأة التي أصدرت هذه الأوامر هي صاحبة المقهى، والدته يوكاري.

بدا ناغاري متذمرًا وهو يُفكر في سرّه: *أعطت شروحًا غامضة كعادتها*.

يعتقد ريغي أن هذا التفسير خاطئ للغاية، ولهذا السبب، أصبح ريغي مكلفًا بشرح القواعد بدلًا من يوكاري عندما بدأ العمل هنا. حيث كان يشرحها بشكلٍ شامل ودقيق.

سألت كازو: "وماذا أيضًا؟".

ردًّا على سؤال كازو، نظرت ميوكي إلى فنجان القهوة أمامها، وقالت: "أخبرتني أن أشرب الفنجان كاملًا قبل أن يبرد".

هذه المرة سألها ناغاري: "هل اكتفت بقول هذا؟".

أجابته ميوكي: "نعم".

مسّد ناغاري شعر رأسه الذي تخلله الشيب، وقال: "لا يُصدّق". ما الذي كانت تُفكّر فيه عندما اكتفت بقول هذا؟ مهما تكن الظروف، لا يمكن لها أن ترسل شخصًا إلى المستقبل بهذه الطريقة، من دون أن

تُجهّزه بالقدر الكافي. إن تصرفها غير مسؤول ولا يمكن تصديقه، بصفته فردًا من عائلة توكيتا، وابن يوكاري، كان ناغاري غاضبًا من أفعالها. ومع ذلك، لم يجد ضرورة أو فائدة من إظهار غضبه أمام ميوكي.

بدت ميوكي مرتبكة وهي تسأل: "ما هذا المكان؟".

لم تكن تسأل عن المكان الذي وجدت نفسها فيه بقدر ما كانت تريد أن تعرف ما الذي يحدث. فهمت كازو ما الذي رمت إليه من سؤالها، فقدمت لها شرحًا مختصرًا وبسيطًا عن المقهى، وأنه يتيح السفر عبر الزمن، واختتمت شرحها بالقول: "أعتقد أنك الآن تبعدين عقودًا عن حاضرك، ربما هذا هو المستقبل الذي أردتِ رؤيته".

لقد أخبرتها كازو الحقيقة ببساطة، ولم تسعَ وراء تنميق كلماتها، وتركت لميوكي حرية التصديق من عدمها، مع أن أيًا مما أخبرتها إياه لم يكن من السهل تصديقه على الفور.

بدت ميوكي مستغربة عندما قالت: "المستقبل! لماذا أرسلتني تلك المرأة إلى هنا؟".

عندها لاحظت امرأةً تحدق إليها من أمام ماكينة المحاسبة، لم تعرف أنها ابنتها، فأنّى لها أن تعرف.

أسقط في يد يايوي، ولكنها شعرت أن من واجبها أن تبدأ محادثة.

بعد تردد، قالت بصوت خافت: "اممم.. أنا..."، لكنها توقفت عند هذا الحدّ. لم تعرف ماذا تقول. هل يجب أن تُعرّف عن نفسها أم لا؟

آلمها النظر مباشرة إلى هيئة ميوكي البائسة، وهي التي تعرفت إلى قصتها عندما عادت إلى الماضي، وتعرفت إلى فشلها الأولي في

الانخراط بالمجتمع، وفشلها في العمل، وهو ما أفقدها الأمل، وقادها لمحاولة إلقاء نفسها عن الجسر.

لكنها لم تتخيّل أن ما مرّت به ميوكي كان سيئًا إلى هذا الحدّ، وأول ما تبادر إلى ذهنها هو مقدار تفاهة معاناتها مقارنة بمعاناة ميوكي، فعلى الأقل كان بوسع يايوي ادخار ثمن تذكرة الطيران من أوساكا إلى هاكوداته، وما يكفي من المال لتأكل، ولم تكن ملابسها رثة وتستدر شفقة الآخرين.

مقارنةً بما عانته ميوكي...

انقبض صدرها، ولم تتمكن من العثور على الكلمات المناسبة، ولا بد من أن ذلك انعكس على تعابير وجهها، لأن ميوكي سألتها برقة وعذوبة: "هل أنتِ بخير؟".

في اللحظة التي سمعت فيها يايوي ذلك، شعرت فجأةً بالندم.

كم أنا غبية وعاقة، لقد أردت العودة إلى الماضي لأشكو وأتذمر، لم أكن أفكّر سوى في نفسي، أنا مثيرة للشفقة...

في الوقت الذي كانت فيه يايوي توبّخ نفسها بصمت، بدت ميوكي مذهولة وهي تنظر إليها.

كسرت كازو هذا الصمت، وقالت: "إنها ابنتك".

ثم ابتعدت ببطء عنها.

لم تحرك يايوي ساكنًا.

ولكن...

ربما كانت تنتظر شخصًا آخر ليقول ذلك.

أيًا يكن الأمر، لم تجد في نفسها القدرة على قول ذلك، لا شك في أن كازو أدركت ما تشعر به يايوي من تلاطم المشاعر في داخلها.

نظرت يايوي إلى ميوكي التي أربكتها كلمات كازو.

حدقت ميوكي إلى يايوي، وبعد فترةٍ قصيرة من الصمت، همست: "ابنتـ...".

انهمرت الدموع من عيني يايوي، وحاولت أن تقول: "أمــ...".

فجـأةً، غطـت ميـوكي وجههـا بكلتـا يـديها، وأجهشـت بالبكـاء، وسـألت: "مـاذا؟ كيف لمثل هـذا أن يحـدث؟". وجـدت يـايوي نفسـها تركض إلى كرسي ميوكي، وشعرت بنياط قلبهـا تتمـزق عنـدما لاحظـت عن قرب معصمها النحيل ومعطفها الرث.

ارتجف صوتها وهي تصرخ: "أمي..".

قالت ميوكي: "كنت قد قررت إنهاء كل شيء".

سـمعت يـايوي السـبب الـذي دفعهـا لإنهـاء حياتهـا عنـدما عـادت إلـى الماضي. لكن شيئًا ما دفعها إلى السؤال على أي حال، فقالت: "لماذا؟".

"لأنني فقدت الأمل".

كانت مستعدة لرمي نفسـها في مياه خليج هاكوداتـه البـاردة، لكـن يوكاري مرت في اللحظة الحاسمة. بعد أن أدركت ما كانت ميوكي تفكّر فيه، فنادتها، وأجلستها على الكرسي.

رفعت ميوكي رأسها بهدوء، وتابعـت كلامهـا: "عنـدما طلبـت مني السيدة أن أتخيّل المستقبل الذي أريـد رؤيتـه، تخيّلـت حلمـي الـذي لـن يتحقق، لذلك، تمنيت أن أرى وجه طفلي السعيد".

راقب ناغاري يايوي وهي تستمع لكلمات ميوكي، فكّر بصوتٍ منخفض: *فهمت... وهذا يفسر لماذا ظهرت اليوم وبهذا التوقيت، عندما كانت ابنتها في المقهى.*

ولكنه كان مشوشًا..

كان هذا مختلفًا تمامًا عن مفهومهم التقليدي لطريقة السفر إلى المستقبل. خيّم الشك على تفكيره، هل بإمكانك الذهاب إلى المستقبل ومقابلة الشخص الذي تريد مقابلته بهذه السهولة؟

بغض النظر عن شكوكه، ما يهمّه الآن هو وجود الأم وابنتها معًا أمام عينيه. بذل جهدًا جبارًا ليقمع ما يشعر به من تناقض في المشاعر، وركّز على مراقبة ماذا سيحدث بين يايوي وميوكي.

خطت يايوي خطوة واحدة نحو ميوكي، وقالت: "هذا ليس حلمًا يا أمي. نحن في الحاضر، اليوم هو السابع والعشرون من شهر آب عام 2030، الساعة الثامنة والنصف". ثم نظرت إلى الساعة التي ظهرت في الصورة، وقالت: "الساعة الثامنة وإحدى وثلاثين دقيقة".

سألت ميوكي: "2030؟".

أجابت يايوي: "لقد بلغت العشرين من عمري هذا العام، شكرًا لكِ لأنك أنجبتِني".

لم تستطع ميوكي التفوه بشيء واكتفت بقول: "أنا...".

قالت يايوي: "أنا في غاية السعادة، انظري إلى ملابسي العصرية، أنا أعيش في أوساكا، وأتيت إلى هاكوداته لقضاء العطلة".

سألت ميوكي: "أوساكا؟".

ردّتْ يايوي: "نعم، إنها مدينةٌ رائعة، يتسم سكانها بالطيبة والمرح، وهم يحاولون التغلب على الكروب بالمزاح، والطعام في أوساكا لذيذ وطيب بقدر طيبة الناس".

"حقًا؟".

أردفت يايوي: "وأنا سأتزوج في العام القادم".

كانت تكذب.

"ستتزوجين؟".

مسحت يايوي الدموع عن وجنتيها مرات عدة، لكن مُعِينها لم ينضب. ثم تابعت: "لذلك، لا يمكن لك أن تموتي الآن، إذا مت، سوف تغيرين التاريخ! إذا لم تنجبيني، فلن تكون سعادتي موجودة أبدًا".

"ماذا؟ ولكن...".

بموجب القواعد، لا يمكن للواقع الحالي أن يتغير.

كان ريغي على وشك التدخل لتصحيح فهم يايوي لتلك النقطة، عندما أوقفته كازو بوضع يدها عليه.

همس ناغاري: "دعْ عنك ذلك".

في الواقع، وبموجب القواعد، لا شيء يمكن أن يغير الواقع الحالي. فميوكي لن تموت، بل ستنجب ابنتها التي ستعيش حياتها بمفردها. لا شيء من ذلك سيتغير. لا يمكن تغيير حقيقة تعرضها للمضايقات وتخويفها بتلك الأفكار المزعجة. ستُولد يايوي، وسيكون هذا الواقع بانتظارها".

ولكن ميوكي لم تكن تعرف ذلك، وسيبقى المستقبل غائبًا عنها.

خاطبتها يايوي مستحثة إياها: "هل ترين؟ عليكِ أن تعيشي... أرجوكِ، من أجلي".

على الرغم من أنني كرهتك، واحتقرتكِ لأنك تركتني وحدي، إلا أنني أتمنى الآن السعادة لي ولك، سأبذل قصارى جهدي لأعيش في رحاب السعادة.

هذه هي الحقيقة الكاملة. وبالطبع، لم تكن يايوي تريد لميوكي أن تموت.

تابعت يايوي: "ما رأيك؟".

ابتسمت يايوي لميوكي ابتسامة رائعة ومشرقة، وبدت مختلفة عن تلك المرأة التي كانت تمقت ماضيها وتبغض والديها.

أومأت ميوكي برأسها، ثم مدت يديها إلى يايوي، وقالت: "حسنًا.. دعيني ألقي نظرة على وجه ابنتي".

خطت يايوي خطوة إلى الأمام، وأتبعتها بأخرى، بحيث تتيح لميوكي أن تلمس وجنتها.

مسحت ميوكي دموع يايوي بإبهاميها، ثم قالت: "لقد فهمت الآن".

قالت يايوي: "حسنًا".

تابعت ميوكي: "ستفعل والدتك ما تقولينه، كي لا تضطرين إلى البكاء بعد الآن".

وضعت يايوي يديها على يدي ميوكي، وفكّرت: *سوف أتذكّر هذه اللحظة الدافئة ما حييت.* أرادتها أمها ألا تبكي بعد الآن، لكن عينيها لم

تكفا عن سكب الدموع، هذه اللحظات التي تجمعها مع أمها لن تدوم كما أنها لن تتكرر.

كانت ساتشي تجلس بين يدي ناغاري وقد غلبها النعاس، فقالت وهي تفرك عينيها: "ستبرد القهوة".

فجأة، رفعت يايوي رأسها، وكأنها تذكّرت فجأة، وقالت: "صحيح، عليك أن تشربي قهوتك قبل أن تبرد، أليس كذلك؟". تمنت أن يقول لها أحدهم إنها مخطئة، لكن كازو ردّت بهدوء: "نعم، هذا صحيح"، كانت تؤكد أن ما تعيشانه الآن ليس حلمًا ولا خيالًا.

عضت يايوي شفتها، وبما أن ميوكي لم تفهم القواعد جيدًا، أوضحت لها يايوي أنه يجب عليها إنهاء كل قهوتها حتى تعود بأمان إلى حاضرها. سبق ليوكاري أن أطلعت ميوكي على هذا بالفعل، ومع أن هذا الوداع أحزنها، إلا أنها وافقت بسرعة.

قالت ميوكي: "شكرًا لكم"، وشربت القهوة.

قالت يايوي: "أمي".

بدأ جسد ميوكي يتلاشى، قالت: "آه، كدت أن أنسى... اسمك؟".

سألت يايوي: "ماذا؟".

"لم أسألك عن اسمك".

"يايوي".

"يايوي؟".

"نعم".

تحوّل جسد ميوكي إلى بخار.

"يايوي.. إنه اسم جميل".

"أمي!".

تصاعد البخار...

قالت ميوكي: "يايوي، شكرًا لكِ"، ثم اختفت، وكأن السقف امتصها. ظهر الرجل العجوز الذي كان يرتدي البذلة السوداء مجددًا، وتصرف كأن شيئًا لم يحدث.

ساد الصمت المقهى عدا صوت أنفاس ساتشي النائمة.

بعد الانتهاء من مهام ما قبل الإغلاق، خرج ريغي من المطبخ مستعدًا للعودة إلى المنزل، وبعد أن خلعت كازو مئزرها قالت: "شكرًا لك يا ريغي".

"ما الذي تشكرينني عليه؟".

"أشكرك على شرحك لكل القواعد تقريبًا".

"لا ضير في ذلك، فقد تعودت شرحها، عندما كانت يوكاري تسكب القهوة".

كانت ميوكي مثالًا جيدًا على السبب الذي دفع ريغي لفعل ذلك. كل ما قالته لها يوكاري هو: "تخيلي المستقبل الذي تريدين رؤيته، واشربي القهوة قبل أن تبرد". لقد تصرفت يوكاري باستهتار وتهور.

أخفض ناغاري رأسه معتذرًا، وقال: "لابد من أنها تسببت لك بكثير من المتاعب".

ابتسم ريغي بسخرية وقال: "في الواقع، كنت في حيرةٍ من أمري عندما بدأت بالعمل".

كانت يوكاري تدير المقهى طوال الوقت، بمساعدة ريغي الذي يعمل بدوام جزئي، حتى وصل ناغاري والآخرون من طوكيو قبل شهرين. شعر ناغاري بأنه مضطرٌ لإدارة المقهى في غياب والدته، لأنه شعر بشكل أو بآخر بالمسؤولية عند رحيل يوكاري المفاجئ إلى أمريكا. والآن، عليه أن يعتذر عن تصرفاتها المتهورة والعفوية.

تابع ريغي كلامه: "ولكن لأكون صريحًا، لقد أخافتني اليوم حقًا".

أمال ناغاري رأسه، وسأله: "لماذا؟".

قال ريغي: "بدت يايوي مهزومة، قبل أن تعود إلى الماضي، كان لديها ميل للانتحار".

قال ناغاري: "حسنًا، بما أنك ذكرت ذلك..."

تابع ريغي: "وعلى الرغم من أنها لم تنزعج من احتمال عدم عودتها إلى الحاضر، سمحت لها كازو بالسفر إلى الماضي".

قال ناغاري: "بالنظر إلى ما حدث، ربما كانت تخطط للقيام بذلك...".

"لقد شرحت القواعد لكثير من الزبائن، لكن نادرًا ما يقرر أي منهم العودة إلى الماضي بعدها. لذلك، اعتقدت أنه ربما هناك قاعدة تنص على أننا يجب ألا نرفض أبدًا رغبة الزبون بالعودة إلى الماضي".

"لا، لم يسبق لي أن سمعت بمثل هذه القاعدة".

"ولكن إذا لم تكن هذه القاعدة موجودة، فلماذا...".

أثناء استماعها لهذه المحادثة، كانت كازو تطفئ أضواء المقهى باستثناء المصابيح الليلية. تاركةً المقهى غارقًا بشبه عتمة. ثم قالت وهي تنظر من النافذة: "عرفت ذلك من الصورة.."..

قال ريغي: "ماذا؟".

أجابت كازو: "لا تزال الصورة بحالةٍ جيدة".

سأل ريغي: "الصورة؟ ماذا تقصدين؟".

شرحت كازو: "لقد التقطت منذ عشرين عامًا تقريبًا، ومع ذلك حُفظتْ بعناية".

تمتم ناغاري بهدوء، وكأنه فهم ما كانت ترمي إليه: "آه، لقد فهمت".

هزّ ريغي رأسه بحيرة، وقال: "انتظري، لم أفهم ما تقصدينه".

تقدمت كازو ببطء صوب باب المقهى، وقالت: "فكّر في الأمر، إن كانت حقًا تكره والديها، ألا تعتقد أنها كانت ستمزق الصورة وترميها بعيدًا؟".

فتحت كازو الباب.

في تلك الليلة، كانت نسائم الصيف باردة في هاكوداته.

II

الكوميدي

في هاكوداته يمر الصيف بسرعة.

بعد فترةٍ وجيزةٍ من بداية تساقط أوراق الشجر، ارتدى جبل هاكوداته فجأةً حلة الخريف. خلال هذا الموسم، يجذب شارع منحدر يسمى دايزان ريغاليا رايز السياح بأعدادٍ كبيرة، بسبب حجارته المرصوفة بشكلٍ جميل، وأوراق شجر الرماد الجبلي النادرة المتساقطة على جانبيه، فتشعر وكأنك تمشي في أرضٍ عذراء.

وصلت مظاهر الخريف إلى النافذة الكبيرة لمقهى دونا دونا، الذي يطل على ميناء هاكوداته والسماء الزرقاء الشاسعة. تنتشر أوراق الأشجار القرمزية والذهبية في أرض الميناء وهذا ما يضفي بعض الرومانسية على أجواء المقهى.

ربما لهذا السبب، كانت ناناكو ماتسوبارا الجالسة بجانب المنضدة تفكر: *أرى كثيرًا من الثنائيات.*

إنه الأحد، ومع تضاعف عدد الزبائن بدا المقهى مفعمًا بالحياة.

مع ذلك، ونظرًا لأن معظمهم كانوا من السياح، لم يكن معروفًا عدد الزبائن الذين يعرفون أن هذا المقهى يتيح لهم السفر عبر الزمن. جلس بين هؤلاء الثنائيات المتحابة، رجل طويل في أواخر الأربعينات من عمره، أخفت قبعة صيد ونظارة شمسية ملامحه. واظب هذا الرجل منذ ثلاثة أيام على زيارة المقهى، وهو من أوائل الزبائن الذين يدخلون صباحًا، ومن أواخر الذين يغادرون مساء، وهذا ما جعله محل ريبة.

جلست ساتشي على الكرسي مشغولةً بقراءة كتابها الحالي: *مئة سؤال*، في الوقت الذي عملت فيه كازو خلف المنضدة، وكانت الدكتورة ساكي موراوكا تتناول غداءها بجوار ناناكو. في العادة، كانت رؤية ساتشي على مقربة من هذا الرجل الغريب ستثير القلق في قلوب الكبار، لكن هذا لم يحدث. ذلك لأن النساء الثلاث افترضن أن الرجل كان زبونًا جاء ليعود إلى الماضي، وبناءً على سلوكه، توقعن أنه يحاول تحديد إن كانت الشائعة بخصوص المقهى صحيحة، وأنه يستطيع العودة إلى الماضي، وربما كان يعرف بالفعل القواعد، وينتظر ببساطة أن يشغر الكرسي. في الآونة الأخيرة حضر كثير من الزبائن مثله إلى المقهى، ففي أواخر أيام الصيف، وفي أحد الصباحات زارت امرأة المقهى صباحًا، وعاودت زيارته مساء ليتبيّن أنها تبحث عن والديها المتوفيين.

لاحظت ساكي، وهي طبيبة نفسية تعمل في المستشفى العام القريب، الرجل أثناء تناولها الغداء، ولاحظت أن التردد صفة ظاهرة في شخصيته، ولكنه لم يوحِ بأنه شخص خطير. يبدو أن ساتشي أكثر إدراكًا

وذكاءً مما يظنون، فلاحظت تصرفات الرجل وشرعت تتحدث إليه، وبدأت تقرأ الأسئلة من كتابها، *مئة سؤال*، بصوت عالٍ:

"السؤال السابع والخمسون".

قال الرجل: "حسنًا".

استمعت ناناكو إلى هذه المحادثة، وسألت كازو: "هل تظنين أنها أحبته؟". كانت ناناكو تقصد كتاب المئة سؤال، ولكن الأمر التبس على كازو التي ظنت أنها تقصد الرجل الذي يضع نظارة، فقد بدا مستمتعًا بالتحدث إلى ابنتها، وكان يجيب عن أسئلتها بجدية.

قالت ساتشي: "لنفترض أنك تقيم علاقة خارج إطار الزواج".

ردّ الرجل: "علاقة خارج إطار الزواج؟ سيكون سؤالًا صعبًا على ما يبدو".

بالطبع، لم تكن ساتشي تعرف ما الذي يعنيه ذلك. كانت ببساطة تستمتع بتفاعل هذا الشخص الجديد معها عن طريق هذا الكتاب.

قالت ساتشي: "لنقل إنك كذلك".

قال الرجل: "حسنًا". لم يبدُ أن الرجل يشعر بالملل من هذه الأسئلة.

أكملت ساتشي سؤالها: "إذا كان العالم سينتهي غدًا، ما الذي ستختاره؟

1. تقضي الوقت المتبقي مع زوجتك.
2. تقضي الوقت المتبقي مع المرأة التي تربطك بها علاقة خارج إطار الزواج.

أيهما ستختار؟".

أمال الرجل رأسه، وقال: "هممم، إذا اخترت الخيار الثاني، أعتقد أن هذا سيشوه ما تبدو عليه شخصيتي".

نظر الرجل إلى ناناكو والأخريين. لم يبدُ خائفًا من حكم ساتشي على جوابه بقدر خوفه من حكم الأخريات لا سيما وأن ساكي وناناكو كانتا تصغيان إلى حديثه مع الطفلة، واعتمادًا على طبيعة السؤال، غالبًا ما تتبع المحادثات بعده طريقًا واحدًا.

سألت ناناكو: "هل أفهم من جوابك أنك اخترت الخيار الثاني؟".

أجاب الرجل: "لا، أنا لم أقل ذلك، فلم يسبق لي أن تزوجت أو ارتبطت بعلاقة غرامية".

سألته ساكي بصراحتها المعهودة وبدت متهكمة: "هل ما زلت بتولًا وأنت في هذا العمر؟".

شعرت ناناكو أن ساكي تخطت حدود اللباقة، فتدخلت بهدوء: "دكتورة موراوكا".

أجاب الرجل: "هذا قدري، على ما أعتقد...".

"لكنك تبدو لطيفًا".

"كثيرًا ما أوصف باللطف".

لم تكف ساكي عن مضايقة الرجل الذي اكتفى بالرد عليها بدبلوماسية. في النهاية، تدخلت ساتشي عندما وجدت أن صديقها لم يعد مهتمًا بالتحدث إليها، فسألت بحزم: "ماذا ستختار؟".

"آه، آسف...اممم، حسنًا، الخيار الأول".

"وأنتِ دكتورة ساكي؟".

لم ينتب ساتشي الفضول لمعرفة سبب اختيار الرجل الخيار الأول. وعلى الفور، حوّلت استجوابها إلى ساكي.

أجابت ساكي: "الخيار الثاني".

صدم جواب ساكي ناناكو، التي علت وجهها الدهشة، فهي لم تتوقع أن تختار ساكي الخيار الثاني. فقالت: "أوه".

ردّت ساكي: "ماذا؟ هل هذا صادمٌ للغاية؟".

"أوه، لم أتوقع هذا الجواب، هذا كل ما في الأمر...".

"لماذا؟".

"امممم... بالتأكيد، أنت تعرفين..."، لم تستطع أن تعبّر عن أفكارها، فهي كانت على النقيض منها.

بعفوية، تدخل الرجل في المحادثة في الوقت الذي تلعثمت فيه ناناكو، وقال: "أعتقد أنها تشكك في شخصيتك الآن". لقد عبّر عما تفكّر فيه ناناكو، وهذا ما أربكها.

احتجت ناناكو ورفعت يدها قائلة: "كلا، لم أقصد ذلك على الإطلاق...".

تنكبت ساكي عناء التعبير عما قصدته ناناكو، فقالت: "أنتِ متفاجئة من اختياري الخيار الثاني، ولكنني أجد جوابي منطقيًا ومنسجمًا مع واقع من يكون على علاقة خارج إطار الزواج".

لم تكن ساكي تؤيد الخيانة الزوجية، ولكنها أرادت ببساطة القول إن من يخون زوجته، فمن الطبيعي أن يختار المرأة الأخرى إن وجد

نفسه في حال شبيه بسيناريو انتهاء العالم في اليوم التالي.

لم تقل إن مثل هذا التصرف سليم أخلاقيًا واجتماعيًا، بل شرحت الأمر من وجهة نظرها.

عندما سمعت ناناكو شرح ساكي قالت: "أوه... لقد فهمت".

عندها قالت ساتشي بصوتٍ عالٍ مفعم بالحيوية: "السؤال التالي؟".

ردّ الرجل: "حسنًا، أنا جاهز".

تابعت ساتشي: "السؤال الثامن والخمسون".

"نعم".

قرأت ساتشي: "لنفترض أن لديك طفلًا خارج إطار الزواج".

فرك الرجل جبينه: "سؤالٌ شائكٌ آخر".

أكملت ساتشي: "إذا كان العالم سينتهي غدًا، ما الذي ستختاره؟

1. هذه هي فرصتك الأخيرة لتعترف به، لذا تبوح بأمره لزوجتك.
2. ستحافظ عليه سرًا، وتبقى مخادعًا حتى النهاية.

ماذا ستختار؟".

شبك الرجل ذراعيه، وأمال رأسه مرة أخرى، وهو يفكر في الإجابة. قال: "امممم".

منذ البداية، لم تكن الأسئلة مباشرة، وتحتمل إجابات واضحة، فالأسئلة كانت من قبيل: هل سيدخل غرفة تحميه وهي لا تتسع سوى لشخص، هل سيعيد شيئًا سبق له أن استعاره، هل سيقيم حفل زفاف، وغيرها من الأسئلة التي تصب في السياق نفسه. أسئلة تافهة، ولكنها

تدور حول أمور لا يميل الناس للبت فيها، وبما أن أسئلة الكتاب جميعها سُبقت بافتراض *إذا كان العالم سينتهي غدًا* فقد سعى الكاتب إلى تقيد القراء، وحصر إجاباتهم بخيارين لا ثالث لهما أفعل أو لا أفعل.

بشكلٍ مشابه للعبارة الشهيرة من مسرحية هاملت لشكسبير: "أكون أو لا أكون، هذا هو السؤال".

هذه العبارة قالها هاملت، الذي قتل عمه والده. في المسرحية، يُفكّر هاملت في الانتقام، وهو يشعر بالتردد إن كان يجدر به الانتقام أم لا، فقد سمم العم شقيقه، واستولى على عرشه، وتزوج أرملته. كان شره واضحًا في هذه القصة، وهذا ما أدركه هاملت. لكن تردده وعدم انتقامه الفوري هو ما سبب التعاسة للجميع، لقد أُسقط بيد هاملت، ولم يعرف ما يجدر به القيام به، هل يصدق كلام الشبح أم لا؟ هل عليه البدء بالقتال؟ وهل سيحترم نفسه إن لم يفعل ذلك؟ بعبارة أخرى، يمكن العثور على معنى القصة في شخصية هاملت المتذبذبة.

في الوقت الذي أوشك فيه على الجنون، فقد أوفيليا المرأة التي يحبها بشدة، وتسبب في وفاة الأبرياء، كما تآمر أصدقاؤه على قتله، وشربت والدته الكأس المسمومة. في نهاية القصة، يموت هاملت وعمه ويُطاح بالعرش. المسرحية عمل ملحمي طويل، وتستمر لأكثر من أربع ساعات، مع ذلك، عندما تحلل المسرحية لتكشف عن جوهر المشكلة، بإمكانك القول إنها تتمحور حول شخص احتار وتردد بشأن الإقدام على فعل أو عدم الإقدام عليه.

بالطبع، لم يفكر الرجل وناناكو وساكي كيف يدفع هذا الكتاب القارئ بنجاح لاتخاذ قراراتٍ مهمة. كانوا فقط يستمتعون باتخاذ القرار النهائي في ظل السيناريو الافتراضي لنهاية العالم.

حذّرت ساتشي الرجل الذي يضع نظارة شمسية، والذي كان متردداً مثل هاملت: "التردد يُدمّر الذات". بعد قراءة أعمال شكسبير بأكملها، من المحتمل أن تكون الطفلة المعجزة ساتشي هي الوحيدة التي أدركت أن هذا الكتاب كان أكثر من مجرد كتاب للترفيه والتسلية.

صوت رنين جرس الباب

رنّ الجرس.

لم يكن زبونًا، بل كان ريغي الذي دخل وهو يجر خلفه حقيبة سفر، ويحمل على كتفه حقيبة ظهر، وفي يده كيس ورقي مليء بالهدايا التذكارية، قال: "لقد عدت".

استقبلته ساتشي: "ريغي! أهلًا بك".

"مرحبًا يا ساتشي"، ثم توجّه إلى المطبخ.

قال له ناغاري في المطبخ: "لا بد من أنك وصلت للتو من طوكيو، كان عليك أن ترتاح قبل المجيء إلى المقهى".

"أنا بخير. اليوم هو الأحد، وسيشهد المقهى ازدحامًا".

لم يمضِ على وصول ناغاري إلى هاكوداته سوى شهرين، ولم تكن لديه أي فكرة عن مدى ازدحام المقهى خلال موسم الخريف

السياحي. يقع مقهى فونيكولي فونيكولا في طوكيو في الطابق السفلي لمبنى في شارعٍ جانبي ضيق، لذلك لم يشهد ازدحامًا، سواء في موسم العطلة أو في أي وقت آخر. كان زواره في الغالب من الزبائن المنتظمين، وعلى أي حال، لم يكن في المقهى سوى تسعة كراسٍ؛ بل ثمانية في الواقع، إذا لم نحتسب كرسي السفر عبر الزمن.

لكن في هاكوداته، وجد ناغاري نفسه في موسم الذروة، حيث يحوي المقهى ثمانية عشر كرسيًا، بما في ذلك مقاعد الشرفة الخارجية. ويمكن لكل هذه الكراسي أن تمتلئ الآن، لذلك لا يستطيع رفض المساعدة من شخصٍ إضافي.

خرج ريغي من المطبخ وهو يرتدي مئزره، ويحمل كأسين من البارفيه على صينية.

سألته ناناكو: "أين الهدايا التذكارية؟".

قال ريغي وهو يتجه إلى الشرفة لتقديم البارفيه: "دعينا نفعل ذلك في وقت لاحق". حتى في هذا الوقت من العام، لم يكن الجو باردًا جدًا، ويحول دون الجلوس على الشرفة في وقت الظهيرة. في مثل هذا اليوم الجميل، كانت الشرفة جميلة، ومكانًا مثاليًا للجلوس والاستمتاع بألوان الخريف. بعد تقديم البارفيه، توقف ريغي للتحدث مع الزبائن قبل أن يدخل؛ ربما كان يوصي بأفضل المعالم السياحية في هاكوداته.

سألته ناناكو: "كيف كان اختبار الأداء؟".

أجابها ريغي بفخر: "أوه، جيد لقد تفاعلوا معي بشكلٍ أفضل هذه المرة". كان ريغي يطمح أن يكون كوميديًا، وكان بين الحين والآخر

يسافر إلى طوكيو لإجراء اختبارات الأداء، ولكن حتى الآن باءت كل محاولاته بالفشل.

عرفت ساكي أيضًا بجهوده، فتمتمت بغضب: "أما زلت تهدر أموالك على هذه الرحلات إلى طوكيو على أمل اجتياز أحد اختبارات الأداء هذه؟".

قال ريغي: "أنا لا أهدر أموالي، أنا أستثمر، أنا أستثمر في مستقبلي!".

استفسرت منه ساكي سائلة: "ألم يحن الوقت لتتخلى عن هذا الحلم؟ ريغي، واجه الأمر، أنت لست موهوبًا".

لقد كانت ساكي صريحة، وكانت كلماتها جارحة، ولكنها كانت أكثر صراحة وسليطة اللسان مع الأشخاص الذين تعرفهم منذ فترة طويلة.

لكن ذلك لم يزعج ريغي، الذي اكتفى بالقول: "أنت تجافين الحقيقة".

ناشدته ساكي: "يا إلهي، افتح عينيك"، كانت تقصد أن تقييم ريغي لذاته يتعارض مع النتائج التي يحصل عليها.

تدخلت ناناكو في المحادثة، وقالت: "إنها محقة، فأنت لست موهوبًا بالقدر الكافي".

أبدى ريغي استياءه وقال بطريقة كوميدية: *على رسلكما، لا تتحالفا ضدي بهذا الشكل.*

لم تنتهِ ناناكو بعد، فأردفت: "لكن بغض النظر، عدم استسلامك هو موهبة بحدّ ذاته".

قال ريغي: "هذا لا يجعلني أشعر بتحسن".

قصدت ناناكو أن تشجّعه، لكن كلماتها لم تفلح في ذلك.

سبق لهم أن أجروا هذه المحادثة مرات عدة. كانت ساكي صادقة تمامًا في اعتقادها أن ريغي سيكون أفضل حالًا إن تخلى عن حلمه في أن يصبح كوميديًا، لكن ريغي ظنها تداعبه، ولكن أيًا كان قصدها، فلن تثبط عزيمة رجل يلاحق حلمه.

لاحظ ريغي أن ساتشي كان تحمل كتاب *مئة سؤال*. سألها: "أوه، ما رقم السؤال الذي تقرأينه؟".

"ثمانية وخمسون".

"السؤال عن الطفل السري؟".

حفظ ريغي الأسئلة عن ظهر قلب.

اتسعت عينا ساكي، وصرخت: "هل حفظتها كلها؟".

"نعم، أستطيع الحفظ من المرة الأولى التي أقرأ فيها".

"حسنًا، أعتقد أن هناك مجالات عملٍ أخرى إلى جانب الكوميديا حيث ستكون هذه الموهبة مفيدة".

"كفى!".

إن لم يضع ريغي حدًا للمناقشة، كانت ناناكو ستضيف: *بالتأكيد!* لتساند ساكي.

لم تهتم ساتشي بهذه المحادثة بين الكبار، فسألت ريغي: "أيهما؟".

"حسنًا، دعيني أفكّر..".

لابد أن ريغي قد اختار جوابه عندما قرأ الكتاب سابقًا، لكنه تظاهر بأنه يفكّر، فهو يعلم أنها تستمتع بمثل هذه المحادثات، ولكن عندما نظر

ريغي إلى الرجل الذي يضع نظارة شمسية، غطى الرجل وجهه بكلتا يديه بطريقة مريبة.

سأل ريغي: "السيد هاياشيدا؟".

ارتبك الرجل: "آآآه".

"أنت هاياشيدا من الثنائي الكوميدي بورون دورون!".

"لا، أنا متجر أمريكي، يبدو أنك دخلت المكان الخاطئ"، ثم تمتم: "آه، فُضح أمري".

كان اسم الرجل كوتا هاياشيدا، وهو ممثل كوميدي ذاع صيته خلال السنوات القليلة الماضية. كان ردّه السريع على سؤال ريغي هو نكتة من مسرحية هزلية شعبية لبورون دورون.

قال ريغي: "أنت كوتا هاياشيدا، وهذه هي النكات الغريبة وغير المفهومة التي كبرت على حبها! لقد فُضح أمرك. أنت..."

كان المقهى مليئًا بالزبائن، لذلك أخفض ريغي صوته، وهمس بصوت عالٍ لناناكو وساكي: "كوتا هاياشيدا من بورون دورون".

لم تتأثرا بالرغم من حماسة ريغي. أمالت ناناكو رأسها في حيرة، متسائلةً لماذا قال الرجل "متجر أمريكي" وسط هذه المحادثة.

أوضح لها ريغي الأمر: "في اللغة اليابانية، نستخدم الحرف كانجي للإشارة إلى الأرز وإلى أمريكا أليس كذلك؟ ومن يدخل متجرًا كتب على لافتته حرفيّ كانجي، ليشتري الأرز ويجد سلعًا أمريكية، يكون بذلك قد أخطأ في تحديد هوية المتجر أليس كذلك؟ لقد أراد كوتا هاياشيدا أن يخفي هويته ويشير إلى أنني أخطأت في تحديد هويته مثل

الشخص الذي يدخل متجرًا لشراء الأرز ويجد نفسه في متجر للسلع الأمريكية، إنه نوع من التلاعب بالكلمات".

ما يميز أسلوب بورون دورون الكوميدي هو اللعب على الكلمات، التي لن يستطيع أحد فهم الفكاهة ما لم تُشرح له.

قالت ناناكو: "حسنًا، فهمت".

قالت ساكي: "لقد بدا لي وجهك مألوفًا".

لقد نجح تفسير ريغي بالتخفيف من ارتباك ناناكو وساكي، لكن لم تبدوا مشدوهتين. ربما كانتا ستتحمسان أكثر إن كان تودوروكي هنا، العضو الآخر في الثنائي، فهو الأكثر شعبية. لكن ريغي كان يراهما جديرين بالإعجاب، لذلك كان متحمسًا جدًا.

قال ريغي: "تهانينا على الفوز بجائزة الكوميدي الكبرى! أعرف كل شيء عن ذلك. قال تودوروكي أنكما ستفوزان بها منذ خمس سنوات، هذا رائعٌ حقًا. أوه، هل بإمكاني الحصول على توقيعك؟".

ردّ هاياشيدا: "اممم...".

"أنا آسف. لقد تحكمت في حماستي، أنت تستحق قدرًا من الخصوصية. في الحقيقة، أن أحلم في أن أصبح ممثلًا كوميديًا. يا إلهي، أنا سعيد برؤيتك".

من خلال ردّ فعل كل من ريغي وساكي وناناكو، لا يمكن أن يكون الاختلاف بينهم أكثر وضوحًا، ففي الوقت الذي أبدي فيه ريغي الحماسة، حافظت المرأتان على هدوئهما، ولكن الوضع كان سيختلف، وستنقلب الحال إن كان الرجل مغنيًا أو ممثلًا وسيمًا.

فجأة تمتمت ناناكو؛ وبدت وكأنها تذكرت شيئًا: "ولكن.. بعد فوز بورون دورون بالجائزة، ألم يختفِ تودوروكي فجأة؟".

ردّ ريغي فورًا: "ماذا تقولين!".

تمتم هاياشيدا: "صحيح". بدا صوته فاترًا وبدت نبرته واهنة. أخفت نظارته الصدمة في عينيه، ولكنه لم يبقَ في مزاجه المرح السابق.

خجل ريغي من سلوكه وقلة مراعاته لمشاعر هاياشيدا.

قبل أسابيع عدة، تصدرت أخبار اختفاء تودوروكي من بورون دورون عناوين الأخبار. رجّحت التقارير سبب اختفائه وعزلته للمال، فقد انتشرت شائعة مفادها أنه استولى على ملايين الجائزة وولى الأدبار، ولكن حتى الآن لا تزال الحقيقة في غياهب المجهول.

سألته كازو: "أنت هنا لسبب محدد، أليس كذلك؟".

لم يشك أحد أن هاياشيدا جاء إلى المقهى لثلاثة أيام متتالية من دون سبب. لا شك في أنه يريد العودة إلى الماضي، ولم يكن من الصعب الافتراض أن للأمر علاقة باختفاء شريكه.

نزع هاياشيدا نظارته، بدا مستسلمًا، وقال: "اعتقدت أنه قد يأتي إلى هنا، لذلك جلست أنتظره".

سألته كازو: "كنت تنتظر ذلك الرجل المختفي؟".

أجاب هاياشيدا وهو ينظر إلى الأسفل: "نعم".

سألته ساكي: "لماذا؟".

شعرت الدكتورة ساكي موراوكا بالفضول، لماذا يعتقد أن شريكه المختفي سيأتي إلى هنا!؟

قال هاياشيدا: "لمقابلة سيتسوكو".

سألت ساكي: "ومن هي؟".

قال هاياشيدا: "زوجته التي توفيت منذ خمس سنوات".

لذلك، كان هاياشيدا ينتظر تودوروكي المختفي ليأتي إلى هنا لمقابلة زوجته سيتسوكو التي توفيت قبل خمس سنوات. ولكن إذا كان هذا هو الحال...

فهل يعرف تودوروكي أيضًا الشائعة المتعلقة بهذا المقهى؟

وإذا افترضنا أنه يعرف، فلماذا يعتقد أن تودوروكي سيأتي إلى هنا؟

هل هناك علاقة بين اختفاء تودوروكي، وزوجته التي توفيت قبل خمس سنوات؟

ولماذا ينتظر هاياشيدا تودوروكي؟

هذه هي الأسئلة التي فكّر فيها كل من ساكي وريغي. ثم بدأ هاياشيدا يشرح ببطء: "لقد نشأت مع تودوروكي وسيتسوكو في هذه المدينة، كنا أصدقاء مقربين منذ المدرسة الابتدائية".

حقيقة أنهم من السكان المحليين، جعلت معرفتهم بمقهى السفر عبر الزمن وقواعده أقل غرابة، ربما كانت يوكاري تعرفهم أيضًا، وهي صاحبة المقهى الموجودة حاليًا في أمريكا.

واصل قصته: "منذ كنا صغارًا، أحبت سيتسوكو الكوميديا، وهي من ألهمتنا الذهاب إلى طوكيو لنصبح كوميديين".

كانت ساتشي تستمع باهتمام إلى هاياشيدا، وهي تجلس بلا حراك، تمامًا مثلما تجلس عندما تقرأ.

"لم نكن نعرف أحدًا، وكافحنا لكسب قوتنا. عندما توجّهنا إلى طوكيو، عشنا معًا في شقة مكونة من غرفة واحدة. كنت أنا وتودوروكي نكتب النصوص، ونجري اختبارات الأداء، وكانت نتائج هذه الاختبارات الرفض دائمًا، وما كنا نجني شيئًا سوى عائدات عروضنا، وكانت عائدات لا تذكر إن صح وصفها بالعائدات".

أحد الزبائن الذي يجلس إلى جانب هاياشيدا قطع على ريغي متابعة الاستماع عندما استدعاه، فلبى ريغي طلبه على مضض. تابعت عينا هاياشيدا ريغي وهو يمشي، لكنه لم يتوقف عن سرد قصته:

"لتأمين النقود الضرورة لمعيشتنا، عملت سيتسوكو مدرّسة خصوصية خلال النهار، ونادلة ليلًا في غينزا. كانت تدير منزلنا وتدعمنا خلال ذلك الوقت. فعلت كل ذلك حتى نتمكن... حسنًا، حتى يتمكن تودوروكي من أن يصبح كوميديًا ناجحًا".

توضحت الآن صورة سيتسوكو التي ضحت من أجل زوجها، ومن الواضح أنها لم تكن مجبرة على فعل ذلك. لا بد أنها شاركتهما طموح أن يصبح تودوروكي - على حد تعبير هاياشيدا -كوميديًا ناجحًا.

تابع هاياشيدا: "شاركت سيتسوكو تودوروكي حلمه في أن يصبح ممثلًا كوميديًا ناجحًا".

بالطبع، كان هذا حلم هاياشيدا أيضًا.

تابع هاياشيدا: "أخيرًا، وقبل خمس سنوات، أتيحت لفرقة بورون دورون فرصة تقديم عرض تلفازي منتظم في وقت متأخر من الليل،

وتقدم تودوروكي للزواج من سيتسوكو. أصبحنا نظهر بشكلٍ منتظم في ذلك العرض، لكننا كنا فقراء، لذلك استغنيا عن حفل الزفاف. ما زلت أتذكر كم كانت سيتسوكو سعيدة في ذلك الوقت. ولكن...".

خنقت العَبْرَات هاياشيدا، وعرف الجميع ما حدث رغم أنه لم يكن قادرًا على قوله.

توفيت سيتسوكو.

أشاحت ناناكو وجهها، وقالت: "يا إلهي، توفيت المسكينة سيتسوكو باكرًا".

قال هاياشيدا: "*يجب أن تحصلا على جائزة الكوميدي الكبرى*... كانت تلك الكلمات الأخيرة لسيتسوكو".

عاد ريغي بهدوء، لم يعرف ما قاله هاياشيدا، لكن تعابير وجهه أشارت إلى أنه لا يزال مستغرقًا في المحادثة.

تمتمت ساكي بصفتها طبيبة خبيرة: "فهمت..".

آخر ما تمنته الزوجة المحبوبة لزوجها هو الفوز بالجائزة، وبعد أن فزّنا بها قبل شهرين، فقد تودوروكي الهدف للاستمرار. لقد غرق في الحزن، وكلما ازدادت رغبته في تحقيق أمنيتها، ازداد شعوره بفقدانها. لم يفهم الجمهور الحزن والفقدان اللذين يعاني تودوروكي منهما.

تابع هاياشيدا: "بإمكانك تسميتها متلازمة الإرهاق... كان مستغرقًا برغبته الجامحة في الفوز، حتى حصل على الجائزة في النهاية. ولكنه انهار بعدما فاز، وحقق لسيتسوكو أمنيتها الأخيرة، ويومًا بعد يوم أصبح أسير معاقرة الخمر".

متلازمة الإرهاق هي نوع من الاكتئاب، ولكن في الوقت الذي يبدأ فيه الاكتئاب بالتوتر أو الإرهاق أو بصدمة كبيرة مثل حادث أو خسارة ما، تبدأ متلازمة الإرهاق من الاعتقاد بأن كل جهود الفرد ذهبت هباءً، وهي تصيب الإنسان في وقتٍ تسير فيه الحياة على عكس التوقعات، على الرغم من تكريس المرء روحه من أجل شيءٍ معين، الذي عادة ما يكون العمل.

في العادة، تستخدم متلازمة الإرهاق في اليابان للإشارة إلى الحالة النفسية السيئة لنخبة الرياضيين التي تعقب أحداث كبرى. يواجه هؤلاء الرياضيون حالة من الفراغ بعد تحقيقهم لأعظم هدف في حياتهم، فيجدون أنفسهم من دون يهدف يسعون وراءه.

هذا ما رمى هاياشيدا إلى توضيحه عندما قال إن تودوروكي يعاني من متلازمة الإرهاق. لقد كانت جائزة الكوميدي الكبرى هدف حياته، بصفته شريكًا له، كانت مشكلة تودوروكي واضحة لهاياشيدا، لذا اعتقد أنه اختفى بسبب متلازمة الإرهاق الناجمة عن فوزه بالجائزة.

الآن، بدا هاياشيدا محتارًا. مع أنه يعرف ما كان يعاني منه تودوروكي، إلا أنه لم يعرف السبيل إلى مساعدته، لقد شعر بالكآبة ليس بسبب الحزن، بل بسبب إحباطه وعجزه عن تقديم المساعدة.

سألت ناناكو: "ولكن لماذا تعتقد أن تودوروكي سيأتي إلى هنا؟".

قالت ساكي: "هذا ما أردت معرفته".

وكأنه توقع السؤال، سحب هاياشيدا على الفور بطاقة بريدية من حقيبته ومررها إلى ناناكو.

قال: "وصلتني هذه قبل أربعة أيام".

كانت البطاقة البريدية عبارة عن صورة لامرأة تقف في وادي مونيومينت الواسع بأمريكا.

شهقت ناناكو متفاجئةً: "أوه".

أرت البطاقة البريدية لريغي والآخرين.

قال ريغي بصوتٍ مرتفع: "يوكاري؟".

نظر الزبائن إلى ريغي بسبب صوته العالي. فقال محرجًا: "آسف".

سخرت منه ناناكو، وضربته على كتفه: "أخفض صوتك، أيها الأحمق".

ابتهجت ساكي عندما رأت الصورة، وقالت: "أوه، ها هي! يا لجمال ابتسامتها، يبدو أنها تستمتع بوقتها، أليس ذلك؟". لقد ذهبت يوكاري إلى أمريكا لمساعدة صبي في العثور على والده المفقود. في الصورة، تبدو معنوياتها عالية، ومن وقفتها بدت مستمتعة وسعيدة، وهي ترسم بإصبعيها علامة النصر.

فكّر ريغي: *من الأفضل ألا نريها لناغاري.* وهذا ما فكّرت فيه ناناكو وساكي أيضًا.

أراد هاياشيدا أن يريهم الرسالة المكتوبة على ظهر البطاقة البريدية.

تهانينا على الفوز بجائزة الكوميدي الكبرى، الجائزة الكبرى! يا له من إنجاز! أنا متأكدة من أن سيتسوكو ستكون سعيدة من أجلكم أيضًا.

لقد مرّ شهران تقريبًا على فوزه بالجائزة. لابد من أنها عرفت ذلك بطريقة ما، وأرسلت له البطاقة البريدية. تلقاها هاياشيدا قبل أربعة أيام. بدت الطريقة التي أشارت بها إلى سيتسوكو حميمية، وهذا يشير إلى أن يوكاري كانت صديقتهما المقرّبة.

فجأة أوضح هاياشيدا: "بمجرد أن رأيت البطاقة البريدية، تذكرت هذا المقهى...".

بما أن يوكاري قد أرسلت البطاقة البريدية إلى عنوان منزل هاياشيدا، فمن المستحيل ألا تكون على اتصال معهما على مر السنين. كما أن المقهى ليس شيئًا يمكن له نسيانه، لا بد أنه كان يقصد أنه تذكر جانب السفر عبر الزمن في المقهى.

قال هاياشيدا: "لا بد أن تودوروكي تلقى بطاقة بريدية مماثلة. لذا، كما تعرفون...".

سألته كازو: "هل تعتقد أن تودوروكي سيتذكر الشائعة بخصوص بالمقهى، وسيأتي إلى هنا لمقابلة زوجته المتوفية؟".

"نعم"، وبدا أنه واثق من ذلك.

صوت رنين جرس الباب

رنّ الجرس، قال ريغي بشكلٍ فطري: "مرحبًا، أهلًا وسهلًا بك".

كانت كازو تراقب المقهى الصاخب بصمت عندما تعرفت إلى المرأة التي دخلت، وتمتمت: "ريكو؟".

كانت ريكو نونوكاوا تزور المقهى بين الحين والآخر. في العام الماضي، عملت شقيقتها بدوام جزئي في المقهى خلال ذروة الموسم السياحي. دخلت ريكو وجالت بعينيها في أرجاء المقهى، لم تظهر أي رغبة في الجلوس. كان وجهها شاحبًا، وبدت متعبة.

سأل ريغي: "ريكو؟"، نظر إليها مرة أخرى ليتأكد، مع أنه يعرفها جيدًا.

لم تعره انتباهًا، وسألت بصوتٍ ضعيف: "أين يوكيكا؟".

لم تنظر إلى أحد بحدّ ذاته، بل كانت تنظر إلى أوراق الخريف عبر النافذة.

بدت ناناكو مستغربة عندما استدارت صوب ريغي، وسألته: "ماذا؟".

اقترب ريغي منها ببطء، وهو يكافح ليجد ردًّا مناسبًا.

تمتم وهو يحك جبينه: "امم".

ثم فجأة...

قالت كازو: "لم تأتِ بعد".

التفتت ريكو إلى كازو، وساد صمت بدا وكأنه استمر لوقتٍ طويل.

قالت ريكو: "حسنًا، سأعود في وقت لاحق".

بعد ذلك، خرجت من المقهى بخطواتٍ وئيدة.

صوت رنين جرس الباب

اختفت ريكو بسرعة، وتركت ريغي وناناكو في حيرة من أمرهما.

وحدها ساكي لم تبدُ متفاجئة، لقد وقفت وتركت سبعمئة وخمسين ينًا على المنضدة.

قالت: "شكرًا لكم"، وغادرت المقهى، بدا أنها تحاول اللحاق بريكو.

صوت رنين جرس الباب

ردّتْ كازو: "لا شكر على واجب"، راقبت ساكي وهي تخرج بلامبالاة، وكأن شيئًا لم يحدث.

همست ناناكو بارتباك: "كازو، أنا متأكدة من أنه قبل شهرين، يوكيكا...".

لم تسعفها الكلمات لإنهاء جملتها.

قالت كازو: "نعم".

سأل ريغي: "لكنك أوحيت لنا بأنها ستعود. لماذا كذبتِ؟". بحسب الطريقة التي تصرفت وفقها كل من كازو وساكي، شعر بوجود خطب ما.

قالت كازو: "دعونا لا نناقش ذلك الآن".

تجاهلت كازو سؤال ريغي، وأعادت انتباهها إلى هاياشيدا.

أحنى ريغي رأسه معتذرًا من هاياشيدا، وقال: "أوه، اعذرني".

ردّ هاياشيدا: "لا، لا تشغل بالك".

لم يكن لدى هاياشيدا شيء ليقوله، بدا مرتاحًا، ربما شعر بشيء من القلق بسبب الانطباع الذي تركه، فقد بدا مثيرًا للريبة وهو يضع النظارة الشمسية، ولا يبارح المقهى طوال ساعات العمل. شعر طوال الوقت أن أحدهم سيبلغ السلطات بأنه يشك فيه، ولكن بعد أن تحدث بوضوح، وشرح بصراحة، شعر بالثقل ينزاح عن كاهله.

أخيرًا، وقف وقال: "حسنًا، أعتقد أنني سأذهب الآن". لقد أوشك الظهر أن يحل، وهو يعرف أن المقهى سيشهد ازدحامًا.

عند وقوفه بجانب ماكينة المحاسبة، قدّم بطاقته، وقال: "إذا ظهر تودوروكي، من فضلك اتصل بي قبل أن يجلس على ذلك الكرسي".

جاءت ساتشي لتودعه، ولوّحت له بيدها الصغيرة، وراقبته بحزنٍ وهو يختفي عن الأنظار.

بعد فترة وجيزة من مغادرة هاياشيدا، بدأ الازدحام مع حلول وقت الغداء. وكالعادة، سيطر طاقم العمل على كل شيء. قدّمت ناناكو لهم يد المساعدة، ووقفت عند ماكينة المحاسبة، وهذا ما أتاح لكازو وريغي مزيدًا من الوقت لخدمة الزبائن، وتولى ناغاري أمر المطبخ بمفرده، ولم تكف ساتشي عن تشجيعه.

في الأماكن السياحية، تنتهي فترة الغداء بسرعة. لذا، لم يستمر هذا الازدحام الصاخب سوى لساعة ونصف، وبحلول العصر، لم يبقَ سوى بعض الثنائيات الذين يستمتعون بمشروب وهم يتأملون المنظر من النافذة. كان ريغي وناناكو يستريحان عند المنضدة عندما تحدثت كازو: "بحسب كلام الدكتورة...".

عرف الجميع أنها كانت تشير إلى ساكي. أرادت كازو استكمال الحديث الذي توقف قبل الغداء بقليل. عندما سألت ريكو عن أختها، أخبرتها كازو أن يوكيكا لم تصل بعد إلى المقهى. لكن يوكيكا توفيت منذ شهرين. وهذا ما أربك ريغي وناناكو، كانا في حيرة من أمرهما بشأن السبب الذي جعل كازو مضطرة للكذب.

أوضحت كازو: "لم تتمكن ريكو من تقبل خبر وفاة يوكيكا. لذلك، طلبت مني ساكي أن أبذل قصارى جهدي حتى لا أعارض أي شيء تقوله".

أثّر منظر ريكو وهي تتجول باحثةً عن شقيقتها المتوفاة في الجميع.

بدا ريغي حزينًا وهو يقول: "أوه لا، هذا محزنٌ جدًا".

شهقت ناناكو، وغطت فمها بيدها، ولم تستطع قول شيء.

بعد أن بررت موقفها، استأنفت كازو ما كانت تفعله.

عند غروب الشمس...

أضفى غروب الشمس لونًا برتقاليًا على المقهى. عادةً ما ينتهي الازدحام بعد انتهاء وقت الغداء، أصبح المقهى هادئًا الآن.

صاح ناغاري، الذي كان يستريح: "ماذا؟".

كان يرد على ما قاله ريغي للتو: "ألم ترغب في رؤية زوجتك مجددًا؟".

لم يفهم ناغاري كيف وصلت المحادثة إلى هذا الموضوع.

قال: "سألتني ناناكو السؤال نفسه في ذلك اليوم".

قال ريغي: "حقًا؟ أوه".

ردّ ناغاري: "لا أفهم لماذا أصبحتم مهتمين بأمر رؤيتي لزوجتي".

قال ريغي: "حسنًا، إن كنت في مقهى طوكيو، كنت سترى زوجتك للمرة الأولى منذ أربعة عشر عامًا".

كان ريغي يشير إلى ما حدث في أواخر الصيف. أخبر الطبيب كي، زوجة ناغاري، أنها لن تعيش طويلًا بعد الولادة، لذلك سافرت من الماضي لتقابل ابنتها. تطابق توقيت زيارة كي تمامًا مع رحلة يوكاري المفاجئة إلى أمريكا، لذلك جاء ناغاري إلى هاكوداته ليدير المقهى، وبذلك فوّت على نفسه فرصة رؤية زوجته. كان التوقيت مروعًا، ولكن بالنظر إلى أنها كانت فرصته الوحيدة لرؤية زوجته بعد أربعة عشر عامًا، أراد ريغي أن يسأل لماذا لم يعد ناغاري إلى طوكيو في ذلك اليوم.

لكن بالنسبة إلى ناغاري، كانت الإجابة بسيطة.

أجاب من دون تردد: "لم تأتِ إلى المستقبل لرؤيتي، لقد جاءت لرؤية ابنتها ميكي".

لم يكن الموضوع حساسًا بالنسبة إليه، كما أنه لم يعقد الأمر. كان السبب بسيطًا وأخبرهم به كما هو.

لم يبدُ ريغي راضيًا فقال: "ولكن...".

سأله ناغاري: "ماذا؟".

ردّ ريغي: "لقد أتيحت لك الفرصة لرؤيتها بعد أربعة عشر عامًا".

"حسنًا، هذا صحيح".

فسأله ريغي: "ألم ترغب برؤيتها؟".

"بلى، لكنها لم تأتِ لرؤيتي، لقد جاءت لرؤية ميكي...".

دخلت المحادثة في حلقة مفرغة.

كان ناغاري يعبّر عن أفكاره الحقيقية. لم يملك إجابة أخرى، وقد حيّره هوس ريغي بهذه الفكرة.

حاول ريغي أن يغير صيغة السؤال، فقال: "حسنًا، ناغاري، هل هناك أي شخص ترغب في العودة إلى الماضي لمقابلته؟".

سأله ناغاري: "أي شخص؟".

أجابه ريغي: "نعم".

شبك ناغاري ذراعيه، وضيق عينيه الصغيرتين أساسًا. وفكّر قبل أن يجيب: "حسنًا، لا، لا أرغب في رؤية أحد".

سأله ريغي: "لكن لماذا؟".

ردّ ناغاري مستغربًا: "لماذا؟!".

أمال ناغاري رأسه وتساءل: *لماذا يسأل ريغي هذا السؤال؟*

مع أنه لم يستطع فهم نية ريغي، شعر أنه مدين له بإجابة جادة، لكنه لم يعرف الإجابة التي يفترض به تقديمها.

قال ناغاري: "اممم".

قال ريغي: "حسنًا، أنت تقول إنك لم تفكر بالعودة إلى الماضي لرؤية زوجتك، مع أنك تستطيع السفر عبر الزمن؟".

"هل هذا ما كنت تحاول أن تسأل عنه؟".

أجاب ريغي: "نعم".

"حسنًا... لأكون صريحًا، لم أفكر في ذلك مطلقًا".

لم يكن هذا الجواب الذي انتظره ريغي، فسأله: "حقًا؟".

"ما الذي يدور في ذهنك؟".

هذه المرة، كان ريغي هو من أمال رأسه، وبدا محتارًا. ثم قال: "في المحادثة التي جرت في وقتٍ سابقٍ اليوم، اعتقد هاياشيدا أن تودوروكي سيأتي إلى المقهى".

"نعم، ما الخطب في ذلك؟".

لم يشارك ناغاري في المحادثة، لكنهم أخبروه بها كاملةً، ومع ذلك، لم يعرف ما الذي يرمي إليه ريغي.

سأله ريغي: "يريد تودوروكي أن يرى زوجته المتوفاة، إن ما يريده طبيعي، أليس كذلك؟".

"نعم، بالطبع".

سأله ريغي: "لكن أليس غريبًا أن ينتظر هاياشيدا تودوروكي في المقهى؟".

لم يفهم ناغاري ما كان ريغي يرمي إليه، فسأله: "ربما يريد العثور على تودوروكي، إنه مفقودٌ حاليًا، أليس كذلك؟".

سأله ريغي: "لكن ألا يجعلك ذلك تتساءل؟".

"أتساءل عن ماذا؟".

وضّح ريغي: "أعني، إذا أراد أن يرى تودوروكي، لماذا لم ينتظره أمام منزله؟".

"لماذا؟ لأنه مفقود، على ما أظن".

قال ريغي: "اعتقد هاياشيدا أن تودوروكي قد رأى البطاقة البريدية، وبالتالي زار منزله. أليس كذلك؟".

"آه".

واصل ريغي تكهناته. يبدو أن دور المحقق هذا قد أعجبه.

قال ريغي: "ربما انتشرت أخبار اختفائه ببساطة لأن تودوروكي تخلى عن التزامات عمله، أعني، هل يمكن أن يختفي شخص مشهور

بهذه الطريقة؟ أنا متأكد من أنه إذا تدخلت الشرطة، فستجده بسهولة. لذلك، أنا لا أستطيع أن أفهم".

"ما الذي لا تستطيع أن تفهمه؟".

كان ناغاري يناقش مع ريغي استنتاجات، تمامًا مثل واطسون صديق شارلوك هولمز.

أجابه ريغي: "لا أستطيع أن أفهم سلوك هاياشيدا".

سأله ناغاري مستوضحًا: "هاياشيدا؟".

تابع ريغي: "أعني، فكّر في الأمر. إذا أراد العثور على تودوروكي، فكل ما كان عليه فعله هو الانتظار أمام منزله، ولكن لماذا قرر أن ينتظره في هذا المقهى في هاكوداته؟".

قال ناغاري: "لقد قال إنه يظن أن تودوروكي سيأتي إلى هنا ليعود إلى الماضي ويلتقي زوجته؟".

"لا أظن أن ذلك يبرر مكوثه في المقهى لثلاثة أيام متتالية."

"ماذا؟ أنت بالتأكيد لا تقصد أن...".

لمعت عينا ريغي، وقال: "بالضبط، لا شك في أن هاياشيدا يريد الحيلولة دون عودة تودوروكي إلى الماضي لغاية في نفسه".

"برأيك ما غايته من ذلك؟".

شرع ريغي بالإجابة: "إنه..." لكنه توقف، وانتظر ناغاري إجابته بفارغ الصبر. ثم قال: "لا أعرف".

"أوه. هيّا!" انهار ناغاري على ركبتيه بسبب الإحباط، وكأنه سمع أخيرًا الجزء المضحك لنكتة طويلة، ولكنه كان مخيبًا للآمال.

قال ريغي: "آسف".

سأله ناغاري: "ما الذي تفكّر فيه؟".

بدأ ريغي في حك رأسه. وقال: "حسنًا، لنقل إن كازو، حاولت منعك من العودة إلى الماضي، فبرأيك لِمَ ستقدم على ذلك؟".

"ولماذا ستمنعني كازو؟".

قال ريغي: "لنفترض أنها فعلت".

"لا أعتقد أنها ستملك سببًا".

سأل ريغي: "أليس بإمكانك التفكير بأي سبب يدفعها إلى ذلك؟".

"لا تستطيع أن تفعل ذلك. لم تحاول منع أحد الزبائن من العودة إلى الماضي، ولا أستطيع التفكير في سبب يدفعها لمنعي أنا".

قال ريغي: "حسنًا، فهمت".

شعر ريغي بالإحباط. لكن بدا أن لديه مزيد ليقوله، حتى ناغاري لاحظ ذلك.

سأله ناغاري وهو ينظر إلى عينيه: "هيّا، صرّح بما تفكّر فيه؟".

أجاب ريغي: "في الحقيقة، لا أفكّر بشيء محدد، ولكن ربما حدثت بينهم بعض الأمور المعيبة".

بدا أن موضوع الأمور المعيبة قد انبثق من العدم.

سأل ناغاري: "ماذا؟".

أكمل ريغي: "ماذا لو جمع مثلث حب بين تودوروكي وهاياشيدا وسيتسوكو؟".

ازدرد ناغاري لعابه: "أوه... بالطبع لا".

قال ريغي: "لكنه أمر محتمل، ولا يمكن استبعاده".

بدت نبرة الاتهام في نبرة ريغي، وشعر ناغاري بعدم الارتياح وهو يتحدث عن تلك الأحداث السرية، كل ما فعله هو مسح العرق عن جبينه.

تابع ريغي: "ماذا لو كان لدى هاياشيدا سرّ يمكن أن يُكشَف إذا عاد تودوروكي ليرى سيتسوكو؟".

سأل ناغاري: "سرّ؟".

قال ريغي: "نعم".

"مثل ماذا؟".

أجاب ريغي: "مثل...".

صوت رنين جرس الباب

قال ريغي: "مرحبًا، أهلًا و...".

آه...

ذُهل ريغي عندما رأى الزبون الذي دخل المقهى. كان تودوروكي من بورون دورون!

بذل قصارى جهده لإخفاء ارتباكه، ورحّب بتودوروكي بابتسامة مصطنعة، ثم أكمل جملته أخيرًا: "سهلًا".

كان تودوروكي يرتدي بذلةً رمادية من علامةٍ تجاريةٍ معروفة. بدا أسمن مقارنة بهاياشيدا النحيف والطويل، وكان شعره مسرّحًا ومثبتًا كما يظهر على التلفاز.

كنت أتوقع رجلًا منهكًا مهزومًا...

بعد سماع رواية هاياشيدا، تصور ريغي أن يكون تودوروكي رجلًا أشعث رثّ الملابس، يتجول ثملًا، ممسكًا بزجاجة ساكي سعة 1.8 لتر.

حاول ريغي أن يرافقه إلى طاولة، لكن تودوروكي رفض بإشارة من يده. شق طريقه بنفسه إلى طاولة وجلس على أحد الكراسي.

وطلب من ناغاري الذي كان يقف خلف المنضدة: "صودا الآيس كريم".

آيس كريم صودا؟

صُدم ريغي للمرة الثانية، لم تكن هذه الصورة التي رسمها ريغي في رأسه عن تودوروكي.

أومأ ناغاري: "سأجلبه فورًا". في طريقه إلى المطبخ، ألقى نظرة خاطفة على ريغي. تصرف بشكلٍ طبيعي على عكس المتوقع.

سيحل المساء قريبًا. تحولت السماء إلى اللون الأزرق الداكن، مع أن الشمس لم تغرب تمامًا بعد.

أوراق الخريف القرمزية والسماء الزرقاء الداكنة.

منظر جميل، ولكنه يبعث الكآبة في النفس

أُخفت نور المصابيح الداخلية في المقهى عن قصد، فسدد الزبائن ما يترتب عليهم وغادروا. وخلال هذا الوقت، كان تودوروكي يحدق بصمت من النافذة، وهو يحتسي صودا الآيس كريم الخاصة به.

فجأة سأل ريغي: "هل يوكاري هنا؟".

قال ريغي: "عفوًا؟".

لم يسمع ريغي سؤال تودوروكي المفاجئ بشكلٍ جيد.

قال تودوروكي: "يوكاري، مالكة المقهى".

تبادل ريغي النظرات مع ناغاري، الذي كان قد خرج من المطبخ للتحقق من بعض الأشياء.

سأل تودوروكي: "هل هي اليوم في إجازة؟".

يبدو أن تودوروكي ينتظر يوكاري، لم يكن مدركًا للوضع الحالي.

خطا ريغي خطوة صوب تودوروكي. وقال: "يوكاري في أمريكا الآن".

اندهش تودوروكي، وسأل: "أمريكا؟ لماذا ذهبت إلى أمريكا؟".

مجددًا، تبادل ريغي النظرات مع ناغاري.

شرح ريغي: "حسنًا، جاء صبي من أمريكا بعد أن سمع بالشائعة المتداولة بخصوص المقهى. ثم قالت يوكاري إنها ستذهب وتحاول العثور على والده المفقود".

ظن الصبي أنه يستطيع العودة إلى الماضي ومقابلة والده المفقود، ولكن لم يستطع لأن والده لم يزر المقهى مطلقًا. لم تستطع يوكاري ألا تتدخل عندما رأت الصبي محبطًا وفاقدًا للأمل.

سأل تودوروكي: "وسافرت إلى أمريكا؟".

أجاب ريغي: "نعم".

ضحك تودوروكي، وقال: "إنها يوكاري التي أعرفها".

بدا وهو يضحك على النقيض تمامًا من الشخص الذي سبق وصفه.

قـال تـودوروكي: "أوه، هـذا مؤسـف. لقـد تلقيـت هـذه البطاقـة البريدية وجئت لأراها...".

حمل البطاقة البريدية نفسها التي كانت بحوزة هاياشيدا، صورة لها في وادي مونيومنت الكبير في أمريكا.

قـال تـودوروكي: "ظننتهـا تقـوم بجولـة لمشـاهدة معـالـم المدينـة، ولكنني لا أستغرب ما أقدمت عليه، فهي لا تستطيع ألا تمد يد العون لمن يمر بمحنة...".

ابتسم تودوروكي. لم تُعبّر ابتسامته عن مرارة، بـل بـدت في الواقـع ابتسامة لطيفة.

وافقه ريغي الرأي: "نعم، إنها كذلك".

سأله تودوروكي: "حسنًا، متى ستعود؟".

"لا نعـرف بالتحديـد، فتواصـلنا معهـا يقتصـر علـى البرقيـات التـي ترسلها بين الحين والآخر".

سأل تودوروكي: "برقية؟ ما زالت مستخدمة حتى الآن؟".

"نعم".

بدا تودوروكي خائب الأمـل وهـو يقـول: "فهمـت، وهـذا يعني أن السفر إلى الماضي غير متاح في غيابها".

تمامًا كما كان مُتوقعًا. جاء تـودوروكي ليعـود إلـى الماضي. لكـن دوافعـه مـا زالـت مجهولـة. تـرك تـودوروكي البطاقـة البريديـة علـى المنضدة، وطلب الفاتورة ووقف.

صوت ضجيج

رنّت الساعة مشيرة إلى الخامسة والنصف. نظر تودوروكي إلى الساعة وهو يتجه نحو ماكينة المحاسبة.

ردّ ناغاري: "في الواقع، بإمكانك العودة إلى الماضي".

استدار تودوروكي، سقط ظله الأسود العملاق على ماكينة المحاسبة.

سأل متفائلًا: "هل تقول إنني أستطيع العودة إلى الماضي؟".

"نعم، تستطيع العودة".

سأل تودوروكي: "هل هناك شخص آخر من عائلة توكيتا غير يوكاري هنا؟".

"يبدو أنك على معرفة جيدة بالمقهى".

قال تودوروكي: "نعم، كان هذا المقهى جزءًا من حياتي منذ الطفولة".

"أوه، حقًا؟".

لم يسأل تودوروكي عن أي تفاصيل أخرى، مثل من سيأخذ مكان يوكاري في تقديم القهوة، لم يكن هذا الشخص مهمًا ما دام يستطيع إعادته إلى الماضي.

نظر تودوروكي إلى الرجل صاحب البذلة السوداء الذي كان يجلس على الكرسي، وسأل: "لا أظنه قد توجه إلى المرحاض اليوم؟". لا يزال الرجل العجوز يقرأ كتابه.

"لا، لم يتوجه بعد".

قال تودوروكي: "حسنًا".

عاد إلى كرسيه، وطلب كأس صودا آيس كريم أخرى. اقترب منه بعض الزبائن الذين تعرفوا إليه، لقد اهتم الممثل الكوميدي بمعجبيه بإخلاص، وتحدث إليهم، وأعطاهم توقيعه. لم يبدُ أنه يمانع اهتمامهم، حتى أنه قدّم أفضل نكاته عندما سنحت الفرصة.

تساءل ريغي: *هل هذا سلوك شخص يحاول الاختباء؟*

غادر الزبائن واحدًا تلو الآخر، وأخيرًا بعد أن غابت الشمس بالكامل، لم يبقَ في المقهى سوى تودوروكي. عدّل ريغي الإضاءة لتناسب وقت المساء.

قال تودوروكي بإعجاب: "هذا جميل".

أُضيئت المصابيح خارج المقهى، وأضافت أضواء المصابيح المعلقة وميضًا خفيفًا. في الصيف، كان المشهد الليلي يقتصر على رؤية مصابيح قوارب الصيد المتمايلة. أما في الخريف، فهو توهج أوراق الخريف الساحرة. كان للمقهى مظهر مختلف كل موسم. استُخدمت هذه الإضاءة في المقهى منذ بضع سنواتٍ فقط، لذلك لم يسبق لتودوروكي أن رآها.

سأل ريغي عندما كان وتودوروكي بمفردهما: "هل ستعود لتقابل زوجتك المتوفاة؟" ارتبك للحظة، ثم استعاد هدوءه، وسأله بالمقابل: "أنّى لك أن تعرف ذلك؟".

أجاب ريغي: "في وقت الغداء، هاياشيدا...".

كان هذا كل ما احتاج تودوروكي لسماعه، فقاطع ريغي وكأنه فهم كل شيء، وقال: "فهمت".

نظر تودوروكي إلى الأسفل بصمت، وبقي كذلك لبعض الوقت. ثم سأل من دون أن ينظر إلى الأعلى: "ماذا قال أيضًا؟".

"قال إنك غالبًا ستأتي إلى هنا لتعود بالزمن وتقابل زوجتك المتوفاة".

سأل تودوروكي: "هل قال شيئًا آخر؟".

"كلا، لم يقل شيئًا".

سأل تودوروكي: "أوه، حقًا؟".

"نعم".

صمت تودوروكي مجددًا. حدق إلى النافذة قليلًا، من دون أن ينظر إلى ريغي أو ناغاري، ثم عاود الكلام.

تمتم تودوروكي: "كان هذا هدفنا لفترةٍ طويلة". تكلم بصوتٍ منخفض للغاية، لأنه لا يزال هناك بعض الزبائن في المقهى، فمن المحتمل أن يسمعوه.

قال ريغي: "أعتقد أنك تشير إلى جائزة الكوميدي الكبرى، أليس كذلك؟".

داعب تودوروكي بشوق خاتمًا في أحد أصابع يده اليسرى، كان خاتمًا عاديًا غير لامع. ثم ابتسم، وقال محرجًا، من دون أن يوجه كلامه لأحد: "نعم، لم يكن حلمنا بقدر ما كان حلم زوجتي... سيتسوكو...

منذ أن فزنا، لم أرد شيئًا سوى رؤية الفرحة التي سترسمها الجائزة على وجهها. أنا أشعر بالتوتر الشديد، تسبب اختفائي المفاجئ بموجة

من الشائعات، لكنني كنت مشغولًا جدًا بالعمل، وكان الاختفاء هو الطريقة الوحيدة التي ستتيح لي المجيء إلى هنا".

عند سماع ذلك، تذكر ريغي توقعاته السابقة بشأن العلاقات المعيبة، فشعر فجأة بالخجل. *مثلث حب! ما الذي كنت أفكّر فيه؟* لم يستطع أن ينظر إلى عيني ناغاري.

أخفض ريغي رأسه، وقال من دون أن يوجّه كلامه إلى شخصٍ معين: "آه، فهمت ذلك... أنا آسف...".

لم يفهم تودوروكي سبب اعتذار ريغي، ولم يبدُ مهتمًا بمعرفة السبب. أومأ برأسه ببساطة، ثم أخرج من جيبه ميدالية ذهبية لامعة. تُمنح هذه الميدالية للفائز بجائزة الكوميدي الكبرى.

ثم قال: "أخطط للعودة إلى العمل بعد أن أريها لزوجتي".

إنه يريد إذًا أن يعود إلى الماضي.

قال ريغي: "بالطبع".

لم يكن لريغي شأن في القرار، ولكنه عبّر ببساطة عن رغبته بتسهيل عودة تودوروكي إلى الماضي. بالطبع، شعر ناغاري، الذي كان يستمع للقصة منذ البداية، بما شعر به ريغي ولم يعترض.

ولكن لماذا تكبّد هاياشيدا عناء انتظار ظهور تودوروكي؟

لا يزال هذا السؤال من دون إجابة.

لم يرَ ريغي الأمر مهمًا الآن، ربما لم ينتظره إلا لأنه أراد العثور عليه، بدد ريغي الشك الذي بدأ يتسرب إلى تفكيره، فهو لا يزال يشعر بالخجل لأنه فكّر بهذه الطريقة.

بعد ذلك مباشرة قال تودوروكي: "حسنًا، سأرسل رسالة نصية إلى هاياشيدا". أخرج هاتفه وكتب رسالة وأرسلها.

طلب هاياشيدا إعلامه إذا جاء تودوروكي إلى المقهى، لذلك بالتأكيد لن تكون هناك مشكلة إذا عرف ذلك من تودوروكي مباشرةً.

شعر ريغي بالراحة: *يبدو أن الأمور تسير على ما يرام.*

في تلك اللحظة... سُمعَ صوت إغلاق الكتاب.

وهذا الصوت لا يعني إلا شيئًا واحدًا. نهض العجوز صاحب البذلة السوداء عن الكرسي، وتأبط كتابه، وتوجّه منتصب القامة إلى المرحاض، لم يكن لخطواته صوت، وعندما وصل إلى المرحاض، فُتح الباب تلقائيًا، فولج الرجل المرحاض، وأغلق الباب خلفه.

تابع تودوروكي وريغي وناغاري بعيونهم العجوز وهو يتوجه نحو المرحاض.

أصبح الكرسي فارغًا.

إذا جلس تودوروكي الآن على الكرسي، وقدموا له القهوة، سيعود إلى الماضي، لكنه ظل هادئًا وساكنًا لفترةٍ طويلة.

كسر ريغي الصمت.

قال لناغاري: "سأنادي ساتشي" وسار باتجاه الدرج المؤدي إلى القبو.

ناداه ناغاري: "نادِ كازو أيضًا".

أومأ ريغي برأسه ونزل الدرج.

عندها استعاد تودوروكي رشده، فهو لم يلحظ من قبل أن ريغي غادر المقهى.

نظر تودوروكي إلى ناغاري، وبدا من عينيه أنه يسأل: *هل أستطيع الجلوس هناك؟*

قال ناغاري: "هيّا بنا".

ظهر التوتر على وجه تودوروكي وهو يتجه نحو الكرسي الفارغ، تذكّر ناغاري التردد الذي يظهر على وجوه الأشخاص عندما يعودون إلى الماضي ليقابلوا:

أختًا متوفاة

صديقًا متوفى

أمًا متوفاة، أو

زوجة متوفاة.

كلما كانت المشاعر أقوى، بدا الارتباك أوضح، وذلك لسبب بسيط؛ بإمكانك السفر عبر الزمن ومقابلة الشخص الذي تحبه بشدة، لكن ليس بإمكانك عكس مسار الموت. هذه هي القاعدة. مهما تحاول، لن تستطيع تغيير الحاضر.

في حال تودوروكي، أراد أن يبلغ زوجته بالنصر الذي طال انتظاره، فوزه بجائزة الكوميدي الكبرى الذي لم يحصل وزوجته على قيد الحياة. أراد أن يُفرح زوجته. من الواضح، أن تودوروكي سيشعر حينها بالسعادة المطلقة وهو يشاهد البهجة على وجه زوجته المحبوبة سيتسوكو، من المؤكد أن هذا الخبر سيسعدها أيضًا.

مع ذلك، فإن الوقت الذي سيتشاركان فيه هذه السعادة سيكون عابرًا، فهو سينتهي عندما تبرد القهوة. عندها سيتوجب على تودوروكي العودة إلى الحاضر، وإن فشل، فسيتحول شبحًا، وسيجلس على هذا الكرسي. يفترض بمن يريد السفر إلى الماضي، الجلوس على هذا الكرسي، وتقبّل هذه الحقيقة. لذا، كانت الخطوة الأولى نحو الكرسي هي الأصعب.

سُمع وقع خطى، وظهر ريغي، ثم قال: "ستأتيان حالًا".

ظن ريغي أن بعودته سيرى تودوروكي جالسًا على الكرسي، وعندما تبيّن له أنه لم ينهض بعد عن كرسيه بجانب المنضدة، ظهر الشك في عينيه. ربما دفعت هذه النظرة تودوروكي لينهض. أخيرًا، وقف ومشى بتؤدة نحو الكرسي الذي سيعيده إلى الماضي.

وصلت كازو وساتشي من القبو. كانت كازو ترتدي قميص جينز طويل الكمّين وبنطالًا أسود؛ لم تكن قد ارتدت مئزرها بعد. أما ساتشي فارتدت مئزرها الأزرق فوق فستان مزهّر رائع طويل الكمّين.

قالت كازو لتودوروكي وهي تقف أمام الكرسي: "سمعت قصتك".

قال تودوروكي: "حسنًا، هل ستحضرين القهوة بدلًا من يوكاري؟".

بدا واثقًا من أن المرأة التي تتحدث إليه هي من ستسكب القهوة. لكن عندما أجابت كازو: "كلا". ارتبك قليلًا، وسألها: "ماذا؟ ولكن من سيسكبها؟".

أجابته كازو: "ابنتي ستسكب لك القهوة". ونظرت إلى ساتشي التي تقف إلى جانبها.

أحنت ساتشي رأسها بشكلٍ رسمي، وقالت: "اسمي ساتشي توكيتا".

للحظة، شعر تودوروكي بالحيرة، لكنه تذكر بعد ذلك ما قالته له يوكاري منذ زمنٍ بعيد: يمكن لإناث عائلة توكيتا سكب القهوة عندما يبلغن سن السابعة. فكّر وقال: أوه، لقد فهمت. ستسكب هذه الطفلة القهوة.

ابتسم وهو يقول: "إنني أتطلع إلى ذلك". بادلته ساتشي الابتسامة.

قالت كازو لساتشي: "عليكِ أن تذهبي وتبدئي الآن".

"حسنًا". وتحركت باتجاه المطبخ.

عندما رأى تودوروكي الطفلة تدخل المطبخ، جلس أخيرًا على الكرسي. في طفولته، أمضى وقتًا طويلًا في هذا المقهى، ولكنه اليوم يجلس للمرة الأولى على هذا الكرسي، بدا مستمتعًا بهذه التجربة النادرة.

سألته كازو: "هل تعودت زوجتك المجيء إلى هنا أيضًا؟". تحدثت عن زوجته لتخبره أنها مطلعة على القصة مع أنه لم يسبق لها أن قابلته، وهذا ما فهمه تودوروكي.

أجابها تودوروكي: "نعم، سمعت أنها جاءت إلى هاكوداته، وزارت المقهى لتتمنى ليوكاري سنة سعيدة قبل خمس سنوات، أي قبل وفاتها مباشرة". يبدو أنه حدد اليوم الذي يريد العودة إليه.

قالت كازو: "حسنًا، لنعد إلى ذلك اليوم؟".

"نعم، هذا ما أخطط له".

توفيت سيتسوكو قبل خمس سنوات. من الواضح أن تودوروكي عرف بالضبط الوقت الذي زارت فيه المقهى قبل وفاتها. لم تحتج كازو لتشرح له شيئًا.

عادت ساتشي وهي تحمل الصينية. على مدار الأشهر القليلة الماضية، درّبها كازو وريغي على حملها، وبعد تدريب يومي، أصبحت تحملها بطريقة جيدة، لكنها مع ذلك بدت خرقاء وهي تضع الفنجان أمام تودوروكي.

سألته ساتشي بأدب: "هل تعرف القواعد؟".

ابتسم تودوروكي بعد أن لاحظ القلق على وجه ساتشي ثم قال: "كل شيء على ما يرام، كنت أعمل في هذا المقهى قبل وقتٍ طويل. لذلك، لا تقلقي".

هل كان هذا صحيحًا أم لا؟ لا يهم؛ فهم الجميع أنه قال ذلك ليبعث الطمأنينة في نفس الفتاة التي تقف أمامه. نظرت ساتشي إلى كازو، وأرادت أن تعرف إذا كان بإمكانها الاستمرار.

ابتسمت كازو لساتشي التي لم تتجاوز السابعة من عمرها، ومن الطبيعي أن تشعر بالتوتر. أمسكت ساتشي بلطف مقبض الركوة الفضية. ثم قالت: "حسنًا، قبل أن تبرد القهوة".

بينما تردد صدى هذه الكلمات في شتى أنحاء المقهى الصامت، بدأت ساتشي تسكب القهوة في الفنجان. ببطء ومن دون صوت، انسكبت القهوة من فوهة الركوة الضيقة، وملأت الفنجان تدريجيًا؛ يبدو أن تدريباتها الطويلة بدأت تؤتي ثمارها.

بينما كان تودوروكي يشاهد ذلك، تذكّر المرة الأولى التي سمع فيه الشائعة بخصوص هذا المقهى.

وقتها كان طفلًا، وعلّق قائلًا: "ما الهدف من السفر إلى الماضي، ما لم يكن تغيير الحاضر ممكنًا؟". من المؤكد أنه عندما قال هذه الكلمات، لم يظن أنه سيسافر إلى الماضي بنفسه.

تذكرت الآن، كانت سيتسوكو هناك أيضًا. صرخت عندها: "هذا رائع!"، كانت عيناها تلمعان.

اختلط الحنين مع غرابة الموقف، ووجد تودوروكي نفسه يضحك. بعد ذلك مباشرةً، تحول جسده بخارًا، ارتفع واختفى عبر السقف. لقد حدث كل شيءٍ بسرعة كبيرة.

صوت رنين جرس الباب

في تلك اللحظة بالذات، رن الجرس بصوت عالٍ. اقتحم هاياشيدا المقهى، وركض إلى الكرسي حيث اختفى تودوروكي.

صرخ قائلًا: "جين!" كان جين هو اسم تودوروكي الأول.

سأل ريغي: "هاياشيدا؟".

اتسعت عيون ريغي وساتشي من الصدمة.

سأل هاياشيدا: "أين هو؟ أين جين؟".

عرف ريغي أن جين هو اسم تودوروكي، لكنه وقع ضحية غضب هاياشيدا، كان مرتبكًا. ثم قال: "إذا كنت تقصد تودوروكي، فقد عاد للتو إلى الماضي ليرى زوجته المتوفاة..."

صرخ هاياشيدا: "لماذا سمحت له بذلك؟". وأمسك بقميص ريغي.

صرخت ساتشي: "سيد هاياشيدا؟"، لقد خافت من ثورة غضبه، فاختبأت خلف كازو.

عندما رأى هاياشيدا كم هي خائفة، ترك قميص ريغي فجأة، ولكنه لم يستطع أن يمنع تسارع خفقات قلبه. تنفس بعمق ليتمكن من السيطرة على أنفاسه.

بدا ريغي مرعوبًا، وسأله: "ماذا، ما المشكلة؟".

ركّز هاياشيدا نظره على الكرسي، ثم تمتم بصوتٍ منخفض: "لقد ذهب ولن يعود. إنه لن يعود...".

اتسعت عينا ريغي، وقال: "ماذا!".

لم يستطع ريغي تصديق أن تودوروكي لن يعود لمجرد أن هاياشيدا قال ذلك. لم يبدُ له تودوروكي شخصًا فقد الرغبة في الحياة، ولكن إذا كان هذا هو سبب انتظار هاياشيدا في المقهى طوال هذا الوقت، فذلك يشرح كل شيء، لقد أراد منعه من الانتحار.

قال ريغي: "لكن تودوروكي قال للتو إنه سيخبر زوجته عن فوزه بالجائزة ويعود..".

وهو يحاول تذكر كل ما قاله تودوروكي، تمنى ألا تعدو توقعات هاياشيدا كونها قلقًا مفرطًا من شخص أضناه الانتظار، ولكن عندما سمع هاياشيدا كلام ريغي، تنهد بعمق، وقال: "لن يعود".

سأل ناغاري: "لماذا تقول ذلك؟".

أخرج هاياشيدا هاتفه من جيبه، وبعدما وجد ما كان يبحث عنه، أراه شاشة الهاتف.

أظهرت الشاشة سطرًا واحدًا فقط.

آسف، أنا مضطر للذهاب، أرجو أن تحل المشاكل العالقة.

أظهرت الرسالة بوضوح أن تودوروكي لا ينوي العودة.

سأل ريغي: "كيف لهذا أن يحدث..."

توقف ريغي عن الكلام، ونظر إلى الكرسي الفارغ.

تقدم كل من تودوروكي وهاياشيدا وسيتسوكو بطلب للالتحاق بالمدرسة نفسها، كان هاياشيدا وسيتسوكو طالبين مجتهدين، لكن تودوروكي لم يكن مثلهما. مع أنه لم يكن الأذكى، لكنه لم يكن غير كفؤ أيضًا. كانت علاماته متوسطة إلى عالية، في حين أن درجات هاياشيدا وسيتسوكو كانت دائمًا عالية. في المدرسة الإعدادية، أراد الثلاثة الالتحاق بالمعهد الوطني للتكنولوجيا، كلية هاكوداته، التي عُرفت أيضًا باسم الكلية التقنية، لأنها الكلية الوطنية الوحيدة للتكنولوجيا في مدينة هاكوداته. كانت تقدم في الغالب دورات مدتها خمس سنوات للدراسات الصناعية والهندسية، وخمس سنوات وستة أشهر للدراسات البحرية التجارية.

حصل هذا قبل أن يستقر رأي تودوروكي وهاياشيدا على العمل في التمثيل ليصبحا كوميديين. تتمتع الكلية التقنية ببيئة مريحة نسبيًا،

ومعدل توظيف خريجيها مرتفع، حيث احتلت المرتبة الحادية والعشرين من بين جميع المدارس الثانوية الأربعمئة وست وثمانين في هوكايدو، والمرتبة الأولى بين المدارس الثانوية التقنية العامة الخمس عشرة في هوكايدو، وكان معروفًا أن الالتحاق بهذه الكلية صعب. في المقابلة الفردية مع مدرسهم في الصف، أعطي الطلاب نصائح صادقة في ما يتعلق بمستقبلهم، وحده تودوروكي من بين الثلاثة أُخبر بعباراتٍ لا لبس فيها أنه محكوم عليه بالفشل.

ومع ذلك، كره تودوروكي أن يخسر، وقال: "أنا الرجل الذي بإمكانه أن يفعل أي شيء يريده".

ولما أراد الثلاثة الالتحاق بالكلية نفسها، اقترح هاياشيدا بأعصابٍ باردة: "ربما يجب علينا تغيير خطتنا بما يناسب مستوى جين".

لكن سيتسوكو أصرّت، وقالت مشجّعة: "جين، لا ينقصك شيء كي تنجح".

بدأ تودوروكي الدراسة، وكأن حياته على المحك. دعمته سيتسوكو، وعلّمه هاياشيدا كيف يدرس، فحبس نفسه طوال الشهر الذي سبق الامتحان، ودرس لأكثر من سبع ساعات كل يوم.

في يوم امتحان الكلية التقنية، شهدت هاكوداته تساقطًا كثيفًا للثلوج.

لكن هذا لم يكن غريبًا بالنسبة إلى مدينة مثل هاكوداته، لم يُلغَ الامتحان. في الوقت الذي توّجه فيه الثلاثة إلى الامتحان كانت الثلوج تتساقط بهدوء، وارتدت المدينة رداء أبيض ناصعًا، وعندما وصلوا إلى

قاعة الامتحان معًا، بدوا جميعًا على أتم الاستعداد، حتى أن تودوروكي تمكن من اجتياز الاختبار التجريبي.

قالت سيتسوكو: "يا جين، إذا لم تنجح بعد كل هذا الجهد، فلا بد أن الآلهة غاضبة منك"، ثم أهدته تميمة من أجل اجتياز الامتحان.

قال تودوروكي: "لا تقلقي، لقد درست كثيرًا".

كان تودوروكي فخورًا بنفسه، لم يسبق له أن درس بهذا القدر وبمثل هذه الطريقة طوال حياته. حتى أنه فكّر ذات يوم: *من الممكن أن أستمتع بالدراسة*... لكنه في النهاية، لم ينجح. لقد فشل وحده في الالتحاق بالكلية التقنية، وشعر بالسوء لأنه أحبط صديقيه، اللذين قدما له كثيرًا من الدعم، لكنه لم يندم. لقد بذل قصارى جهده، وهذا ما جعله يشعر بالإنجاز نوعًا ما. لن يغير أي شيء يقوله حقيقة أنه فشل. أما سيتسوكو التي من المفترض أن تكون سعيدةً بنجاحها، فقد بكت خيبة أملها.

مازحهما تودوروكي قائلًا: "أعتقد أن هذا ما يحدث عندما تنسى رشوة الآلهة"، وانفجر ضاحكًا. لم يلتحق تودوروكي بالكلية التقنية الوطنية، وكان عليه وحده أن يلتحق بالمدرسة الثانوية العامة.

في ذلك الربيع، وفي يوم حفل التعريف بالطلاب الجدد، لم يستطع تودوروكي تصديق عينيه، كانت سيتسوكو معه في الصف.

سألها: "ماذا تفعلين هنا؟".

تخلت سيتسوكو عن الكلية التقنية، وقررت الالتحاق بالمدرسة الثانوية العامة التي يدرس فيها تودوروكي. وبالصدفة، انتهى بها المطاف في الصف نفسه مع تودوروكي.

قالت سيتسوكو وهي تضحك: "أعتقد أن هذا ما يحدث عندما تعطي الآلهة رشوةً كبيرة".

قال تودوروكي: "يبدو أننا سنبقى معًا إلى الأبد، أليس كذلك؟".

ردّتْ سيتسوكو: "نعم، سنبقى معًا إلى الأبد".

قبل خمس سنوات

إنه الثالث من شهر كانون الثاني. غطى الثلج كامل المشهد الذي تطل عليه نافذة المقهى الكبيرة. غابت الشمس للتو، وانعكس لون السماء الأزرق الداكن على الثلج، فظهر وكأنه عالم من أزرق الكوبالت، وتوهجت المصابيح البرتقالية في الخليج. يعد هذا أجمل وقت في اليوم خلال شتاء هاكوداته. في هذه الأيام، يُغلق المقهى عند الساعة السادسة، وبالنظر إلى أنها فترة رأس السنة، فقد غادر الزبائن باكرًا، ولم يبقَ في المقهى سوى يوكاري وسيتسوكو والرجل العجوز.

دائمًا ما يبدو الأمر مفاجئًا جدًا عندما يظهر شخص ما على كرسي السفر عبر الزمن، وبما أن كثيرًا من زوار المقهى من السياح، فلم يكونوا جميعًا على علم بأمر هذا الكرسي، لذلك عندما يكتنف البخار ذلك الرجل العجوز الجالس بالقرب من باب المقهى فجأة، ويظهر شخص مختلف مكانه، غالبًا ما يصرخ الزبائن المذهولون: "ماذا حدث؟". لكن يوكاري كانت تحافظ على هدوئها دائمًا وتسألهم: "هل وجدتم ذلك ممتعًا؟"، ثم تشرح لهم أنهم قد شاهدوا للتو عرضًا سحريًا. قد يصفق

بعض الزبائن ويقولون إنه عرضٌ معقّد، ولكن عندما يطلب أحدهم معرفة السر وراء تلك الحيلة، كانت يوكاري تحرص على عدم الكشف عن أي تفاصيل...

في ذلك اليوم، اكتنف البخار الرجل العجوز فجأة. بالطبع، لم يكن هذا شيئًا مميزًا بالنسبة إلى يوكاري، ولا حتى لسيتسوكو، التي سبق لها أن شاهدت ذلك مرات عدة، ولكن عندما رأت من ظهر خلف البخار، صرخت: "جين؟".

رفع يده قليلًا، وقال: "مرحبًا".

لم تفهم سيتسوكو سبب ظهور تودوروكي الغريب، فنظرت إلى يوكاري تستجدي المساعدة منها. على الفور، تغيرت تعابير وجه يوكاري، ومشت إلى الكرسي.

قالت وهي تُمسّد يده بفرح: "من الجميل أن أراك يا جين، تبدو بحالٍ جيدة! لقد كنت أشاهدك على التلفاز. أنت رائع، رائع".

لم يكن ردّ فعل تودوروكي طبيعيًا، فاكتفى بالقول: "شكرًا لكِ".

أجريا محادثة مقتضبة، حيث قدّم تودوروكي ردودًا مصطنعة على كل ما قالته يوكاري، حتى قاطعتهما سيتسوكو أخيرًا.

"ما الذي تفعله هنا؟".

"ماذا؟".

"لقد أفزعني ظهورك المفاجئ؟".

"ربما، لكن لم يكن بوسعي أن أخبرك، أليس كذلك؟".

"حسنًا، أنت محق".

ما قاله تودوروكي كان صحيحًا. لذلك لم تعرف سيتسوكو بماذا ترد.

سألته يوكاري: "هل أتيت من المستقبل؟".

"نعم".

"هل هناك خطب ما؟".

من خلال هذا الحوار القصير، تبيّن أن هناك شيئًا غامضًا بشأن سلوكه، شيئًا لا يمكن أن يلاحظه إلا صديق مُقرّب. حدّقت سيتسوكو إلى وجهه وبدت قلقة.

من وجهة نظر تودوروكي، كانت زوجته تقف أمامه والتي يفترض أنها متوفاة الآن. لم يستطع كبح شعوره بالارتباك، وهذا ما جعل النظر إلى وجهها صعبًا جدًا.

سيتسوكو...

إن لم يكن حذرًا، فلن يتمكن من كبح جماح دموعه، وعندها ستكتشف أنها متوفاة، لذلك لم يستطع السماح لتلك الدموع بالتحرر من سجنها.

بدأ بالكذب: "حسنًا. مؤخرًا، كنت تقولين عن نفسك لقد *تقدمت في السن، لقد تقدمت في السن*، لذلك...".

سألته سيتسوكو: "حقًا؟".

تابع تودوروكي: "كنت قلقة بشأن ذلك كثيرًا، لذلك أخبرتك أنني سأعود إلى الماضي، وأرى إن تقدمت في السن حقًا".

"أتيت إلى هنا خصيصًا من أجلي؟".

"لم تتوقفي عن التذمر بشأن ذلك، فما عساي أفعل؟".

"هاه؟ حقًا؟ حسنًا، أنا آسفة...".

"لن يجدي أسفك نفعًا الآن، أليس كذلك؟".

"أوه، أظنك محق".

قال: "يا إلهي!"، وضحكا معًا. بالنسبة إلى سيتسوكو، كان الحوار طبيعيًا، ولكن بالنسبة إلى تودوروكي، كانت المرة الأولى التي يضحك فيها معها منذ خمس سنوات، حصل كل هذا تحت أنظار يوكاري.

سألت سيتسوكو: "إذًا؟".

بدوره سألها تودوروكي: "ماذا؟".

"جئت إلى هنا للتحقق، أليس كذلك؟".

"نعم".

"ماذا ترى؟ لقد تقدمت في السن، أليس كذلك؟".

انحنت سيتسوكو إلى الأمام، أصبح وجهها قريبًا جدًا من وجهه. ثم قالت: "ألقِ نظرةً فاحصة".

"لم تتقدمي في السن بعد".

"حقًا؟".

"نعم".

توفيت سيتسوكو في ربيع ذلك العام، وعاشت في ذكريات تودوروكي بشكلها هذا. لذلك بالطبع، لم تتقدم في السن.

صرخت بفرح: "نعم، وكم عمري الآن؟".

"ماذا؟".

"كم سنة يجب أن تمضي قبل أن يتوجب عليّ القلق بشأن تقدمي في السن؟".

"خمس، بعد خمس سنوات، ستكونين عندها في الثالثة والأربعين".

شبكت ذراعيها وهمهمت: "فهمت".

"أعتقد أنك تقدمتِ قليلًا في السن".

"اسكت".

هذه المرة ضحكت سيتسوكو وحدها بجذل.

ذكّره ذلك...

مرت تسعة أيام فقط على اليوم الذي طلب فيه يدها للزواج، كان ذلك بعد أن حصل على وقت منتظم ليظهر في برنامج تلفازي في وقت متأخر من الليل، في يوم عيد الميلاد.

سخرت سيتسوكو منه: "لقد طلبت الزواج بطريقة رومانسية جدًا".

توردت وجنتاه خجلًا، وقال: "أوه، اسكتي".

قالت له وهي تبتسم بفرح: "أنا لست مترددة، لكني أريد إخبار أمي وأبي قبل أن أردّ. لذا اترك الأمر لي، حسنًا؟".

في ذلك الوقت، حجزت سيتسوكو على الفور تذكرة سفر بالطائرة إلى هاكوداته.

لن يتلقى تودوروكي ردّها إلا بعد عودتها إلى طوكيو في الرابع من كانون الثاني، أي غدًا.

قالت يوكاري: "سيتسوكو، عزيزتي...".

نادت يوكاري سيتسوكو، من حيث تقف وتراقب محادثتهما. في تلك اللحظة، اختفت الابتسامة عن وجه سيتسوكو، وقالت: "نعم، أنا أعرف".

التفتت إلى تودوروكي، وعضت شفتها لبعض الوقت، ثم تنهدت.

ابتسمت وسألته بحزن: "قل الحقيقة، لماذا أتيت؟".

صدمه هذا السؤال المفاجئ، فاستفسر: "ماذا؟".

"كفّ عن التظاهر".

"لا أعرف ماذا تقصدين".

شبكت سيتسوكو ذراعيها، ونظرت إلى تودوروكي بخيلاء، وسألته مبتسمة: "أتيتَ حاملًا لي أخبارًا سارة، أليس كذلك؟".

"ماذا؟".

"هل أنا مخطئة؟".

"كلا، لستِ مخطئة".

"حسنًا، أخبرني".

كانت تعرف تودوروكي جيدًا، وتفهم ما يفكّر فيه. لم يستطع أن يعارض ما قالته، فتمتم: "جائزة الكوميدي الكبرى".

"ماذا؟ حقًا؟".

"لقد فزنا".

دوّت صرخة سيتسوكو في أرجاء المقهى: "يوهووووو". لحسن الحظ لم يكن هناك أي زبائن، ولكن حتى وإن كانوا، ما كانت لتتصرف بشكل مختلف.

أشار تودوروكي كي تخفض صوتها: "ششششش".

"يا إلهي، يوهووووو".

"ششششش".

"يوهووووووووووو".

"ششششش!".

ركضت سيتسوكو في أرجاء المقهى مبتهجة، أما تودوروكي فلم يبارح كرسيه، لأنه إذا تحرك فسيُعاد مرغمًا إلى وقته الأصلي، وهذا من شأنه أن يفسد ما خطط له. أخيرًا، عندما تعبت سيتسوكو من الركض، جلست لاهثة على الكرسي المقابل لتودوروكي، ونظرت مباشرةً إلى وجهه.

سألها تودوروكي: "ماذا؟".

لمعت عيناها، وقالت: "مبروك".

"آه... نعم".

"أنا سعيدةٌ حقًا، هذا أجمل خبر سمعته في حياتي".

"أنتِ تبالغين".

"أنا لا أبالغ".

"أوه".

"أجل".

رأى تودوروكي أنها أكثر سعادة مما كانت عليه عندما تقدم طالبًا يدها للزواج، وفكّر: *هذا جيد. في النهاية، تمكنت أن أراها سعيدة، لست نادمًا مطلقًا.*

ابتسم للمرة الأولى منذ عودته إلى الماضي.

الآن...

"يمكنني أن أموت بسلام".

كانت هذه كلمات سيتسوكو، وليس تودوروكي.

ماذا؟

لم يفهم ما قالته، ولكن يوكاري فهمت...

فجأة، قالت يوكاري والدموع تغسل وجنتيها: "سيتسوكو، عزيزتي...".

سألها تودوروكي: "ما الذي تتكلمين عنه؟".

"كفّ عن التظاهر بأنني لست متوفاة".

ذُهِل تودوروكي.

تابعت سيتسوكو: "إن كنت حيّة، ما كنت ستضطر للعودة إلى الماضي لتنقل لي هذا الخبر".

قال تودوروكي: "كلا!".

"كل شيء على ما يرام، بإمكانك التوقف عن الكذب".

"أنا...".

قاطعته سيتسوكو: "انظر، أنا أعرف أنني مريضة، لقد قيل لي إنني لن أعيشَ طويلًا".

"سيتسوكو...".

تابعت سيتسوكو كلامها: "كنت سعيدةً جدًا عندما تقدمت طالبًا يدي للزواج، لكنني لم أعرف ماذا يتوجب عليّ أن أفعل. لا أستطيع

استشارة أمي وأبي، لأنهما سيحزنان عندما يعلمان بحقيقة وضعي الصحي، لذلك لجأت إلى يوكاري".

تذكّر تودوروكي الرعب الذي اعتلى وجهيهما عندما ظهر هنا. وتذكّر أن سيتسوكو أولته ظهرها وهو يتحدث إلى يوكاري، لأنها أدركت أنها توفيت وتقبّلت ذلك.

قالت سيتسوكو: "شكرًا لكَ. أنا سعيدة جدًا لأنك أتيت لتخبرني، بصراحة لم أتخيل أنني سأختبر سعادةً كهذه مرةً أخرى".

"..."

قالت وهي تُكفكف دموعه بحنان: "لا داعي للبكاء، هيّا ستبرد القهوة". هزّ تودوروكي رأسه بقوة.

نظرت إليه بحب وقلقٍ كبيرين، وقالت: "ما المشكلة؟".

"أنا لا أنوي العودة".

"ماذا تقول؟ لقد فزت للتو بجائزة الكوميدي الكبرى، ستحصل على مزيد من عروض العمل. حان الوقت للتركيز والاستفادة من هذه الفرصة، لماذا تكبدت عناء الانتقال إلى طوكيو إن لم يكن من أجل هذه اللحظة؟".

تمتم تودوروكي: "كنتِ هناك وقتها، كان بإمكاني رؤية وجهكِ المبهج".

لفّهما الحزن، وانهمرت دموعهما على الطاولة.

بكى الرجل البالغ من العمر ثلاثة وأربعين عامًا، وارتعشت كتفاه.

لقد فكّر في الاستسلام مرات عدة.

في منتصف الثلاثينات من عمره، مرت فترة شعروا فيها بالإحباط بسبب عائدات العروض المتدنية، كما كان يتنافس دائمًا مع زملائه من الممثلين. كل يوم كان يكتب نصوصًا جديدة. الكوميديون الأصغر سنًا، الذين دخلوا هذا المجال بعد بورون دورون، ظهروا على شاشة التلفاز قبلهم، وخيّم القلق والتوتر على أيامهم.

لم تتوانَ سيتسوكو يومًا عن دعمه، ومتى ظهر الحزن على وجهه، واظبت على تشجيعه بوجهها البشوش. ولمرة أخرى، سيتذكر ذلك. *لقد كنت أعمل بجد لأجعلها سعيدة.*

لكن سيتسوكو لم تعد موجودة.

قال: "لقد كنت أعمل لأنك كنتِ معي".

ولكن الأمر انتهى الآن...

قالت سيتسوكو: "أعرف ذلك".

"ماذا؟".

"أنت تحبني أليس كذلك؟ لهذا السبب واصلت العمل للفوز بهذه الجائزة حتى بعد وفاتي؟".

كالعادة، كانت تبتسم دون أن تقلق حيال أي شيء في العالم.

أجاب تودوروكي: "الفوز بجائزة الكوميدي الكبرى كان حلمك".

"بالتأكيد".

"لذلك ركّزت على الفوز، وهذا ما عشت من أجله".

"وتستطيع الاستمرار في المثابرة، أليس كذلك؟".

هزّ تودوروكي رأسه.

سألته سيتسوكو: "لمَ لا؟".

لم يستطع السيطرة على نفسه، وبدأ بالبكاء. وقال: "بعد أن رحلتِ، لم يبقَ لديّ شيءٌ أعيش من أجله".

لكن سيتسوكو ابتسمت مرة أخرى بشغف. كان عزيزًا جدًا عليها.

ذكّرته بلطف: "لكنني ما زلت هنا، سأكون دائمًا إلى جانبك، حتى وإن مت، ما دمت لن تنساني، فسأعيش دائمًا في قلبك، لقد عملتَ بجد حتى بعد وفاتي لأنني لا أزال أسكن في قلبك، أليس كذلك؟".

في قلبي؟

تابعت: "إذا تابعت العمل بعد موتي، فستسعدني. في النهاية، أنت فقط من يستطيع أن يسعدني، حتى وأنا ميتة".

وأنتِ ميتة؟

ثم أردفت: "أنا أحبكَ يا جين، ولن أكف عن حبك إلى الأبد".

أنا...

"لن أدعك تقول أن الأمر انتهى لمجرد أنني متُّ".

اعتقدت أن كل شيء قد انتهى بموتك.

"إذًا، بإمكانك الاستمرار في فعل ذلك من أجلي، أليس كذلك؟".

كان تودوروكي يبكي مثل الأطفال.

لا ينتهي الأمر بالموت.

بالتفكير في الأمر، كم كرّس من حياته لتحقيق رغبات سيتسوكو؟ عشرة في المئة؟ ربما واحد في المئة من حياته فقط.

لم يستطع القول إنه كرّس لها حياته كاملةً.

أراد التخلص من تلك الحياة في منتصفها.

أراد التخلص من حياته مع سيتسوكو.

هذا ما حاولت دفعه ليراه.

والآن أدرك.

إذا أراد أن يجعل زوجته المتوفاة سعيدة، فسيتعين عليه الكفاح لبقية حياته.

قالت سيتسوكو: "هيّا، اشرب".

ثم قرّبت فنجان القهوة منه، ستبرد القهوة قريبًا.

رفع تودوروكي وجهه المبلل بالدموع، ومد يده نحو الفنجان.

قالت سيتسوكو: "سأقبل عرض الزواج غدًا. لقد كنت أتجنب ذلك، لأنني علمت أنني سأموت مبكرًا وسأتركك وحيدًا. لكن الآن، لقد قلتُ كل ما أردت أن أقوله".

قال تودوروكي: "أوه...".

جلست بشكلٍ مستقيم، وقالت: "ستعمل على إسعادي حتى تموت، هل تفهم؟".

"حسنًا، سأفعل ذلك"، واحتسى القهوة دفعة واحدة.

انهمرت الدموع من عيني سيتسوكو وهي تقول: "فلتفعل ذلك".

أصبح كل شيء حوله مشوشًا ومموجًا، وظهرت دوامة من السقف. عندما تحول تودوروكي إلى بخار وبدأ في الارتفاع، نظرت إليه سيتسوكو. كان وقت الوداع.

قالت: "لا تنسَني أبدًا حتى انقضاء الدهر".

سألها تودوروكي: "انقضاء الدهر؟".

"لأن حبي كفيل أن يُنير الدروب".

"حسنًا، حسنًا".

"شكرًا لأنك أتيت لرؤيتي".

"سيتسوكو..." ثم اختفى عبر السقف.

صرخت سيتسوكو بصوت عالٍ: "أنا أحبك، جين".

بعد اختفاء تودوروكي، عاد الهدوء إلى المقهى، وظهر الرجل العجوز بالبذلة السوداء مرة أخرى، وبدأ يقرأ كتابه وكأن شيئًا لم يحدث.

تذكرت سيتسوكو لقاءها الأول بتودوروكي. حدث ذلك بعد وقتٍ قصير من انتقالها من فصلها المدرسي في الصف الخامس الابتدائي، لم تكن تعرف أحدًا من زملائها، فأصبحت ضحيةً للتنمر، وأطلق عليها جميع الأولاد اسم سيتسوكو المجرثمة. حتى عندما حاولت التقرب منهم، لم يرغب أحد في مصادقتها، حتى أنه كان هناك طفل يدعي أن كل شيء تلمسه سيتسوكو يصبح قذرًا. كانت تلك الأيام بائسة بالنسبة إلى سيتسوكو الطفلة.

بعد ذلك، نُقل تودوروكي إلى فصل سيتسوكو. كان موهوبًا بإضحاك الناس منذ صغره، ولم يمضِ وقت طويل قبل أن يصبح أحد الأطفال المشهورين في الفصل، لكن هذا لم يمنع التنمر على سيتسوكو.

قال الطفل لتودوروكي: "احذر أن تلمسها؛ ستلتقط جراثيمها".

لم يكن بيد سيتسوكو حيلة. هكذا كانت تنمو دائرة المتنمرين. الأمر أشبه بعملية الترابط من خلال التضحية بالدم، وفي هذه الحال

كانت سيتسوكو هي الضحية. تقبّلت مصيرها، وتوقعت أن يتبعهم هذا الطفل الجديد. إذا عارضهم، فسينبذ هو الآخر من دائرتهم.

لكن تودوروكي كان مختلفًا.

قال: "أوه، أنا لا أهتم. ربما إذا التقطت من هذه الفتاة اللطيفة جرثومة، تكون بمثابة ترياق لقبحي". ضحك باقي الأطفال فورًا على هذا التعليق الساخر.

لم يمنع ذلك الأطفال الآخرين من التنمر على سيتسوكو، لكن عالمها تغير بشكل كبير. كان تودوروكي هو الوحيد الذي أعجب بسيتسوكو. إذا صرخ أحدهم: "لقد التقطت جراثيمها"، ثم بحث عن شخصٍ آخر ليرميها عليه، يصرخ تودوروكي عندها: "أعطها لي، أنا بحاجة إليها" فيضحك الجميع. لم تعد سيتسوكو تقيم اعتبارًا لأي شخص يتحدث عن الجراثيم لإغاظتها، لأنها تعرف أن تودوروكي إلى جانبها وسيساعدها. لم يستغرق الأمر وقتًا طويلًا حتى بادلته الإعجاب.

في ذلك الوقت، سمع الاثنان عن شائعة المقهى، فقررا زيارته. التقيا هناك بهاياشيدا، الذي كان في فصلٍ مختلف. كانت هذه أثمن ذكريات سيتسوكو على الإطلاق.

نادت: "يوكاري".

قالت يوكاري: "اممم؟".

ارتجف كتفا سيتسوكو، وقالت: "لقد أبليتُ حسنًا، أليس كذلك؟ أنا...".

"لقد تعاملتِ جيدًا مع الأمر، بدت رباطة جأشك رائعة".

"أجل".

بدت أوراق الخريف مشعة تمامًا مثل لهب النار. بعد أن قال هاياشيدا إن تودوروكي لن يعود، شحب وجه ريغي، وقال: "أنا آسف، لم أتخيل أنه لا يريد العودة من الماضي".

علم ريغي أن اعتذاره لن يحل المشكلة، لكن لم يكن بوسعه أن يفعل أكثر من ذلك.

قال هاياشيدا: "كلا، لقد أخطأت بدوري، كان يجب أن أشرح الوضع لكم بشكلٍ أفضل".

بدا واضحًا من وجه ريغي الشاحب أنه يواجه صعوبة في تقبّل الأمر. ندم هاياشيدا أيضًا لأنه لم يكن أكثر صراحة. على أي حال، لم يكن الوقت مناسبًا لتوجيه الاتهامات. نظرت ساتشي بقلق إلى وجه ريغي.

شرحت كازو بلطف ما فكرّت فيه: "سيكون كل شيء على ما يرام. عندما سمعتُ المحادثة في وقتٍ سابق اليوم، أدركت أن هاياشيدا قد جاء لمنع تودوروكي من العودة إلى الماضي، وعرفت أيضًا أن تودوروكي لم يرد العودة".

صرخ ريغي: "ماذا؟".

لم يصدق هاياشيدا ما يسمعه، قال بغضب: "ما دمت تعرفين ما أراده، لماذا تركته يذهب؟".

حافظت كازو على هدوئها، وقالت وهي تنظر إليه: "حسنًا، دعني أسألك شيئًا، أفترض أن زوجته، سيتسوكو، كانت تعرف القواعد أيضًا؟".

أجابها: "نعم، بالطبع".

قالت: "وبالتأكيد لن تسمح سيتسوكو للشخص الذي تحبه بالظهور على الكرسي، والبقاء حتى تبرد القهوة؟".

قال هاياشيدا: "لكن...".

علم هاياشيدا أن سيتسوكو لن تشاهد بصمت، وتترك تودوروكي يفعل شيئًا كهذا. لكنه قد يتصرف بخلاف ما هو متوقع. ماذا سيحدث إذا اتخذ قراراتٍ يائسة، مثل سكب القهوة عمدًا؟

قالت كازو: "سيكون على ما يرام، انظر...".

ألقت كازو نظرة على الكرسي وهي تتكلم. وفجأة ظهر البخار، وارتفع، وانتشر فوق الكرسي، مثل قطرة طلاء سقطت في جرة ماء، ثم تحول البخار إلى شكل إنسان، وظهر تودوروكي.

صاح هاياشيدا: "صديقي جين".

ارتعشت كتفا تودوروكي، ثم تمتم: "أيها الأحمق، صوتك عالٍ جدًا".

بعد فترة وجيزة، عاد الرجل العجوز من المرحاض، ووقف بجوار تودوروكي. وقال بأدب: "من فضلك، كنت أجلس هنا". أخذ تودوروكي شهيقًا عميقًا لينظف أنفه، ونهض بسرعة عن الكرسي. ابتسم الرجل العجوز، وجلس على الكرسي من دون أن يصدر صوتًا.

صرخ هاياشيدا مرةً أخرى: "جين!".

"انتهى بي الأمر بالعودة".

"نعم".

"لم تسمح لي بإنهاء كل شيء لمجرد أنها توفيت".

لم يجد داعيا لذكر اسمها، كان قصده واضحًا.

استرخى هاياشيدا، وقال: "هل هذا صحيح؟".

غالبًا كان يفكر: *أحسنتِ صنعًا، سيتسوكو.*

أشاح تودوروكي وجهه وقال بخجل: "على أي حال، يمكنك حذف الرسالة التي أرسلتها سابقًا".

"أنت غريب الأطوار".

"نعم، أنا آسف".

بعدها اعتذرا لجميع موظفي المقهى عن الفوضى التي تسببا بها.

قالا: "أرجوكم بلغوا يوكاري تحياتنا عندما تعود"، ثم غادرا. من المحتمل أن يرى العالم بورون دورون مرةً أخرى.

تصرفت كازو وكأن شيئًا لم يحدث، تركت ناغاري وريغي ينهيان توضيب المقهى، ونزلت مع ساتشي لتحضّر العشاء.

عاد وجه ريغي إلى حالته الطبيعية، وعندما فكّر بما حدث منذ قليل، قال متنهدًا: "يبدو أن كازو ترى الأمور بشكلٍ صحيح دائمًا".

تذكر حادثة الصورة في نهاية الصيف، لقد فهمت مشاعر يايوي التي عادت إلى الماضي. خلال الأشهر القليلة التي قضتها كازو في المقهى، تأثر ريغي بقدراتها الرائعة على فهم الناس.

بينما بدا ناغاري مستغرقًا في أفكاره، لاحظ ريغي أنه لم يكن يتقدم في مهمته الحالية. ضربه على كتفه، وسأله: "ما الأمر؟".

نظر ناغاري إلى ريغي بجدية، وتمتم وكأنه يتحدث مع نفسه: "لقد فكّرت في الأمر كثيرًا...".

أمال ريغي رأسه، وسأله: "ما الذي فكّرت فيه؟".

قال ناغاري: "لماذا لم أفكر مطلقًا بأنني قد أرغب في رؤيتها...". كان يشير إلى المحادثة التي جرت في ذلك المساء، عندما سأله ريغي: "سُنحت لك الفرصة لرؤيتها بعد أربعة عشر عامًا، ومع ذلك لم تفكر يومًا أنك قد تريد رؤيتها؟".

مع أن ريغي هو من سأل هذا السؤال، إلا أنه نسي الأمر، معتبرًا أن المحادثة قد انتهت. لكن ناغاري لم يكف عن التفكير في الأمر، لأنه لم يستطع الإجابة عن السؤال. ثم قال: "السبب هو ما سبق لتودوروكي أن قاله".

سأل ريغي: "حقًا، ماذا قال؟".

تمتم ناغاري: "لم تسمح له بالقول إن الأمر قد انتهى لمجرد أنها توفيت".

"آه، أجل، صحيح".

تمتم وهو يفكر بكلماته: "أعتقد ذلك أيضًا، لم أفكر مطلقًا أن الموت هو النهاية، هي دائمًا معي. إنها تعيش في قلبينا"، كان يعني قلبه وقلب ابنته ميكي.

دقت الساعة السادسة.

عبرت هذه الدقات عن مشاعر ريغي، الذي كان يقف هناك لا يعرف كيف يردّ على كلمات ناغاري.

قال ناغاري: "أشعر بالحرج لقولي ذلك الآن"، وأغمض عينيه.

أجاب ريغي: "نعم".

"تظاهر أنني لم أقل ذلك".

"حسنًا".

استأنف ناغاري وريغي تنظيف المقهى. بدت أوراق الخريف وكأنها تحثهما على القيام بعملهما.

III

الشقيقتان

رجاءً، اعتنِ بالمقهى في غيابي.

هذا ما كُتب في الرسالة التي تركتها يوكاري توكيتا إلى ناغاري توكيتا قبل مغادرتها إلى أمريكا. ذهبت لتجد والد صبي زار المقهى، فلم تستطع ردّ طلب من يستجير بها، ويطلب مساعدتها، خاصة مع ميلها إلى الاعتناء بالناس.

منذ سنوات، زارت امرأة من أوكيناوا المقهى حيث كانت تقضي عطلتها في هاكوداته، وعلمت أن باستطاعتها العودة إلى الماضي. أخبرت يوكاري أنها تريد العودة إلى الماضي لتقابل صديقةً مقربةً من أيام الطفولة، انتقلت فجأة إلى مدرسة أخرى. سألتها يوكاري لماذا، فأجابت المرأة أنهما تشاجرتا قبل أن تنتقل مباشرةً، وأنها ندمت منذ زمن على تصرفها المؤذي نحوها.

للأسف، لم تكن تعرف قواعد المقهى، خاصةً أن من المستحيل مقابلة أحد لم يسبق له أن زار المقهى. بالإضافة إلى ذلك أنه لا يسع

الشخص أن يتحرك من كرسيه، وأن الوقت الذي يمكن للشخص أن يمضيه في الماضي محدود بالوقت الذي ستحتاج إليه القهوة لتبرد. ارتخت كتفا المرأة في يأس بعد أن سمعت القواعد. بدا جليًا أن ندمها سبب لها المعاناة على مدى سنوات.

مثل هذه المحادثات كانت نقطة ضعف يوكاري، فطلبت من المرأة تفاصيل الاتصال بها؛ ثم قامت برحلات عدة إلى أوكيناوا، واستخدمت شبكاتٍ عدة لتجد صديقة المرأة المقربة.

تمثلت استراتيجية يوكاري بالتماس المساعدة على شبكات التواصل الاجتماعي. لم تكن تعلم كثيرًا عن تلك الشبكات، لكنها تعرفت عن طريق مقهى فونيكولي فونيكولا إلى غورو كاتادا، الذي عَمِل لصالح شركة ألعاب فيديو مشهورة، ومهندسة الأنظمة السابقة فوميكو كاتادا (نسبتها كيوكاوا قبل الزواج)، التي سبق لها أن عادت إلى الماضي منذ زمنٍ بعيد. طلبت يوكاري تعاونهما، وتقديم بعض الأفكار لمنهجية البحث.

كانت إحدى تلك الأفكار التعاون مع فريق يوتيوب النسائي (الكاشفات المتواضعات) ليجدن الصديقة المفقودة. وافق فريق الكاشفات المتواضعات، ومن خلال عدد متابعيهن الذي يزيد عن المليون والذي يتوزع على فئات عمرية مختلفة، ونشرنَ مناشدة عبر فيديوهاتهن؛ نجح الأمر بالفعل، وتتبعنَ أثر الصديقة إلى هيروشيما حيث تعيش، والتأم شمل الصديقتين بعد قرابة عشرة أعوام من الفراق.

يبدو أن صديقتها هي الأخرى ندمت على الشجار الذي حصل بينهما قبل أن تضطر فجأةً للانتقال لأسباب عائلية. لكنها تخيَّلت أن مغادرتها المفاجئة من دون قول أي شيء ستتسبب ضغائن، وأن ذلك ما أوقفها دائمًا عندما فكّرت في معاودة الاتصال.

*

في العادة لا يظهر الناس حقيقة مشاعرهم. قد لا يكون الشخص الآخر يفكّر في أي شيء، لكن هناك ميلًا لافتراض ما يشعر به الآخر من دون سؤاله عن ذلك. كانت يوكاري من النوع الذي يراقب ويُقدم، وكانت مستعدةً للتدخل كما في تلك الحالة لترى بنفسها ما كان يحدث.

حتى إن طلب منها الشخص الآخر عدم التدخل، ما كانت تفهم من ذلك أنه يعني أنّ عليها ألّا تتدخل، فقد كانت متميزة بإصرارها، وكانت تتدخل في حدود قاعدة عامة وضعتها؛ فهي لا تنسحب إلّا إن طُلب منها عدم التدخل في ثلاث مناسبات مختلفة، فعندما يحصل ذلك تفهم أن تدخلها غير مرغوبٍ فيه.

لم يكن الصبي من أمريكا استثناءً. لكنها هذه المرة قررت التدخل بطريقة مختلفة عن طريقة تدخلها في أوكيناوا. قررت أن تفتش عن الأب المفقود بتتبّع آخر أخباره المعروفة، لذلك لم تعرف يوكاري المدة التي ستغيبها.

وصلت الآن بطاقة بريدٍ أخرى من يوكاري إلى المقهى.

لن أعود إلى المقهى قبل وقت طويل.

تأففت الدكتورة ساكي موراوكا وهي تنظر إلى البطاقة البريدية التي يحملها ناغاري، وسألته: "هل هذا كل ما تقوله؟". كانت قد ارتدت ملابسها العادية بعد انتهاء مناوبة عملها في المستشفى.

ردّ ناغاري بحيادية: "أجل".

قالت ساكي: "بطريقةٍ ما، هذا لم يفاجئني. لكن ما رأيك في ذلك؟"، كانت ساكي التي لا تربطها بهم صلة قربة، أكثرهم خيبة من قلة مسؤولية يوكاري.

أضاف ريغي أونو ببساطة: "هذه هي طريقتها". في الحقيقة، لقد شاهد خلال الفترة التي أمضاها في المقهى أفعالها، وبدا على معرفة بها أكثر من ابنها، وتحدث وكأنه تعود على أمور مثل هذه.

إنها الساعة الخامسة مساءً. لا أحد في المقهى سوى ساكي وثنائي بالإضافة إلى ريكو نونوكاوا. كانت ريكو زبونةً معروفة بدأت تتردد على المقهى منذ أن عملت شقيقتها في المقهى خلال فترة العطلات.

قال ريغي بصوتٍ خافت: "دكتورة موراوكا..."

"ماذا؟".

"لمَ قررتِ أن تحضري ريكو معكِ اليوم إلى هنا؟".

"ماذا تقصد بسؤالك؟".

"بعد كل شيء، يوكيكا..."

تلكأ ريغي في وسط جملته. لقد أُخبرت شقيقة ريكو، يوكيكا، منذ أربعة أشهر أنها لن تعيش طويلًا، ثم توفيَت. كان للمرض اسمٌ غامض

لم يسمع به أحد، وكانت مسبباته مجهولة، وكان عدد المصابين به في اليابان قليلًا، ولا علاج له بعد.

لقد أرّق الخبر ريكو وصدمها، وكانت تذهب أحيانًا إلى المقهى لتبحث عن يوكيكا، وكأنها تُنكر موتها. سبق لريغي أن رأى ريكو في هذه الحال أكثر من مرة خلال مناوباته في العمل.

كانت الشقيقتان مقربتين إحداهما من الأخرى عندما كانت يوكيكا على قيد الحياة، وكلما رآهما معًا بدتا له مرحتين ومبتسمتين، ولكن لم يعد لهذا المرح من أثر على محيا ريكو الآن. لم يفهم ريغي كيف سيكون إحضار ريكو بهذه الحال إلى المقهى مفيدًا لها. شعر بضيقٍ كبير كلما رآها وهو يعمل، فقد كانت رؤيتها مؤلمةً إلى هذا الحدّ.

قالت ساكي ببساطة: "اليوم مختلف". وأنهت المحادثة.

بدأ الظلام يحل في الخارج. تألقت أوراق الخريف بلونها القرمزي. جلست ساتشي توكيتا على الكرسي إلى جانب ساكي، ممسكةً بكتاب *مئة سؤال*. بدأ الكتاب يعجب ساتشي حقًا، وكانت تطرح الأسئلة في كل فرصة. قوطِعت للحظة عندما بدأ ناغاري وساكي يتحدثان عن البطاقة البريدية التي أرسلتها يوكاري.

صوت رنين جرس الباب

"مساء الخير".

بدت البهجة في عينيّ ساتشي عندما قالت: "إنها ناناكو!" سُرت لوجود شخصٍ إضافي لتطرح أسئلتها عليه.

رحّب بها ناغاري قائلًا: "مرحبًا، تفضلي".

قالت ناناكو: "مساء الخير يا ساتشي" وهي تجلس بجوارها على الكرسي. الآن، أصبحت ساتشي محاطةً بساكي وناناكو، طلبت ناناكو من ناغاري: "صودا الآيس كريم لو سمحت".

فقال وهو يتجه إلى المطبخ: "حسنًا".

كانت ناناكو ماتسوبارا صديقة طفولة ريغي وطالبةً في جامعة هاكوداته. ارتاد ريغي جامعة هاكوداته أيضًا، ومؤخرًا، أصبح يفوّت المحاضرات، ويعمل في المقهى بشكل يومي. إنه يسعى للذهاب إلى طوكيو ليصبح كوميديًا، وركّز على جمع المال لينتقل إلى المدينة الكبيرة.

في العادة، كانت ناناكو تتوقف عند نادي الجامعة للآلات الموسيقية النفخيّة الذي كانت عضوًا فيه بعد انتهاء الدوام الدراسي، وبعدها تتجه إلى المقهى في طريق عودتها إلى المنزل.

تفحّص ريغي ناناكو وقال: "هممم" وقطّب حاجبيه.

سألته: "هل من خطبٍ ما؟". وبدت في حيرةٍ من تصرفه، وأشاحت بنظرها بعيدًا.

"لستُ متأكدًا..." ثم حدّق إليها عن قرب.

"ماذا تفعل؟".

"هناك شيءٌ ما مختلفٌ فيكِ". لم يستطع تحديده تمامًا، ثم أضاف متأملًا: "ما هو؟".

ردّت: "ما الذي تتحدث عنه؟".

بدا ريغي محتارًا، فقد شعر أن هناك شيئًا مختلفًا فيها.

لكن ساكي رأت ببساطة ما لم يستطع تمييزه بسهولةٍ كرجل، وقالت: "إنه أحمر شفاهها".

حتى ساتشي ذات السبع أعوامٍ لاحظت ذلك.

أشارت ساكي: "عادةً ما تضع ناناكو لونًا أرجوانيًا شاحبًا، لكنه أكثر لمعانًا اليوم".

قال ريغي بعد أن أدرك: "أووه...".

سألت ساكي ناناكو: "هل هو لون جديد؟".

"إيه، ربما".

في العادة، كانت ناناكو تتبرج، لكن اللون الأحمر الذي طلت به شفتيها اليوم غيَّر مظهرها بشكلٍ كبير.

"عرفتُ أن هناك شيئًا ما، أحمر الشفاه إذًا؟ هذا مثير للاهتمام..."

عاد ريغي الآن ليهتم بعمله خلف المنضدة بعد أن عرف ما الذي جعل ناناكو تبدو مختلفة.

قالت ساكي: "تبدين جميلةً جدًا".

قالت ناناكو: "شكرًا لكِ"، ولم تستطع سوى أن تبتسم على الإطراء.

انحنى ريغي إلى الأمام من خلف المنضدة وقال: "هل من شاب جديد تهتمين لأمره؟".

"حقًا؟ هل هذا شيءٌ يهمك؟".

"لا يهمني مع من تخرجين، أنا فقط فضوليّ".

"لا يهمك لكنك تريد أن تعلم؟ ماذا يمكن أن يعني هذا؟".

"يعني أن الأمر يعود إليك بخصوص أي نوعٍ من الشبان تواعدين".

أمالت ناناكو رأسها محاولةً أن تفهم منطق ريغي وقالت: "إن كنتَ فضوليًا، ألا يعني ذلك أنك مهتم".

"لا، طبعًا لا".

"كيف يختلف الأمران؟".

"إنهما مختلفان تمامًا، أنتِ تختارين من تواعدين، أما أنا فمهتم بنوعية الشخص الذي تواعدينه".

"بكلمات أخرى بإمكاننا القول إنك مهتم".

"لا، هناك فرق بين الاهتمام بأمر والفضول بشأنه".

"فرق دقيق إلى حدّ أنني لا أفهمه".

"حسنًا، ليس عليك أن تفهمي".

كانت محادثتهما عقيمةً.

حدّقت ساتشي بوجه خالٍ من التعابير في الوقت الذي تابعا فيه جدالهما.

لاحظت ناناكو ساتشي ممسكةً بكتاب *مئة سؤال* وغيّرت الموضوع بسرعة قائلةً: "ما السؤال الذي تقرأينه الآن؟".

ردّت ساتشي بسرور: "السؤال السادس والثمانون". لم يكن كتابًا تستطيع قراءته بمفردها، وأدركت أنها تتسلى كثيرًا عندما تطرح الأسئلة على الآخرين وتستمع لإجاباتهم. لن تتاح لها فرصة مثل هذه كل يوم، واستطاعت أن تجيب عن سؤالين أو ثلاثةٍ في اليوم فقط، فقد مضى شهران تقريبًا منذ أن طرحت سؤالها الأول.

"أوه، حسنًا هذا يعني أنك على وشك أن تنهي الكتاب".

"أجل، لم يبقَ كثير من الأسئلة".

"هلّا نقرأ بعض الأسئلة؟".

"أجل، هيّا بنا".

بالنسبة إلى ساتشي التي قرأت ذات يوم ثلاثة كتب في يوم واحد، كان المضيّ في كتابٍ بالتدريج مع ناناكو والآخرين تجربة ممتعة فريدة من نوعها.

رمق ريغي الاثنتين بنظرةٍ جانبية، وزمّ شفتيه، ثم اتّجه إلى المطبخ متجاوزًا ناغاري الذي كان يحمل طلب ناناكو.

قال ناغاري: "تفضلي، أعتذر على التأخير"، ووضع آيس كريم الصودا أمام ناناكو.

وضع ناغاري فوق المياه الغازية الخضراء الزاهية كرةً من مثلجاتٍ خاصةً صنعها بنفسه من البيض وقصب السكر.

"أوه، شكرًا لك".

لمعت عينا ناناكو وهي تُمسك بالقشة. لقد أصبح آيس كريم الصودا الخاص بناغاري طلبها المفضل.

إذا كان العالم سينتهي غدًا؟ مئة سؤال.

بدأت ساتشي تقرأ السؤال جهرًا بينما استمتعت ناناكو بمياهها الغازية.

"السؤال السابع والثمانون، لديك طفلٌ بلغ العاشرة من عمره للتو".

قالت ساكي: "يبدو سؤالًا صعبًا" وقطّبت حاجبيها ساخرة.

"عشرة أعوام؟".

كانت ناناكو من سأل، وأومأت ساتشي برأسها قليلًا.

"تبدو هذه سنًا حرجة".

قصدت ناناكو بحرجة أنها سن يكون الطفل فيها صغيرًا، ولكنه في الوقت نفسه يفهم ما يقوله البالغون. يصبح الطفل في العاشرة خبيرًا، ولا يتقبل الإجابات السطحية على أسئلته.

قالت ناناكو: "حسنًا"، مشيرةً لساتشي أن تُكمل.

إذا كان العالم سينتهي غدًا، فماذا ستختارين؟

1. لن تخبريه شيئًا، لأنه لن يفهم خطورة الوضع.
2. ستخبرينه بالحقيقة، لأنك ستشعرين بتأنيب الضمير إن لم تفعلي.

ردّت ناناكو من دون تردد بمجرد سماعها السؤال كاملًا: "الخيار الأول".

سألتها ساكي: "لن تخبريه؟".

"إن كان في العاشرة من عمره، لا لن أخبره، سيصاب بالذعر، ولن يستفيد شيئًا".

"أوه، حسنًا".

"وأنتِ دكتورة ساكي؟".

"يا إلهي، قلتِ إنه في العاشرة أليس كذلك؟".

نظرت ساكي إلى السقف، وفكّرت قليلًا لفترة، وتمتمت مخاطبة نفسها: "هل سأخبره؟... على الأرجح لا".

"لن تخبريه، صحيح؟".

"حسنًا، ماذا تريدين أن يخبروك إن كنتِ في العاشرة يا ناناكو؟".

"أنا؟".

"هل سترغبين بمعرفة ما سيحصل أم لا؟".

"سأفكّر"، حان الآن دور ناناكو لتنظر إلى السقف.

لمعت عينا ساتشي، مذهولةً من الحوار بينهما.

"ربما أريد أن يخبرني والداي".

"أليس هناك تناقض في إجابتك؟".

"شخصيًا أريد أن أعرف، ولكن عندما يتعلق الأمر بطفلي فلا أريده أن يعرف".

"لماذا؟".

"شخصيًا، لا مشكلة لديّ من المعاناة والحزن، ولكنني لا أريد أن أرى طفلي حزينًا".

ردّت ساكي وأومأت برأسها: "فهمت". من المؤكد أن التناقض بدا جليًا في تفكير ناناكو، لكن منطقها بدا سليمًا.

"ماذا عنكَ يا عم ناغاري؟".

"سأختار الخيار الثاني؟".

"لماذا؟".

"في البدء سأشعر بالذنب، أضيفي إلى ذلك أنني لن أستطيع إخفاء الأمر"، شجّعت إجابتُه ناناكو لتقول "لا عجب، ستكون كاذبًا فاشلًا".

أضافت ساكي: "سيكون الأمر على النحو التالي، سيسأل الطفل ما الذي تخفيه، وعندها ستبوح بالسرّ مباشرة".

بدا أن ناغاري يوافق على هذا التحليل عندما حك رأسه وقال: "يبدو هذا صحيحًا".

من مقعدها بجانب النافذة، حدّقت ريكو إلى كل من شارك في المحادثة.

صوت رنين جرس

دقّت ساعة الحائط معلنة الساعة الخامسة والنصف مساء. نهض الثنائي عن كرسيهما، وذهب ريغي إلى ماكينة المحاسبة. سُمعت خطواتُ أحدهم يقترب، ثم ظهرت كازو توكيتا.

نادت كازو: "ساتشي".

"ماذا؟".

"العشاء جاهز".

"حسنًا".

أغلقت ساتشي كتاب *مئة سؤال*.

قالت ناناكو: "حسنًا، سنكمل هذا في وقتٍ لاحق".

ردّتْ ساتشي: "أجل"، ثم توجّهت إلى الطابق السفلي تاركةً الكتاب على الطاولة. لمحت كازو ناغاري، وأشارت إلى ريكو، وكأنها تقول: *رجاءً تولّ أمر ما سيحصل لاحقًا*. ثم تبعت ساتشي إلى الأسفل.

صوت رنين جرس الباب

دفع الثنائي حسابهما وغادرا المقهى.

إلى جانب ناناكو وساكي، كانت ريكو الزبون الوحيد المتبقي.

فجأة، قال ريغي: "أوه، كدتُ أنسى. ساكي كتبت شيئًا من أجل العرض التجريبي القادم، أتمانعين إلقاء نظرةٍ وإخباري برأيك؟".

في بعض الأحيان، كان ريغي يطلب ذلك من الزبائن المعتادين المقربين منه، إنه يحلم بالحصول على فرصة في إحدى وكالات الترفيه ويبدأ مسيرته ككوميدي.

منذ عدة أيام، شعر بالحماسة بعد أن عرف أن تودوروكي وهاياشيدا، الثنائي الكوميدي الذي يؤلف بورون دورون اللذان ظهرا بانتظامٍ على التلفاز، كانا من هاكوداته، وكانا زبونين دائمين في هذا المقهى.

ردّت ساكي على حماسته بصراحة، وأجابت بفتور: "لستَ مسلّيًا"، ثم شرحت أكثر: "نكاتك سيئة، وتوقيتك مريع؛ أقصد، يصعب عليّ معرفة متى يُفترض بي أن أضحك. أنت تقترف خطأً فادحًا بسعيك وراء الكوميديا. عليك حقًا أن تستسلم".

لقد كانت كلماتها جارحة.

قال ناغاري: "سا-ساكي ألا تعتقدين أن ما تفوهت به قاسٍ قليلًا؟"، في العادة لا يكون ناغاري لطيفًا عندما يبدي رأيه بخصوص ما يكتبه ريغي، لكن الأخير بدا متقبلًا الأمر تمامًا.

قال محتجًا مع ابتسامة جافة: "لا، هذا غير صحيحٍ" ولم يبدُ محبطًا. كان شابًا، وسيبقى مؤمنًا بحلمه بغض النظر عن رأي الآخرين.

"انظر، أنا أخبرك بهذا من باب النصيحة، يومًا ما ستقول ليتني لم أقدم على هذا، وعندها لن ينفع الندم، لأن الوقت سيكون قد فات".

"لن يحصل هذا، لأنني لن أندم".

تنهّدت ساكي، كان كلامها عديم التأثير.

قالت ناناكو: "بإمكانك أن تجرّب عليّ إن أردت".

"لا، لا أعتقد ذلك".

"لمَ لا؟".

"لا، أريد رأيك".

كان ريغي يخشى أن تتعاطف ناناكو معه بسبب صداقتهما.

قاطعتهما ساكي: "حسنًا، ما رأيُك أن تأخذ برأيي؟".

لم يبدُ أن ريغي سمعها.

تنفس ريغي بعمق وقال بحماسة: "حسنًا!" ثم ذهب إلى المطبخ نحو خزانته.

أطل ناغاري من المطبخ وقال: "ريغي؟".

"؟"

تبادل ناغاري وناناكو نظرةً.

عاد ريغي بعد لحظة مع دفتر نكاته وحقيبة كبيرة.

"ناغاري، أتمانع تولّي أمرَ ما تبقى؟".

"ماذا؟ لا أظن أن لديّ مانعًا".

في هذا الوقت من السنة، يُغلق المقهى عند السادسة مساءً، وساعة الحائط تشير إلى الخامسة والنصف، وهذا يعني أن آخر الطلبات انتهت، قصد بـ*ما تبقى* إغلاق المقهى.

سألت ناناكو ريغي بفضول: "إلى أين أنت ذاهب؟"، عندما يشعر

ريغي برغبة ملحة في الذهاب إلى مكان ما، كان يغادر في منتصف مناوبته.

"سأؤدي أداء حيًّا في الشارع".

"الآن؟ لقد حل الظلام في الخارج".

"بالقرب من قاعة كانيموري هناك مطعم هامبرغر يدعى لاكي بييرو ومن المؤكد أنه سيكون هناك سيّاح يتجولون في الأرجاء".

تقع قاعة كانيموري وسط منطقة الخليج المليئة بالسياح بالقرب من المستودعات عند الواجهة المائية. استُخدمت للحفلات، والعروض، وسواها من المناسبات. تحيط مراكز التسوق والمطاعم بالقاعة، وكما قال ريغي، حتى في هذا الوقت من اليوم كانت الشوارع وممرات المشاة جيدة الإضاءة.

لكن حال الطقس تدعو للقلق. فقبل قليل دوى الرعد، لكن لن تردع أية كميةٍ من الأمطار أو الرياح أو البرق ريغي في هذه اللحظة. قال: "أراكم في وقت لاحق يا أصحاب"، وغادر المقهى فجأةً وبدا غير قادر على كبح جماح حماسته.

صوت رنين جرس الباب

"ريغي"

فات الأوان.

"لقد ذهب".

أسندت ساكي خدّها على يدها وابتسمت. أوه، من الممتع أن يكون المرء شابًا.

قالت ناناكو: "آسفةٌ بشأن ريغي"، وأحنت رأسها لناغاري كاعتذارٍ عن ريغي لأنه ترك عمله هكذا.

"أوه لا بأس، لا مشكلة. الآن وبعد التفكير، اليوم...".

ابتسم ناغاري، وتبادل مع ساكي النظرات بعد أن نظر إلى ريكو، عندها نظرت ساكي إلى ساعتها.

قالت: "أجل، اليوم".

نظرت ناناكو إلى الباب الذي مازال يتحرك عند المدخل.

تنهدت وقالت: "الشيء الوحيد الذي يكون فيه أفضل من أي شخصٍ آخر هو قدرته على عدم الاستسلام بشأن حلمه".

فكّرت ساكي مراقبةً ناناكو وهي تنظر إلى الباب لكنه يعجبكِ كما هو، وأجبرت نفسها ألا تنطق بملاحظتها تلك، وابتسمت لناناكو.

"ما الأمر؟".

قالت ساكي: "أوه، لا شيء..." بينما أمسكت بكتاب مئة سؤال من حيث تركته ساتشي. لم ترد إكمال الكتاب؛ أرادت فقط شيئًا يلهيها لتمنع نفسها من التفوه بأمرٍ غبي.

بعد ذلك، عندما خيّم صمتٌ محرج بين ناناكو وساكي...

وقفت ريكو فجأة وسألت: "كم الحساب رجاءً؟".

"ماذا؟... حسنًا... ممم".

بدا ناغاري مرتبكًا بوضوح.

سيغلق المقهى بعد قليل، ومن الطبيعي أن تُفكر ريكو بالمغادرة. لكن، ولسببٍ ما، شعر ناغاري بالتشوش والهلع.

اقترح: "ما رأيكِ بتجديد الطلب؟". بالإضافة إلى اقتراحات عدة غير متناسقة.

ردّت ريكو بهدوء: "لا، شكرًا، سأدفع الآن...".

أضاف: "ها؟ لكنك وصلتِ للتو"، وتابع سلسلة تعليقاته الغريبة. أتت ريكو اليوم مع ساكي منذ ساعةٍ تقريبًا. كانت قد انتهت من الشاي الذي طلبته عند وصولها، ولم يجد الآن سببًا لإيقافها.

لكن ريكو ما كانت تفكر بالذهاب ببساطة. كانت تحدّق في صمتٍ نحو الباب.

تمتمت بصوتٍ خافت: "لن تأتي يوكيكا، إذًا..."

"أوه، لكن".

بدا الارتباك جليًا على ناغاري لأنه لم يكن جيدًا في الحوارات، ولأن العرق كان يقطر من حاجبيه. تدخلت ساكي لإنقاذه وقالت: "هل كنت تنتظرين يوكيكا؟" كان صوتها لطيفًا ومريحًا.

أجابت ريكو من حيث تقف: "أجل، وعدتني أن تعرّفني إلى صديقها عندما نلتقي في المرة القادمة".

"لا بد منأنكِ تتطلعين إلى ذلك".

"لكن يبدو أنني أخطأت في تاريخ الموعد".

اكفهرّت تعابير وجه ريكو.

لم تكن مخطئة بتاريخ الموعد. فقد توفّيت يوكيكا، أخت ريكو، منذ ثلاثة أشهر، ولم تكف ريكو عن انتظارها رغم أنها لن تخطو عبر باب المقهى مرة أخرى.

كانت ريكو تزور المقهى بين الحين والآخر وتقول الشيء ذاته.

تعرف ساكي بالطبع أن يوكيكا قد توفيت، فهي من اعتنت بها وبصحتها النفسية خلال إقامتها في المستشفى.

لكن ما كانت ساكي لتخبر ريكو أنها مخطئة.

"لماذا لا تنتظرين قليلًا؟ ربما تأخرت في لقائها مع صديقها".

ظهر بصيص أمل في عيني ريكو الحزينتين.

"لا أظنك مرتبطة بموعد، أليس كذلك؟".

"لا، لا أعتقد ذلك".

"تفضلي إذًا...".

نظرت ريكو مرةً أخرى إلى الباب.

قالت ساكي وهي تنظر إلى ناغاري: "من فضلك قدّم لها فنجان قهوة على حسابي".

قال ناغاري: "على الفور". وأسرع إلى المطبخ.

"... حسنًا، سأبقى لبعض الوقت".

عاودت ريكو الجلوس ببطء.

"كم هذا رائع".

حتى أثناء العمل، كان صوت يوكيكا يصدح في أرجاء المقهى.

قالت ريكو من حيث تجلس: "ششش، صوتكِ عالٍ". كانت خجولة وخائفة من أن يحدق الزبائن إليها. في بعض الأحيان، كانت

يوكيكا تعمل في المقهى في أوقات الذروة خلال الموسم السياحي، لأن ريغي ويوكاري يجدان صعوبة في تدبّر الأمر بمفردهما، حتى أن ناناكو كانت تمد يد العون لهما في بعض الأحيان.

حصلت هذه المحادثة في شهر أيار، في منتصف الأسبوع الذهبي، موسم العُطل الأكبر في اليابان، وقبل أسابيع من دخول يوكيكا إلى المستشفى. في تلك الفترة، أقيم مهرجان أزهار الكرز في حدائق غوريوكاكو وهاكوداته وكان المقهى مزدحمًا بالزبائن على الدوام.

لم يكن هناك وقتٌ لأخذ استراحة، لكن لا يزال هناك مجال ليوكيكا لتستمتع بمحادثة مع شقيقتها الكبرى ريكو، التي كانت واحدة من الزبائن.

جلست يوكيكا بجانب ريكو، وكانت تنظر إلى وجهها مستمتعةً.

"وأخيرًا؟ ماذا تقصدين؟".

"ضعي نفسك مكان مامورو".

أدارت يوكيكا كرسي ريكو لتواجهها، وشرعت تتقمص شخصية الواعظ.

"لا أعلم ما الذي يزعجك، ولكنني أعلم أنه من غير الطبيعي أن تجعلي شابًا ينتظر ستة أشهر ليتلقى جوابًا بشأن طلب يدك للزواج".

"كانت هناك أمورٌ كثيرة".

"أمورٌ كثيرة؟ مثل ماذا؟".

"... أمورٌ كثيرة!"

لم تكن عائلة ريكو ويوكيكا تتألف من أحد سواهما. توفّي والداهما عندما كانتا صغيرتين، وسكنتا مع أقاربهما في هاكوداته. عندما بدأت ريكو بالعمل، انتقلت الشقيقتان إلى شقة خاصة بهما وكانت علاقتهما ممتازة. إن تزوجت ريكو، فستبدأ حياةً جديدة، وتترك شقيقتها الصغرى وحدها. هذا ما قصدته غالبًا عندما قالت: *أمور كثيرة*.

"أخبريني بها".

"لا شيءُ يهمك، لن يشكّل هذا لك مشكلة، أليسَ كذلك؟".

"حقًا؟".

"هل من مشكلة؟".

"كنتُ أنتظر... أنتظر شقيقتي لتتزوج أولًا حتى أستطيع المضي قدمًا في حياتي".

"ها؟ لا تخبريني أن لديك صديقًا؟".

"بالطبع لديّ، ما الذي تتكلمين عنه؟".

لقد تفاجأت ريكو عندما علمت بأمر صديق يوكيكا، ظنت أنها لا تزال طفلة، ولكن الوصف الأدق، هذا ما أرادت أن تظنه.

"لماذا تبدين متفاجئة جدًا؟". بدا الاتهام جليًا في نبرة يوكيكا، وكأنها تشير إلى أن ريكو تعاملها وكأنها طفلة.

"أوه، لم أعلم... حقًا؟ هل ستتزوجان؟".

قالت: "ربما، إن طلب يدي للزواج".

"حسنًا... هذا يعني أنه لم يطلب يدك للزواج بعد؟".

"لا لم يطلبها..."

"واو..."

كان هناك بعض الحزن، لكن ريكو شعرت في أعماقها بارتياح. صحيحٌ، لقد شعرت بالذنب من فكرة أن تتزوج وتترك شقيقتها بمفردها، فهي تريد أن تحظى يوكيكا بالسعادة، ولطالما تمنت أن تجد شريكًا مميزًا لها، ولا شك أن يوكيكا تبادلها الأمنية والشعور نفسيهما.

"لا داعي للاستعجال، ولكنني أظن أنني سأوافق إن عرض عليّ الزواج".

بدا جليًا أن يوكيكا تريد أن تخبر شقيقتها أنها لا تريد الزواج قبلها، ولكن ريكو لم تفهم ذلك.

سألت: "ألن تدعيني أقابله؟".

أدارت ريكو هذه المرة كرسيّ يوكيكا لتواجهها.

"مستحيل".

"ماذا؟".

"لا، إطلاقًا".

"لا تستطيعين أن تتزوجي منه إن لم تعرّفيني إليه، أليس كذلك؟".

"لمَ لا؟".

"تعلمين تمامًا لمَ لا. قد نكون نحن الاثنتين وحدنا، لكن ما زلنا عائلة".

"أجل، لكن لا يعني ذلك أن عليّ أن أحظى بموافقتكِ".

"بل يعني ذلك".

"لا يعني".

"دعيني أقابله".

"مستحيل".

"لمَ لا؟".

"من أين أبدأ؟".

كانتا مستمتعتين بجدالهما السريع.

"أهو طائش كثيرًا؟".

"لا".

"حسنًا، هل هو ثلاثي ع؟".

"ما هذا؟".

"الشبان الذين يكونون ساحرين لكنهم محبّون سيئون: عامل في الحانة، وعامل تجميل، وعضو في فرقة موسيقية".

"لا".

"إذًا هو ثلاثي م!"

"ثلاثي م؟".

"مدرب لياقة، مزارع، محاسب".

"أنتِ فقط تعددين وظائف تبدأ بحرف الميم".

"أخبريني عنه".

"لا".

"هل يعمل في فرقة مسرحيّة؟".

"كوني واقعية".

"يطمح أن يصبح كوميديًا".

"طبعًا لا".

أصاب ذلك وترًا حساسًا لدى ريغي الذي كان يقف خلفهما وقال: "سمعت ذلك!

"أريد أن أقابله، بالله عليكِ، عرفيني إليه".

"حسنًا! سأعرفكِ إليه في المرة القادمة".

"متى؟".

"لا أعلم، المرة القادمة".

"حقًا؟ هل هذا وعد؟".

"أجل، أجل".

"حسنًا إذًا".

مدّت ريكو خنصر يدها.

رفعت يوكيكا حاجبيها متسائلة: "ماذا تفعلين؟".

"وعدُ خنصر يا ساذجة".

"هذا غير ضروري، أليس كذلك؟".

"بالطبع ضروري، هيّا".

مدت يوكيكا خنصرها بتردد ثم علّقته بخنصر ريكو.

"احفظ وعد الخنصر...".

"صوتكِ عالٍ جدًا يا ريكو".

"... أو ابتلع مئة إبرة".

ذلك اليوم الذي تبادلتا فيه الوعد - عندما كانت يوكيكا على قيد الحياة - بدا مثل لحظة سعيدة من حلم.

لقد توفيت يوكيكا.

توفيت ولم تترك خلفها سوى وعد. لم تمكث سوى شهرٍ في المستشفى. كانت وفاتها مفاجئة، وأثرت جدًا في ريكو. في البداية، عانت من الأرق، ثم بدأت تشعر وكأنها تعيش في حلم خلال النهار بعد أيامٍ من السهر المتواصل، وشيئًا فشيئًا لم تعد قادرة على التمييز بين الحلم والواقع. عندما كانت مستيقظة جعلتها أبسط الأمور ترى حلم المقهى الذي وعدتها فيه يوكيكا.

يمكن أن يطلق على حالتها هذه هلوسات نهارية، وكانت أعراضها شديدةً بما يكفي لتصنف بأنها اضطرابات نفسية، في النهاية وجدت ريكو نفسها مضطرة لتطلب المساعدة والمشورة من ساكي. لقد تخلت ريكو عن كل مخططاتها بما في ذلك زواجها من مامورو والذي شعرت يوكيكا بالسعادة عندما عرفت بأمره.

لم تتقبل ريكو فكرة أن تشعر بالسعادة بعد أن توفيت شقيقتها، وبما أن الأرق لم يفارقها، كان من الطبيعي أن تتدهور حالتها، وتشعر بالتشوش، وهذا ما جعل من التفكير المنطقي أمرًا مستحيلًا. لقد قلقت ساكي من فكرة أن يسيطر الحزن على ريكو وينتهي بها المطاف منتحرة.

كانت يوكيكا جزءً من حياة ريكو.

وما كان أحد قادرًا على قول شيء من شأنه أن يخرجها من حالتها النفسية هذه.

لمع البرق.

فأجفلت ناناكو.

أُضيء المقهى بأكمله لبرهة، ثم دوى الرعد بعد ثوانٍ.

قال ناغاري: "إنها حقًا قريبة".

بدأ المطر يهطل بصخب خارج النافذة.

"آمل أن يكون ريغي بخير".

عندما غادر ريغي المقهى لم يأخذ معه مظلة، حتى إن وجد مكانًا يحميه من المطر، فهو سيتبلل في طريق العودة من دون مظلة. كان المطر باردًا في نهاية تشرين الأول.

قالت ناناكو وهي تنهض من كرسيها: "لا أستطيع تركه يمرض، هل أستطيع استعارة مظلة؟"، وأشارت إلى حاملة المظلات.

ردّ ناغاري: "أجل بالطبع، كوني حذرة".

في الخارج كان الظلام دامسًا، وكانت الصواعق تضرب في الجوار، ولم يكن مستبعدًا أن تصيب أحدًا.

تنهدت ناناكو منزعجة وقالت: "حسنًا"، وتحركت بسرعة، بدا الأمر وكأنها تبحث عن سبب لتلحق بريغي. أخذت مظلتين من حاملة المظلات، وغادرت المقهى بسرعة.

صوت رنين جرس الباب

بعد أن غادرت ناناكو، خيّم الصمت على المقهى. لم يُسمع سوى صوت قطرات المطر تطرق زجاج النافذة وتكات الساعة.

حدّق ناغاري وساكي إلى الساعة، إنها السادسة إلا ربعًا.

"أعتقد أنك ستقابلين يوكيكا اليوم حتمًا".

بعد أن تمتمت ساكي تلك الكلمات لريكو مباشرةً، لمع البرق في الخارج.

بووم

فجأة انطفأت كل المصابيح في المقهى.

"ها..."

انقطع التيار الكهربائي.

ودوى الرعد بعد فترة وجيزة.

قد يستغرق الأمر دقائق إلى ساعات ريثما يعود التيار الكهربائي، إن انقطاع التيار الكهربائي بسبب صاعقة جعل من المستحيل توقع وقت عودته.

"لا بد أنه انقطاع في الكهرباء".

"الظلام دامس".

تبادل ناغاري وساكي هذا الحوار بهدوء، وكأنهما توقعا هذا الانقطاع.

كان الظلام مفاجئًا جدًا، وبما أن العيون لم تكن قد تآلفت معه بعد، فلم يستطع أحد رؤية الآخر. دخل أحدهم المقهى، أو بمعنى أدق

ظهر في المقهى، لم تكن ناناكو. نهض الرجل العجوز الذي يرتدي البذلة السوداء عن الكرسي، ولم يصدر حذاؤه صوتًا ولا ملابسه حفيفًا وتوجه إلى المرحاض. وظهر مكانه شخص آخر.

عنى هذا الظهور شيئًا واحدًا، لقد سافر أحدهم من الماضي إلى المستقبل.

"... ريكو؟"

"ها؟".

التفتت ريكو نحو مصدر الصوت.

في تلك اللحظة، أنيرت مصابيح المقهى مجددًا، فتمتم ناغاري بهدوء: "عاد التيار الكهربائي".

"ريكو".

ركّزت عينا ريكو على مصدر الصوت: "يوكيكا؟".

كانت يوكيكا، شقيقة ريكو المتوفاة هي من تجلس على الكرسي الذي نهض عنه الرجل العجوز، وكانت ملامح وجهها تنم عن البهجة، وجلستها مستقيمة، وعيناها تفيضان حيوية، لقد كانت على النقيض من شقيقتها الشاحبة والمنهكة.

سألتها ريكو بصوت مرتعش: "هل أنتِ يوكيكا حقًا؟" في الوقت الذي نهضت فيه ببطء عن كرسيها.

"أجل، هذه أنا".

بدا صوت يوكيكا عميقًا، وبدا التباين بين نبرتيهما جليًا. بدت يوكيكا تمامًا كما كانت شقيقتها تراها في أحلام يقظتها: فاتنة ومرتاحة البال.

"هل تنتظرينني منذ وقت طويل؟ أعتذر على التأخر؟".

مدّت لسانها، وابتسمت بسذاجة. بدت ملامحها طبق الأصل لما كانت عليه في ذلك اليوم.

"ريكو؟".

"هل هذه أنتِ يا يوكيكا؟".

"ما الخطب؟ تبدين كغزالٍ أجفل أمام المصابيح الأمامية للسيارات".

هل أنا أحلم؟ بدت ريكو مشوشة وعاجزة عن الكلام.

"ريكو؟".

بدت يوكيكا قلقةً، أما ريكو فبدت مذعورة، وهي تسأل: "هل أبدو هكذا حقًا؟" ابتسمت، وبدت ابتسامتها مصطنعة.

لم ترد يوكيكا الإشارة إلى ارتباك ريكو.

"واو! يبدو الجو في الخارج مذهلًا، أوراق الخريف جميلة جدًا!".

نظرت بحماسة خارج النافذة، وتأملت أوراق الخريف، التي بدت تحت الأضواء مثل ألسنة اللهب المتراقصة.

"ألا تبدو جميلة؟".

ردّت ريكو بصعوبة: "أجل، تبدو لي جميلة". فزعت وهي تحاول إيجاد تفسير لظهور شقيقتها المفاجئ.

قال يوكيكا من بين شفتيها المزمومتين: "تبدين مرتبكة".

قالت ريكو: "لا، لستُ مرتبكة"، وهي تحاول الحفاظ على هدوئها. مشت نحو يوكيكا إلى أن أصبحت قريبةً بما يكفي لتمدّ يدها وتلمسها.

قالت يوكيكا متفحّصةً وجه شقيقتها: "ريكو".

"ماذا؟".

"تبدين شاحبة، هل أنتِ على ما يرام؟"

"هل أبدو شاحبة حقًا؟".

"نعم".

"ربما بسبب الإضاءة الخافتة".

"آه، حسنًا".

إنها شقيقتها الصغيرة التي لم يتغير فيها شيء منذ ذلك اليوم، إنها هنا لطيفة، وساحرة، وودودة، أختها اللطيفة التي لا تبارح الابتسامة شفتيها، والتي كانت تولي الآخرين اهتمامًا، وتقلق عليهم. بعد أن حدقت إليها لفترة، أدركت ريكو أخيرًا أن شقيقتها أتت من الماضي، لكنها لم تعرف سبب الزيارة، ولم تستطع قراءة أي شيء من خلال تعابيرها. التقطت يوكيكا فنجان القهوة الذي أمامها، وارتشفت رشفة.

"أوه.." شدّت عضلات وجهها، وشعرت بالطعم المر على لسانها.

كانت لفتة يوكيكا البسيطة وإجفالها من القهوة المرة كفيلة بجعل قلب ريكو ينفطر؛ إنها شقيقتها متوفاة، وها هي تراها أمام عينيها، لم تتخيل أنها ستراها مجددًا.

رفعت يوكيكا يدها وسألت ناغاري: "المعذرة، هل بإمكاني الحصول على بعض الحليب؟".

"أوه، آسف، سأحضر لك بعضًا منه". وتوجّه إلى المطبخ.

فكّرت ريكو أن يوكيكا ميتة...

كانت ريكو عالقة في عالم أحلامها، وتشتت عقلها بسبب قلة النوم والتعب، لكن هذا الفكرة سحبتها على الفور إلى الواقع.

لقد ماتت...

ما كانت ريكو راغبة بتصديق هذا الأمر أو الاعتراف به، شأنها شأن اليائسين الذين يغرقون في بحور أحزانهم. حاولت ريكو الهرب من ألم الواقع بعدم النوم، لقد أرادت من خلال تعذيب نفسها أن تغطي على ألم فقدان شقيقتها.

لكن ظهور يوكيكا أمامها لم يكن حلمًا ولا وهمًا، وهذا ما فهمته بوضوح، فمثل هذه الأمور لا يمكن أن تخطئ فيها، لا شك في أن من تراها أمامها هي شقيقتها.

بعد أن طفا ذهنها على سطح بحر اليأس والحزن الذي كان غارقًا فيه، بدأ يستعيد صفاءه تدريجيًا.

قد لا تكون...

فكّرت ريكو، عندما رأت أن يوكيكا تبدو تمامًا كما كانت قبل وفاتها، أن شقيقتها لا تعرف أنها ستموت. بدت هذه الفكرة أو الفرضية منطقية بالنسبة إليها، لأن لا أحد يعرف ما الذي يخبئه له المستقبل. ربما أتت يوكيكا التي تراها الآن أمامها من فترة زمنية سبقت دخولها المستشفى، إن كان ذلك صحيحًا، فأنّى لها أن تعرف ما يخبئه لها المستقبل من مرض وموت؟

عاد ناغاري حاملًا إناء الحليب.

"تفضلي".

"واو.."

لـم تنظر يوكيكـا إلـى الحليـب، بـل نظـرت إلـى ناغـاري الواقـف أمامها. توفيت يوكيكا قبل أن يأتي ناغاري إلى هاكوداته، وهذا يعني أنها المرة الأولى التي تقابله فيها، لقد بدت متفاجئة من قامته التي يبلغ طولها مترين.

"أوه، شكرًا لك".

بدت عيناها فضوليتين، وهي تومئ برأسها بلطف.

لـم يسبق لهـا أن قابلـت أحـدًا بهـذا الطـول. سـعت ريكـو لتتأكـد مجددًا، بدت لها يوكيكا عفوية كحالها دائمًا: إنها لا تعرف أنها ستموت. في النهايـة، كيـف يمكـن للمـرء أن يتصـرف بعفويـة كبيـرة وهـو يعلـم أنـه سيموت؟ لكن إذا كانت فرضيتها صحيحة، فلماذا أتت من الماضي...؟ عصفت الشكوك بتفكير ريكو من دون توقف، لم تكن متأكدة سوى من شيء واحد فقط؛ لن أخبرها أنها توفيت.

اتضحت الفكرة في رأسها

أدركت: تمامًا مثل يوكيكا، يجب أن أتصرف كمـا تصـرفت دائمًـا بصفتي الأخت الكبرى. وعادت الحيوية إلى عينيها فورًا.

"يوكيكا".

ردّت يوكيكـا وهـي تُحـرك الحليـب والسـكر الـذي أضـافته إلـى القهوة: "ماذا؟".

"كيف حال صديقك؟".

لبدء محادثة طبيعية، لا شيء أفضل من متابعة حديث ذلك اليوم.

"هاه؟ أوه، أوف..." حرّكت عينيها، وتوقفت عند المقطع الأخير من كلمتها.

أعرف هذا الرد.

تصرفت يوكيكا كعادتها عندما تريد تجنب الإجابة.

"لا يعني ذلك أنكِ انفصلت عنه، صحيح؟".

"كيف عرفتِ؟".

"لقد عرفت من خلال النظر إليك".

هل هذا هو السبب؟ هل جاءت من الماضي لتخبرني بهذا؟

هزت يوكيكا كتفيها، وقالت ساخرة وهي لا تعرف ما الذي تفكر فيه ريكو: "أوه ريكو، أنت لا تتغيرين".

"أوه ماذا؟ كنت أتطلع إلى مقابلته".

لماذا أتت؟

"أوه، لا يهم، لم يكن شيئًا مهمًا".

"ليس من الجيد أن يحصل الانفصال بسهولة".

تأففت يوكيكا: "لم أقل إن الانفصال كان سهلًا".

لم تعرف ريكو لماذا عادت يوكيكا.

ولكن...

لم أتخيل أبدًا أن هذه المحادثة العادية يمكن أن تجعلني سعيدة جدًا.

ثم أدركت. ربما ستشعر يوكيكا مثلها. إن علمت بأمر انفصالي عن مامورو، ربما ستستاء. بقدر ما كنت سعيدة بأمر علاقتها، كانت أكثر سعادة بشأن خطبتي من مامورو.

بدورها تأففت ريكو: "حسنًا، لا أعرف القصة..." حدث هذا الأخذ والرد بين الشقيقتين في مناسبات كثيرة منذ كانتا صغيرتين.

لكن ذلك لم يعد موجودًا.

أنا آسفة. أنا ومامورو...

أغمضت ريكو عينيها بلطف لتمنع نفسها من البكاء.

كان على يوكيكا أن تعود إلى الماضي قبل أن تبرد القهوة. حتى ريكو تعرف هذه القاعدة. حسنًا، نظرًا للظروف، أريد أن أؤدي دور الأخت الكبرى حتى نفترق إلى الأبد، لا أريدها أن تقلق على أي شيء، حتى وإن كذبت...

أحكمت ريكو إغلاق قبضتيها، وتنفست بعمق، وبدت مصممة على عدم قول أي شيء يفضح الواقع أمام يوكيكا، ثم تنفست ببطء.

قالت، حريصة على إخفاء الرعشة في صوتها: "حسنًا، على عكسكما، أنا ومامورو على ما يرام".

بدت مقنعة...

"حقًا؟".

لن أسمح لها بمعرفة الحقيقة.

"نعم، بالطبع. سنقيم الحفل الشهر المقبل".

"لماذا أنت...".

يجب ألا تدرك.

".. ستكونين هناك بالطبع".

يجب أن لا أبكي.

لكن رؤيتها تشوشت.

لماذا متِّ لماذا؟

"أعني، إذا لم تأتي إلى حفل زفافي، فلن أسامحك أبدًا هل تفهمين؟".

أرادت ريكو أن تقول ذلك وهي تنظر إلى يوكيكا مبتسمة.

"نعم".

لكن الدموع انهمرت على وجه يوكيكا.

ضجيج

بعد ذلك، خيّم الظلام مجددًا على المقهى، وما عاد أحد يستطيع أن يرى بنانه.

تذمر ناغاري: "أوه، مجددًا!".

عندما تنقطع الكهرباء لأن صاعقة ضربت العمود، تنقطع الكهرباء وتعود أكثر من مرة.

"يوكيكا؟".

هل كانت تبكي؟

"هذا سيئ يا ريكو طريقتك في الكذب مريعة".

دوى صوت يوكيكا المتلاشي وحده في الظلام.

"أوه لا، كنت أعلم أن هذا سيحدث".

"ما الذي تتحدثين عنه؟".

"ريكو، لقد انفصلتِ عن مامارو أليس كذلك؟".

ماذا؟

"لا لم ننفصل، ما الذي يجعلك تقولين ذلك؟".

"لا تكذبي".

"أنا لا أكذب".

"حسنًا، لماذا تبكين؟".

"أنا لا أبكي".

"أنت تبكين".

"كيف عرفت أنني أبكي؟ فالظلام دامس، وأنت لا تستطيعين رؤية وجهي".

"أستطيع أن أرى".

"ماذا؟".

"أنا أعرف ما بك حتى من دون أن أرى وجهك، أنا أعرف ما في قلبك".

"يوكيكا..".

"ريكو، أنا آسفة جدًا، ذنبي أنني سأموت".

ماذا تقول؟

"يوكيكا...؟"

أصوات وسط الظلام حيث لا يُرى أي شيء.

"آها.."

يمكن سماع بكاء يوكيكا المختلط مع تكات ساعة الحائط وسط الصمت. "كنت مصممة ألا أبكي... لكن هذا سيئ".

"يوكيكا..".

"لقد قيل لي إنني مريضة جدًا... وأمامي شهر فقط... ما زلت أشعر أنني بخير تمامًا. أنا لا أصدق؟ لكن هذا ما قالوه لي.."

لا شيء منطقي الآن. شعرت ريكو بفيض مشاعرها، لم تعرف كيف تُفكر، ولكنها واثقة من أنها تعرف حقيقة واحدة: ستعرف شقيقتي الصغرى أنها ستموت.

"لماذا يجب أن تموتي؟".

"أعلم، أنا أفكر بما تفكرين فيه".

"يوكيكا".

"لكن الغريب أن فكرة الموت ليست مخيفة جدًا...".

لا يمكن أن يكون هذا صحيحًا، وإلا لماذا تبكين.

رغم ذلك لم تستطع قولها. وبدلًا من الكلمات، ترقرقت الدموع من عينيها.

"ما يخيفني..."

توقفت يوكيكا مؤقتًا لتتنفس بعمق.

"أنني قلقة من أن تنسي كيف تبتسمين عندما أموت..."

"لا يمكننا إنقاذك إلا من خلال الجراحة..."

في بداية الصيف، شرح لها الطبيب طبيعة مرضها، كانت ليلة حارة ورطبة على غير العادة في هاكوداته.

"لا أقول إنه مرض جديد، لكنه مرض نادر جدًا، لا يسعنا سوى تقديم أفضل ما نستطيع...".

"فهمت".

"يمكنني أن أشرح الأمر لعائلتك...".

"لا، رجاءً لا تقل لهم شيئًا".

"لكن..."

"سأخبرهم شخصيًا عندما يصبح الأمر ضروريًا لكن الآن...".

"مفهوم".

طلبت يوكيكا من الأطباء أن يقولوا لريكو إنهم وجدوا شيئًا في صورة صدرها، وأنها ستدخل المستشفى لتجري مزيدًا من الفحوصات حالما يجدون لها سريرًا شاغرًا. ابتسمت يوكيكا وقالت: "سأكون بخير، لا داعي للقلق". لكن ردّ فعل ريكو كان مفرطًا بشكل غير متوقع. فقد أصرّت أن تعرف كل شيء عن حالتها سواء كانت الأخبار جيدة أم سيئة، وكلما بدت يوكيكا متعبة قليلًا، أصبحت بشرة ريكو شاحبة، وهذا جعلها تبدو وكأنها هي المريضة.

كانت ساكي هي من لاحظت هذا الشذوذ.

شرحت ساكي ليوكيكا وهي مقطبة حاجبيها بمصطلح طبي غير مألوف: "إنه اضطراب القلق العام؟".

ساكي زبونة دائمة في المقهى، فهي تتناول كل صباح فطورها هنا، وتأتي بعد العمل لتشرب القهوة، لذا تعرفت إلى يوكيكا لبعض الوقت،

وهذا يعني بطبيعة الحال أنها تعرفت أيضًا إلى ريكو. تواصلت ساكي مع يوكيكا عندما لاحظت سلوك ريكو.

"لطالما كانت ريكو قلقة، هل يختلف الأمر الآن؟".

"لا يمكننا تحديد الأمر بوضوح، ولكن عادةً ما يحدد الأمر بناءً لحاجتها إلى العلاج".

"هل تعتقدين أنها بحاجة إلى العلاج؟".

"يمكن لأي شخص أن يشعر بالقلق، على سبيل المثال يشعر المرء بالقلق عندما ينسى إغلاق الباب قبل أن يخرج، أليس كذلك؟".

"صحيح".

"لكن يمكن للشخص المصاب باضطراب القلق العام أن يشعر بقلق شديد بشأن مشكلات الحياة اليومية، وهذا قد يُرتب آثارًا جانبية مثل عدم القدرة على النوم أو تناول الطعام، ويصبح في نهاية المطاف مشكلة وخيمة".

ارتجف قلب يوكيكا.

"عديدة هي الأسباب والمحفزات، ولكن في حال ريكو، أعتقد أن اضطراب القلق العام يعزى لوفاة والديك في حادث".

"ما الذي يجعلك تقولين ذلك؟".

"لديّ شعور بأن القلق من الموت يلاحق ريكو، وكأنها تعاني لأنها لا تعرف متى أو لماذا يموت الناس. علاوة على ذلك، بالإضافة إلى شعورها القوي بالمسؤولية، تشعر ريكو أن عليها الاعتناء بك مثل والديك بصفتها شقيقتك الكبرى".

كل ما قالته ساكي كان صحيحًا ودقيقًا.

"أنت قلت لها إنك ستدخلين المستشفى لتجري بعض الفحوصات أليس كذلك؟ إذا كانت ريكو تعاني من مشاكل جسدية ونفسية بسبب اضطراب القلق المفرط لأنك قد تموتين ولا يمكن لها فعل شيء حيال ذلك، أعتقد أنها بحاجة إلى علاج".

لم تخبر يوكيكا ساكي بعد عن مرضها. مع ذلك، لا يبدو من الصواب التزام الصمت الآن. خاصة أن ساكي استطاعت أن تصف حالة ريكو بدقة بالغة.

"... دكتورة موراوكا، أنا لست صريحة معك". بعد ذلك، باحت يوكيكا بكل ما أخفته، وأعلمتها أنه إذا لم تنجح الجراحة، لن تعيش لأكثر من شهر.

"لكن ريكو..."

"لا أريدها أن تعلم".

"أتفهم ما تشعرين به ولكن".

"قد لا أموت، إذا أخبرت ريكو أنني قد أموت فسوف...".

مجرد تخيّل حزن ريكو وألمها كانا كافيين لإخافة يوكيكا حدّ الذعر. لا أحد يريد أن يرى الشخص الأكثر أهمية في حياته يعاني بسببه. إذا قلت لها مثلًا: "يمكن أن أموت" سوف ينفطر قلبها.

"أكذب إن قلت إنني لست خائفة من الموت، لكن أكثر ما يخيفني هو فكرة أن ريكو قد لا تبتسم مجددًا إذا مت.."

"آه، عزيزتي يوكيكا".

"أخيرًا، قررت ريكو الزواج من مامورو، إن زواجها سيجلب لها السعادة، وسأدمرها إذا..".

"لذا، من فضلك ابتسمي...".

بدا صوت يوكيكا بعيدًا عن كونه مثيرًا للشفقة حيث تردد في الظلام مع انقطاع الكهرباء. كانت مبتهجة طوال حياتها، لم تكن تتمنى سوى سعادة أختها، لم تستطع ريكو تجاهل هذا الصوت والشعور بما يتوارى خلفه.

"لا تقولي إنك أتيت من الماضي لتخبريني بذلك؟".

"نعم، هذا ما أتيت لأجله، لا شيء آخر".

"يوكيكا..".

"حتى وإن كنت ميتة، لا أريد للابتسامة أن تفارق وجهك! أريدك أن تبقي سعيدة".

بذلت قصارى جهدها لتكبح دموعها، لكنها كانت تتنهد بين الحين والآخر.

"في الفترة المتبقية من عمري والتي لن تتعدى نصف شهر، لا أريد للابتسامة أن تفارق وجهك".

"يوكيكا".

"حسنًا".

"هل ستفعلين ذلك من أجلي؟".

"يوكيكا".

"هل من إجابة؟"

"أمم.."

"ماذا؟".

"حسنًا، نعم".

"رائع!"

بسماع صوت يوكيكا، حتى في الظلام الدامس، يمكن لريكو أن تتخيل بوضوح ابتسامتها الطيبة، والساحرة، والودودة، واللطيفة، والقلقة دائمًا على الآخرين.

"يوكيكا".

عندها أدركت ريكو...

لقد أخطأت.

لو حدث العكس..

ما كنت سأخاف من الموت، لكنني بالتأكيد ما كنت أريد أن تعاني يوكيكا بسبب موتي.

أدركت ريكو أن يوكيكا تبادلها الشعور نفسه.

ليس بإمكاني تغيير حقيقة موت يوكيكا.

لكن يمكنني العيش بطريقة لا تسبب لها الحزن!

انهمرت دمعة كبيرة من عين ريكو.

شقيقتان تتشاركان المشاعر نفسها.

عندها فهمت ريكو.

ماذا لو حدث العكس؟

إن كنت أنا من ماتت، وحزنت يوكيكا على موتي، من ستكون في أشد حالات اليأس... هي أم أنا.

ما كان يجب أن أفسخ خطوبتي لمامورو، لأن ذلك سيسعد يوكيكا جدًا...

من أجل يوكيكا، يجب أن لا أكون تعيسة...

أغمضت ريكو عينيها، وكأنها ندمت على مشاعرها تجاه ما حدث مع يوكيكا.

لكن ذلك لم يحل دون ترقرق الدموع من عينيها.

حاولت ريكو يائسة أن تمسح دموعها.

لا أستطيع ترك يوكيكا ترى وجهي هكذا. يجب أن أبتسم كما أرادت يوكيكا، لا يجدر بي البكاء. إذا أنيرت المصابيح الآن، يجب أن أبدو مبتسمة وكأن كل شيء على ما يرام.

في تلك اللحظة،

ضجيج

صدر من قلب الدجى صوت فنجان قهوة يوضع على صحن حيث كانت تجلس يوكيكا. عرفت ريكو على الفور ما يعنيه ذلك: لابد أن يوكيكا أنهت قهوتها.

هل انتهى الوقت الآن؟

"يوكيكا!".

شقيقتي الصغيرة..

"ريكو".

شقيقتي الفاتنة، الرائعة، واللطيفة..

"يوكيكا..".

"أحبك يا ريكو. أحبك".

يؤسفني أنني أقلقتك عليّ.

"عليك حتمًا...".

شقيقتي الصغيرة المبتسمة إلى الأبد...

"ستكونين سعيدة، حسنًا؟".

يوكيكا..

"هل تعدينني؟".

أجابت ريكو مبتسمة بأقصى ما تستطيع: "نعم أعدك".

لا شيء يُرى في الظلام الدامس. لم تكف عيناها عن سكب الدموع، لكن مع ذلك، ريكو تبتسم ملء شدقيها لشقيقتها يوكيكا.

سأكون بخير.

عندما سيطرت هذه الفكرة على تفكيرها، بدت ريكو واثقة من أن يوكيكا تستشعر ابتسامتها في قلبها تمامًا كما استشعرت هي ابتسامة شقيقتها في قلبها، حتى في هذا الظلام الدامس.

"جيد". هذا آخر ما قالته يوكيكا بصوت هادئ، عاد الصمت والسكون ليخيما على المكان، ولم يبدُ أن شخصًا كان هنا، لم يعد يسمع صوت سوى صوت المطر المتساقط خارج النافذة وتكات الساعة.

"...يوكيكا؟".

لم يجد سؤال ريكو جوابًا.

ضجيج

بعد برهة، أُنيرت المصابيح مجددًا. كان الرجل الذي يرتدي البذلة السوداء يجلس على الكرسي وليس يوكيكا، بدا مستقرًا في جلسته، وكأنه لم يبارح مكانه.

تمتم ناغاري من خلف ريكو: "وصلت هذه البطاقة البريدية من يوكاري".

مررها لها بمجرد أن استدارت. كتب على البطاقة:

28 تشرين الأول تمام الساعة 6.47 مساءً، ستظهر شابة تحمل اسم يوكيكا. تأكد من أن شقيقتها ريكو تنتظر هناك. اسأل الدكتورة موراوكا عن التفاصيل.

يوكاري. 28 تموز.

بناءً على تاريخ البطاقة البريدية، لا بد من أن يوكاري كتبتها عند وصولها إلى أمريكا. كُتب عليها بلدة ويست هارتفورد. وهي تقع في وسط مقاطعة هارتفورد بولاية كونيتيكت، تتمتع بلدة ويست هارتفورد بنصيب معتدل من المناطق السكنية الراقية، لا شك في أن يوكاري قد أرسلت البطاقة من ميناء الوصول في رحلتها للعثور على والد الصبي المفقود الذي زار المقهى.

تحولت نظرة ريكو من البطاقة البريدية إلى ساكي، باحثة عن تفسير. تنهدت ساكي قائلةً: "لأكون صادقة، كنت مذهولة عندما أعلنت أنها ذاهبة إلى المستقبل".

"سأترك الأمر لتقديرك يا دكتورة موراوكا، إذا انفصلت ريكو عن مامورو، من فضلك أحضريها إلى هنا بعد ثلاثة أشهر من وفاتي".

كان ذلك بعد إغلاق المقهى، أحنت يوكيكا رأسها إلى الأسفل، من المؤكد أن ساكي لم تكن مرتاحة لهذا الطلب المفاجئ، ولكن من خلال الإصرار الذي ظهر على ملامح يوكيكا، لم يكن بوسعها سوى الإيماء موافقة. بناءً على هذا التعبير وحده، بدت يوكاري التي كانت تشاهد من الجانب، مقتنعة أن يوكيكا كانت ذاهبة إلى المستقبل، لكن ساكي كان لديها بعض المخاوف المزعجة.

"لا أقصد أن أعترض طريقك، ولكن كيف تستطيعين التأكد من أنكما ستلتقيان؟".

كانت ساكي على دراية بالقواعد. بالنسبة إلى خطة يوكيكا، لم يكن مجرد الوصول إلى المستقبل كافيًا؛ عليها أيضًا أن تتأكد من وجود ريكو هناك، وإلا ما كانتا ستلتقيان. الأمر الآخر الذي لم تكن ساكي تعرفه هو حال ريكو الذهنية بعد وفاة يوكيكا. لم تغفل احتمال حدوث أسوأ سيناريو؛ والذي يتمثل بانتحار ريكو بعد وفاة يوكيكا. يقتضي عملها التفكير في كل الاحتمالات.

"إذا أردتِ رأيي، أعتقد أنك يجب أن تكوني صادقة مع ريكو عن مرضك. أعتقد أيضًا أن من الأفضل لريكو أن تكون على دراية بمشاكلها الذهنية الخاصة".

ذلك هو رأي ساكي العقلاني بصفتها طبيبة نفسية.

ما لم تكن يوكيكا تعلم بوجود هذا المقهى، ما كان ليتاح لها خيار الذهاب إلى المستقبل. بالإضافة إلى ذلك، اعتقدت ساكي أنه إذا تحدثت يوكيكا إلى شقيقتها، فلن تتدهور حال ريكو كما تخشى يوكيكا. قابلت ساكي كثيرًا من الأشخاص الذين تجاوزوا موت أحد أحبائهم. لذا، بدلًا من المراهنة على أشياء ستظهر في المستقبل، سيكون من المنطقي تغيير واقع ريكو الحالي. هذا ما قصدته. لكن يوكيكا ربما لم تفهم ذلك، وأومأت برأسها من دون أي تغيير في تعابير وجهها.

قالت: "أعلم أنه يجب عليّ ذلك".

"أنا أعرف أنني كنت أنانية، إن وضعت اهتمامات ريكو أولًا، فأنا متأكدة أنه من الأفضل التصرف وفقًا لما تقولين... لكن إذا أخبرت ريكو أنني مريضة ومن المحتمل أن أموت قريبًا، فسأضطر إلى قضاء أيامي الأخيرة وأنا أشاهدها يائسة، وهذا ما لا أريده. أريد أن أحصل على أكبر عدد ممكن من الأيام وأنا أرى ريكو مبتسمة، لا أريد أن أخبرها عن مرضي، لأنني لا أتحمل فكرة أن تصبح ريكو تعيسة بسبب موتي. لذا، إذا انفصلت ريكو عن مامورو، فأنا أريدك أن تحضريها إلى المستقبل لتقابلني، سأفعل شيئًا حيال ذلك، سأحاول إصلاح الأمر بطريقة ما".

عجزت ساكي عن الكلام أمام رغبات يوكيكا.

تـدخلت يوكـاري: "لمـاذا لا تـدعينها تـذهب؟ يوكيكـا تعـرف بالفعـل مـاذا سـيحدث، ألـيس كـذلك؟ كـل منهمـا تعـرف الأخـرى. إنهـا تعـرف كيـف يمكـن أن يـؤثر موتهـا في ريكـو. يوكيكـا، أعتقـد أنـك الوحيدة التي تعرفين أفضل شيء يمكن فعله، أليس كذلك؟ ألا تعتقدين ذلك؟".

أومأت يوكيكا برأسها بشغف: "نعم".

بدت ساكي مستسلمة وهي تقول: "حسنًا، سأفعل ذلـك، لكنني لا أتحمل مسؤولية ما سيحدث".

عرفت يوكيكا أنه إذا لم تحقق رحلتهـا إلـى المستقبل الغايـة منهـا، بإمكانها الاعتماد على ساكي لبذل أفضل ما تستطيع لتأمين أفضل عـلاج لريكو. ولكنها لم تصرّح بذلك.

لذا تمت تسوية الأمر.

انحنت وقالت بامتنان: "شكرًا جزيلًا لك".

"حسنًا، هل أنت مستعدة؟".

كانت يوكاري تحمل بالفعل الركوة الفضية.

"نعم".

"قبل أن تبرد القهوة..".

اعتذرت ساكي: "لم أكن في وضع يسمح لي بالرفض".

قالت وعيناها تفيضان دمعًا: "بغض النظر عن مقدار المعاناة التي كان عليك تحملها...".

من الواضح أن هذا الخيار كان خيارًا صعبًا على ساكي أيضًا. إن لم تكن طبيبة نفسية، ما كانت لتجد الأمر صعبًا إلى هذا الحدّ. عانت من تأنيب الضمير، لأنها وضعت رغبات يوكيكا مقابل حالة ريكو، ونتيجة لذلك، كانت تبكي، وتعتذر عن تفضيل يوكيكا على ريكو، على الرغم من معاناة ريكو المحتملة، فهي تستحق كل اللوم الذي قد تلقيه ريكو عليها.

لكن ريكو نظرت إلى ساكي وقالت بلطف: "أعتقد أنه كان الأفضل، لقد رأيت شقيقتي الصغيرة الحبيبة بوجه مبتسم لمزيد من الوقت...".

مع أن عينيها ذرفتا الدموع مدرارًا، إلا أنهما كانتا مفعمتين بالحياة. لقد فارقها الخواء وعدم التركيز اللذين كانا صفتين ملازمتين لها خلال الأشهر القليلة الماضية، ليحل محلهما الأمل، وبدت مصممة على الطريقة التي يجب أن تعيش وفقها من الآن فصاعدًا.

قبل قليل توقف المطر. وخارج النافذة ظهرت النجوم في سماء الليل.

انحنت ريكو بأدب إلى ساكي وناغاري وغادرت المقهى.

صوت رنين جرس الباب

رنّ الجرس بهدوء.

تساءل ناغاري، وهو يشاهد طيف ريكو يتلاشى في الليل: "هل ستكون بخير؟".

قالت ساكي وهي تنظر من النافذة: "حسنًا، لا يحتمل أن تتحسن فجأة، الحاضر لا يتغير. يوكيكا لا تزال ميتة، ولا أستطيع تخيّل أن حزنها ووحدتها سيختفيان ببساطة".

تنهد ناغاري طويلًا، وتمتم: "لا".

أشارت ساكي بالضبط إلى الشيء الذي كانت قلقة بشأنه، لكنها لم تقصد أن تقول ذلك بطريقة تشاؤمية.

"لكن في النهاية، الوعد الذي قطعته ريكو ليوكيكا أعطاها بصيصًا من الأمل، أضاء ما كان مظلمًا تمامًا. لن يغير ما حدث ليوكيكا، لكني آمل أن يحدث فرقًا كبيرًا في مستقبل ريكو".

الضوء الذي جلبته يوكيكا سيقود ريكو إلى السعادة، كما أنار الطريق لسعادة يوكيكا. في النهاية، سعادة ريكو نفسها كانت سعادة يوكيكا.

أومأ ناغاري: "بالتأكيد، سيكون ذلك جيدًا".

تذكّر زوجته كي.

ولدت كي بجسد ضعيف، وأخبرها الطبيب عندما كانت حاملًا بميكي، أن جسدها لا يحتمل الولادة، وأن الولادة ستؤدي حتمًا إلى الموت المبكر. على الرغم من أنه لم يقلها بصوت عالٍ، فقد خطرت بباله فكرة إجهاض الطفل.

لكن كي بدت حازمة برغبتها في إنجاب الطفل، ولم تكن خائفة من الموت. لكن بصفتها امرأة، كل ما تستطيع التضحية به هو حياتها مقابل

إنجاب الطفل. لكنها بعد الولادة لن تكون إلى جانب طفلها الذي سيعاني من الحزن والوحدة، ولن تكون إلى جانبه لتستمع إلى همومه أو لتمد له يد المساعدة. أرادت أن يكون طفلها سعيدًا، ولكن بقدر ما تمنت سعادة طفلها، سيزداد قلقها، وخوفها. كان جسدها في قمة الضعف، وإذا تجاوزت هذه العتبة، فإن حياة طفلها ستكون هي الأخرى في خطر.

في اليوم الذي لم يكن باستطاعتها فعل أي شيء سوى الذهاب إلى المستشفى للتركيز فقط على ولادة الطفل بأمان، وجدت نفسها تحدق إلى الكرسي الذي كان فارغًا. وكأنه كان يناديها ويستجيب لنداءات قلبها...

منذ افتتاح المقهى، كان الكرسي يعرف باسم "الكرسي الذي يعود بك إلى الماضي". لكنه يمكن أن يرسل إلى المستقبل أيضًا. ولكن لم يكن هناك زبون يرغب في الذهاب إلى المستقبل، لأنه حتى إذا قررت الذهاب إلى يوم معين في المستقبل، فلا أحد يعرف إن كان الشخص الذي تود لقاءه سيكون هناك. الوقت الذي تستغرقه القهوة لتبرد يمر بسرعة، حتى إن وعدك شخص ما بأن يكون هناك في ذلك اليوم، يمكن أن تحدث أمور كثيرة تحول دون مجيئه، وهذا ما جعل من فرص لقاء ضئيلة جدًا.

الفترة الزمنية التي سافرت فيها يوكيكا للقاء ريكو تُقدر بثلاثة أشهر. لم يكن ترتيب اللقاء بهذه الصعوبة بفضل تعاون أصدقائها في المقهى، الذين تأكدوا من أن ريكو لم تغادر.

بالمقابل، توجّب على كي أن تسافر عشرة أعوام في المستقبل لتقابل ميكي، لكنها ارتكبت خطأ وسافرت خمسة عشر عامًا. إن حصول مثل هذه الأخطاء كان مرجحًا، وهذا ما جعل مقابلة شخص ما في المستقبل غير متوقعة.

مع ذلك، كانت هناك طرق للتأكد من حدوث ذلك. في حال كي، حصل ذلك من خلال محادثة هاتفية أخبرها فيها ناغاري أنها ارتكبت خطأ، وأنها سافرت خمسة عشر عامًا إلى المستقبل وأن الفتاة الموجودة أمامها كانت ابنتها، وبهذه الطريقة تمكنت كي من مقابلة ميكي بنجاح. كانت كي تلوم نفسها لعدم وجودها في حياة ابنتها، ولكن عندما قالت لها ميكي: "أنا سعيدة حقًا بهذه الحياة التي منحتني إياها"، عندها شعرت كي بالراحة. كانت كلمات ميكي بمنزلة دعم عاطفي هائل لها. إن واصلت الصراع مع ذلك القلق، ربما ما كانت لتمضي طويلًا بولادة ميكي.

قالت ميكي لوالدتها: "شكرًا لأنكِ أنجبتني". أعطت كلماتها طاقة كبيرة لوالدتها. تلك الطاقة هي ما ندعوه بالأمل.

في داخل كل شخص قدرة متأصلة للإقدام على الصعوبات، كل شخص لديه تلك الطاقة، ولكن في بعض الأحيان عندما تتدفق الطاقة عبر صمام القلق لدينا، يُقيد التدفق، وكلما زاد القلق، زادت القوة اللازمة لفتح الصمام وإطلاق الطاقة، هذه القوة يعززها الأمل، الذي يمكن وصفه بالقدرة على الإيمان بالمستقبل.

أعطت كلمات ميكي الأمل لكي. بعد الولادة، استسلم جسدها، لكنها لم تفقد ابتسامتها.

وبالمثل مُنحت ريكو الأمل في الحياة من يوكيكا، وجاء هذا الأمل من إدراكها أن أفضل طريقة لجعل يوكيكا سعيدة هي أن تعمل ريكو من أجل سعادتها.

عاد ريغي وناناكو إلى المقهى معًا. لقد ترك مناوبة عمله في وقت مبكر لأداء عرض كوميدي مباشر. ولحقت به ناناكو عندما أمطرت لتعطيه مظلة. أراد ريغي مساعدة ناغاري في إغلاق المقهى، حتى وإن كان معظم العمل قد انتهى بالفعل، بالإضافة إلى أن ناناكو تركت حقيبتها في المقهى.

علّقت ناناكو على السماء المليئة بالنجوم: "تبدو جميلة جدًا". كانت الرؤية ممتازة بسبب المطر الذي هطل في وقت سابق من ذلك المساء. إن ليلة كهذه هي أفضل وقت لإلقاء نظرة على المشهد من أعلى تل هاكوداته.

هناك قصص كثيرة التي تُروى عن المشهد الليلي، إحداها تتحدث عن الشؤم: "إذا تقدمت بطلب الزواج أثناء النظر إلى المشهد الليلي من تل هاكوداته، فسوف تنفصلان". تُسرد قصص الشؤم هذه في جميع أنحاء اليابان. في طوكيو، الثنائيات الذين يتجولون في قارب في بركة إينوكاشيرا بارك الشهير لن يبقيا معًا لوقت طويل؛ في محافظة مياجي، سينفصل العشاق الذين يعبرون جسر فوكورا في ماتسوشيما. من الأماكن الأخرى المشؤومة المتعلقة بانفصال الثنائيات ضريح تسوروغاوكا هاتشيمانغو شنتو في كاماكورا، كاناغاوا بسبب حكاية

السيدة شيزوكا جوزيند والتي أضمرت الضغينة لعشيقها، القائد العسكري يوشيتسون، وفقًا لشوغون ميناموتونو يوريتومو، أو حسب نظرية الغيرة من زوجة تيشوغون هوغو ماكاكو وفقًا لآخر. يقع جبل هاكوداته ضمن تلك الفئة من الأماكن، وربما تعكس صورته كموقع لمشاهدة معالم المدينة للسياح.

تفيد قصة أخرى أنه عندما تنظر إلى مشهد ليلي من تل هاكوداته، بإمكانك أن تجد قلوبًا مخفية. هناك كثير من النسخ من هذه القصة، بما في ذلك: "إذا وجدت ثلاثة قلوب، فستجد السعادة، وستتحقق أمنيتك". مع أنه لم يظهر أي دليل يدعم أيًا من هذه القصص، وبما أن ريغي وناناكو كانا يقيمان هنا فلا بدّ من أنهما على معرفة بما يشاع عن شؤم تل هاكوداته، لكن ريغي لم يبدِ اهتمامًا بالمناظر الليلية والسماء الليلية، وبدلًا من المشي بجانب ناناكو، سار أمامها. يقع المقهى على سفح التل، وهو يطل على مشهد جميل لأضواء المدينة. وهذا يمكن أن يتيح لأي ثنائي نزهة رومانسية.

مع ذلك، تحدثا في أمر مختلف، وتناقشا إن كان ريغي قد حفظ الأسئلة المئة كلها.

"حسنًا، ما هو السؤال الخامس والثلاثون؟"

"إنه عن إعادة شيء استعرته".

"ماذا عن السؤال الواحد والخمسين؟".

"إنه عن صرف ورقة اليانصيب التي تبلغ قيمتها عشرة ملايين".

"السؤال الخامس والخمسون؟"

"إنه عن المضي قدمًا وإقامة حفل الزفاف".

"هل حفظتها جميعًا حقًا؟"

"أوه، إنها ليست صعبة".

"هذا رائع!"

"إنها مثل مادة لعرض كوميدي".

سألت ناناكو: "لماذا لا تفكر جديًا في الجامعة؟".

كانت تعني أنه يمكنه الحصول على درجات جيدة. كصديق مقرب منذ الطفولة، عرفت ناناكو أن ريغي دائمًا ما كان يحصل على درجات ممتازة في المدرسة الإعدادية والثانوية، وكانت تشير أيضًا إلى أنه يستطيع السعي ليكون ممثلًا كوميديًا بعد الجامعة.

"تبدو عديمة النفع".

"لماذا؟".

"بمجرد اجتياز الاختبار، أريد أن أذهب فورًا إلى طوكيو. لذا، أريد أن أعمل الآن لأدخر بعض المال".

عند سماع إجابة ريغي، مشت ناناكو بتؤدة.

كانا يقتربان من المقهى.

نادت ناناكو: "ريغي" وتوقفت. شعرت بنسيم الليل اللطيف يداعب وجنتيها.

استدار ريغي: "ماذا؟". توهج أحمر شفتي ناناكو الجديد وسط أضواء المدينة وأوراق الخريف الذهبية.

شعر ريغي بشيء يخفق في صدره.

"اسمع..."

كانت ناناكو على وشك قول شيء عندما..

صوت جرس

رنّ هاتف ريغي. إنه صوت يخبره بورود رسالة، لكن ريغي لم ينظر إلى هاتفه، كان أكثر اهتمامًا بما كانت ناناكو على وشك قوله. كانت خفقات قلبه تتسارع.

سألها: "ماذا؟".

أجابت: "أوه، لا شيء" مشيرة إلى أنه يجب عليه النظر إلى هاتفه. اعتقدت أنها يمكن أن تنتظر. كان التبادل هو نفسه كما هو الحال دائمًا، بصرف النظر عن إثارة قلب ريغي...

أخرج الهاتف من جيبه، وتفقد رسائله. نظرت ناناكو إلى أضواء مدينة هاكوداته في الوقت الذي قرأ فيه ريغي الرسالة.

كانت الأضواء المنتشرة هنا وهناك بلون أوراق الخريف تنطفئ. في ذلك الوقت تناهى إلى سمع ناناكو أزيز صفير صراصير الليل ينبعث بهدوء، بدت كنغمة وحيدة للغاية بالكاد تُسمع.

أهكذا يكون صوت صراصير الليل؟

بينما كانت ناناكو تفكر، قال ريغي فجأة: "لا أصدق هذا!"

خفق قلب ناناكو، لكنها شعرت بخطب ما.

ثبتت في مكانها، ونادت ريغي محدقة إليه من بعد أمتار: "لماذا؟ ماذا حدث؟".

"لقد فعلتها". كان صوته بعيدًا.

"ما الذي فعلته؟".

"الاختبار الذي أجريته ذلك اليوم في طوكيو...".

جحظت عيناه غير مصدق. وقال: "لقد فعلتها!" وقفز عاليًا. التفت إلى ناناكو، متحدثًا بسرعة لا يمكن فهمها، وهرول إلى المقهى.

لم تتذكر ناناكو شيئًا بعد ذلك، كل ما تتذكره هو أزيز صراصير الليل، وكيف نسيت أن تقول: "تهانينا".

IV

الشاب

تساقطت الثلوج على هاكوداته هذا العام في 13 تشرين الثاني، أي بعد عشرة أيام من الوقت المعتاد. المصطلح العامي للثلج الذي تنثره الرياح في يوم صافٍ هو زهور الرياح. وفقًا لهذا الوصف، فإن رقاقات الثلج تتساقط مثل بتلات الزهور التي ترقص في مهب الريح. أظهرت نافذة المقهى منظرًا حيًا وجميلًا من الثلج الأبيض والسماء الزرقاء وأوراق الخريف القرمزية.

صوت رنين جرس الباب

رنّ جرس الباب، ودخلت ريكو المقهى.

حتى الشهر الماضي، واجهت ريكو صعوبة في تقبل وفاة شقيقتها، لم تستطع النوم، وعانت من عدم استقرار نفسي. مع ذلك، تحسّنت حالتها عندما قطعت وعدًا لشقيقتها أنها ستعيش حياة سعيدة. كانت وجنتاها متوردتين، وهي تسحب حقيبة أصدرت عجلاتها قعقعة.

"أهلًا وسهلًا".

كانت ساتشي هي من رحّبت بها، وكانت تجلس وحدها إلى الطاولة.

نظرت ريكو حولها، وأدارت رأسها محتارة. في العادة يكون المقهى فارغًا بعد الغداء في أيام الأسبوع، ولكن لم تكن العادة أن يكون فارغًا من الطاقم، فحتى كازو، التي يفترض أن تكون خلف المنضدة، لم يكن لها أثر، وهذا ما بدا عليه حال ريغي وناغاري.

"هل أنت وحدك هنا يا ساتشي؟".

سحبت ريكو حقيبتها، وسارت إلى حيث تجلس ساتشي.

أجابت ساتشي: "آه، نعم".

"أين أمك؟". كانت تشير إلى كازو.

"خرجت لتتسوق".

"وأين ناغاري؟".

"العم ناغاري في الطابق الأرضي يتحدث عبر الهاتف". أشارت ساتشي بإصبعها للتأكيد على هذه النقطة.

"حسنًا، وأين ريغي؟".

"في طوكيو".

"طوكيو؟".

"لقد نجح في الاختبار".

سمعت ريكو من شقيقتها المتوفاة أن ريغي كان يطمح لأن يكون ممثلًا كوميديًا. شاهدته مرات عدة بشكل عرضي وهو يطلق النكات،

لكنها لم تضحك على أي منها. عندما ذكرت ذلك ليوكيكا، قالت يوكيكا: "تكمن النكتة في افتقارها إلى الفكاهة" لكن ريكو لم تفهم ذلك. في كل مرة يطلق نكاته، تبتسم له على مضض بتهذيب.

نظرًا لرأيها في نكاته، فإن خبر اجتيازه اختبار أداء في طوكيو جعلها تشعر بمشاعر مختلطة.

"هل فعلها حقًا؟...".

اعتقدت ريكو أن من الحكمة ألا تطرح مزيدًا من الأسئلة عن ريغي بعد أن جلست بجوار ساتشي. لا تعرف بما تُجيب إن سُئلت عن رأيها بنكات ريغي، وهل تعتبرها مضحكة أم لا. لا يفكر الأطفال مرتين قبل أن يطرحوا أسئلة خادعة، ربما لم يكن ريغي موجودًا الآن، لكنه حصل على إجابة ريكو الدقيقة، تخيّلت أنها يمكن أن تعطيه إجابة مختلفة. لذا، كان من الأفضل تجنب هذا السيناريو.

"ما هو رقم السؤال الذي وصلت إليه؟".

"لقد قرأت الأسئلة كلها".

"كلها؟ عظيم".

"نعم".

بسبب الحرمان من النوم الذي عانت منه، فإن ذكريات ريكو عن الأحداث التي سبقت لقاءها بيوكيكا ضبابية وغامضة. مع ذلك، تتذكر أن ساتشي كانت تستمتع بهذا الكتاب مع الدكتورة ساكي وناناكو.

"هل كان ممتعًا؟".

"نعم، إنه ممتع".

"يا ليتني حظيت بفرصة أن تطرحي عليّ أحد الأسئلة". كانت ريكو تعني تمامًا ما قالته. في الفترة الماضية لم يكن لديها وقت ولا طاقة لتشارك في مثل هذا النشاط.

"هل تريدين أن أطرح عليك سؤالًا الآن؟".

ارتفع صوت ساتشي، وبدت الحماسة جلية فيه. لم تعلم أن ريكو عانت قبل فترة من اضطراب القلق العام، وكافحت لتقبل فكرة وفاة شقيقتها. بالنسبة إليها لا تعدو ريكو كونها واحدة من الزبائن.

ردّت ريكو وهي تنظر إلى ساعتها: "ربما سأجيب عن سؤال واحد؟". كان لديها رحلة يجب أن تلحق بها، ولكن هناك وقتًا كافيًا لتكوين ذكرى صغيرة على الأقل.

"أي سؤال ستطرحين؟"

"سأدع الخيار لك".

"حسنًا إذًا".

قلبّت ساتشي الصفحات بسعادة، وتوقفت عند إحداها.

"سأطرح عليك هذا السؤال".

"حسنًا".

"هل أنتِ مستعدة؟".

"نعم، هيّا".

قرأت ساتشي بصوتٍ عالٍ.

"لديك شخص تحبينه كثيرًا.

ماذا ستفعلين إن كان العالم سينتهي غدًا؟"

1. تطلبين يده للزواج.

2. تصرفين النظر لعدم جدوى ذلك".

طرحت ساتشي السؤال نفسه على ناناكو والآخرين، لكن هذه هي المرة الأولى التي تطرحه فيها على ريكو.

"حسنًا، ماذا تختارين؟" نظرت ساتشي إلى ريكو، وبدا الترقب جليًا في عينيها.

لم تخفِ ريكو ترددها. ما لم تزرها يوكيكا من الماضي، كانت ستختار الثاني لكن ريكو أصبحت شخصًا مختلفًا الآن.

قالت: "أعتقد أنني سأختار الأول". وأدركت عندما تحدثت أن لديها سببًا وجيهًا لاختيارها.

"لماذا؟".

تظاهرت ريكو بالتفكير للحظة قبل أن تجيب بسعادة: "ستغضب شقيقتي إذا رفضت يومًا من السعادة".

لا شك في أنها كانت تتخيل يوكيكا، التي تسيطر الآن على تفكير ريكو. تومئ برأسها مؤكدة وشابكة ذراعيها.

أومأت ساتشي برأسها، وبدا أنها راضية: "أوه، فهمت".

سمعا وقع خطوات من الطبقة الأرضية، لقد عاد ناغاري.

"أوه، مرحبًا ريكو".

"أهلًا".

سأل ناغاري وهو يسير خلف ريكو وساتشي، ويتخذ مكانه خلف المنضدة: "كيف الحال؟".

"فكّرت أن آتي وألقي التحية على الدكتورة ساكي".

"دكتورة ساكي؟".

"نعم".

"ألم تلتقي بها منذ قليل؟ لقد كانت هنا منذ لحظات فقط..."

نظر ناغاري إلى الكرسي الذي تجلس عليه ريكو.

"ساتشي؟ أين ذهبت الدكتورة ساكي؟".

أجابت ساتشي: "لا أعلم" مخفية رأسها خلف الكتاب بطريقة غريبة.

"هذا غريب".

كان على المنضدة عصير برتقال لساتشي وفنجان قهوة ما زال فيه بقية. لا شك في أن ساكي كانت هنا في وقت سابق. لا بد من أن ساتشي تخفي شيئًا ما.

"ساتشي...".

علت نبرة صوت ناغاري في محاولة لاستخراج الكلام منها، لكنها اكتفت برفع كتفيها.

"آه، لا تقلق".

"ولكن..".

"لا بأس حقًا". دافعت عن ساتشي بابتسامة.

من المحتمل أن ريكو لاحظت فنجان القهوة أيضًا، حتى وإن كانت ساتشي تعرف شيئًا، فلا داعي للضغط عليها.

ألقت ريكو نظرة على ناغاري الذي تنهد بهدوء، وحرّكت جسدها لتنظر إلى الكرسي الذي جلس عليه الرجل العجوز في ذلك اليوم.

تذكرت ذلك اليوم عندما قابلت يوكيكا مجددًا.

تمتمت كأنها تقول لنفسها: "لا أصدق أنها أتت لمقابلتي...".

صعب عليها تفسير ما تشعر به.

مع أنها عرفت قواعد هذا المقهى، لكنها لم تحلم في أكثر أحلامها وردية أن تأتي شقيقتها لتقابلها فيه.

حتى ناغاري مدير المقهى سيرتعد إذا رأى زوجته المتوفاة أمامه.

قالت وهي تنظر إلى حقيبتها: "ولكن بفضلها، سأغادر هذا المكان". بعد لقائها بيوكيكا، تصالحت ريكو مع مامارو، إذا صح التعبير.

لقد كانت العلاقة منتهية من جهتها فقط، واستعادت مامورو بناءً على نصيحة ساكي.

قال ناغاري وهو يحني رأسه: "تهانينا". لقد علم من ساكي أنهما عقدا قرانهما في دار البلدية.

صوت رنين جرس الباب

عادت كازو من البقالية وهي تحمل كيسين. على حدّ وصف ساتشي، بدت وكأنها عائدة من التسوق.

ركضت نحوها ساتشي: "أهلًا أمي".

قالت كازو وهي تدفع بأحد الكيسين صوب ساتشي: "أهلًا، من فضلك ساعديني يا عزيزتي". أخذت ساتشي الكيس، وأشارت كازو بعينيها أن تنزله إلى الطبقة الأرضية. حيث يضعون البقالة.

قالت ساتشي بحماسة: "حسنًا".

تنهد ناغاري مفكرًا، لقد تملصت من ذلك بمهارة، لاحظت كازو حقيبة ريكو.

أشارت إلى الحقيبة وقالت: "ستغادران اليوم". علمت أن ريكو وماmaru يجدان في زواجهما فرصة لمغادرة هاكوداته.

"نعم".

"إلى أين قررتما الذهاب؟".

"إلى توكوشيما".

مررت كازو الكيس الآخر عبر الطاولة لناغاري.

سأل ناغاري وهو ينضم إلى الحديث: "تشتهر توكوشيما بنودلز أودون، أليس كذلك؟".

"صحيح".

"سمعت أنها مكان ظريف".

"إنها مسقط رأس زوجي".

ضيّق ناغاري عينيه حيث لاحظ أن ريكو لم تتعود بعد على كلمة "زوجي".

هذا رائع حقًا.

بدا التغيير الذي طرأ على ريكو واضحًا في كل كلمة.

تأثر ناغاري بالتحسن الذي طرأ على حالتها، فقبل أن تأتي يوكيكا من الماضي بدت مثل الزومبي.

نظرت كازو إلى الساعة:

"هل أنت ذاهبة إلى المطار الآن؟".

"نعم".

"كم هو محزن أن أراك تغادرين، سأفتقدك".

لم يمضِ على تعارفهما سوى بضعة أشهر، لكن كازو لم تقل ذلك من باب اللياقة فحسب، لقد قالت ما في قلبها بالفعل. يومًا ما، عندما كانت شديدة النفور من المشاركة في حياة الآخرين، ما كانت لتقول هذه الكلمات. على مدى خمسة عشر عامًا، أصبحت كازو أمًا، وتغيّر جوانب كثيرة من شخصيتها.

شعر ناغاري بأن كلمات كازو تعكس هذا التغيير في قلبها. هذا رائع حقًا. أدرك أنه مهما تبدُ الحياة صعبة، يمكن أن تتحول بشكل جذري بناء لفكرة واحدة.

فجأة نهضت ريكو عن كرسيها، وقالت وهي تنحني لها: "شكرًا جزيلًا لكِ على كل شيء".

أجابت كازو بابتسامة: "أوه، لا داعي للشكر". فكازو لا تشعر أنها قدّمت شيئًا على الصعيد الشخصي لريكو.

عرض ناغاري على ريكو: "إذا أردتِ أن تخبري ساكي شيئًا فبإمكاننا أن نخبرها به". شعر ببعض الاستياء من أجلها لأنها لم تقابل صديقتها.

بعد لحظات من التفكير قالت: "حسنًا إذًا... إن لم يكن هناك إزعاج..".

أجاب ناغاري وهو يقف باستعداد دليلًا على تحمله مسؤولية نقل الرسالة إلى ساكي: "طبعًا، لا مشكلة".

لم تنظر إلى ناغاري بل إلى المطبخ خلفه، وقالت بتعبير واضح: "أنا أيضًا سأكون سعيدة" ثم أضافت: "أخبرها بذلك إن سمحت".

"أيضًا؟".

لم يفهم ناغاري للحظة من قصدته ريكو بقولها "أيضًا"، لكن اتضح ذلك من كلماتها اللاحقة.

"لقد اتضح لي أن سعادتي وسعادة يوكيكا واحدة". قصدت ريكو أنها ستكون سعيدة هي وشقيقتها المتوفاة.

قال ناغاري بسعادة مضيقًا عينيه الصغيرتين أساسًا: "هذا معقول".

ابتسمت كازو بهدوء.

"حسنًا، سأنطلق..".

أحنت رأسها لهم مرات عدة، وغادرت المقهى بدا الحزن في عينيها الجميلتين.

صوت جرس الباب

بدا الجرس وكأنه يرن رنينًا وحيدًا لفترة طويلة.

صاح ناغاري من خارج المطبخ بعد مرور الوقت المناسب: "لم ترغبي في الوداع؟".

قالت ساكي وهي تظهر من المطبخ: "لا أحب الوداع..." يبدو أن ناغاري فهم في لحظة ما أن ساكي تختبئ لأنها لا ترغب في رؤية ريكو.

"لكن...".

قالت وهي تتفادى النظر إليه: "إذا أردنا أن نلتقي، فبإمكاننا أن نلتقي في أي وقت، أليس كذلك؟". جلست على كرسيها السابق، أمام فنجان قهوتها التي لم تنهِها.

لم تتجنب ساكي رؤية ريكو لأنها لا تحبها. في الواقع، ربما كانت أكثرهم حزنًا لمغادرة ريكو هاكوداته، لكنه كان قرار ريكو. أرادت ساكي أن تودعها بابتسامة، لكنها شعرت بأنها غير قادرة على ذلك، لذا قررت الاختباء.

قالت وهي ترتشف من فنجان قهوتها الذي أصبح باردًا الآن، وتغير الموضوع عن قصد: "بالمناسبة، كيف كانت ميكي؟".

كانت مستاءة بسبب التوتر المحرج الذي يعقب انفصال شخص ما.

فتح عينيه الصغيرتين على وسعهما وقال: "أوه..".

"هل تحدثت إليها عبر الهاتف؟".

نظرت كازو إلى ناغاري، بعد أن عادت من وضع البقالة في الطبقة الأرضية.

بدأت حبات العرق تتشكل على جبهته: "أوه، أوه.. نعم".

"هل حدث شيء لميكي؟".

ردّ ناغاري على سؤال كازو: "أوه، لا. ليس كذلك...". لكن ردّه بدا مكتوم الصوت.

"ميكي لديها.." تلاشى صوته ولم يفهم أحد نهاية الجملة.

كوّبت ساكي يدها على أذنها وقالت: "ماذا؟ ما كان ذلك؟".

"ميكي لديها حب... حبيب".

"حبيب؟".

"قالت ميكي إنه أصبح لديها حبيب".

عند سماع كلمات ناغاري، الذي كان حاجبه الأيمن يرتعش مثل شخصية مانغا، استدارت كازو باتجاه ساكي.

قهقهت ساكي: "أعتقد أن علينا أن نهنئها على ما أعتقد".

"لا شيء لتهنئتها عليه".

قهقهت ساكي مجددًا على ردّ ناغاري العنيف.

"ذكّرني كم عمرها؟".

"أ... أربعة عشر عامًا".

"حقًا؟ من هو؟ فتى من مدرستها؟".

"لم أسأل".

"أتساءل مَن منهما صرّح بحبه للآخر أولًا؟".

"ليس لديّ أي تفاصيل".

"أتساءل إن كان وسيمًا؟".

"ماذا يعني ذلك؟ هل يصبح الأمر مقبولًا إن كان وسيمًا؟".

"لا شيء يدعو للغضب".

"أنا لست غاضبًا".

"تحية إلى ميكي، لحصولها على حبيب بغياب والدها".

من الواضح أن ساكي تستمتع بإثارة غضب ناغاري.

قال: "أنا...أعتقد أنني قد أذهب وأتصل مرة أخرى" وتوجّه إلى الطبقة الأرضية. خلال المكالمة السابقة ظن أنّ من الأفضل أن يؤدي

دور الأب المستمع وغير المتدخل ولـم يطرح أي أسئلة. الآن، منذ أن قالـت سـاكي: "لحصـولها علـى حبيـب في غيـاب والـدها" شـعر بعـدم الارتياح.

"ها ها ها، يبدو ناغاري حساسًا جدًا".

لـم تكـن سـاكي تسـخر منه علـى الإطـلاق، بـل تشـعر بـالغيرة مـن انكشاف هذه الدراما بين العائلة والأصدقاء المقربين. مع ريكو، كان من الأفضل ألا تقاوم حزن الوداع، وذرف بعض الدموع. لكنهـا تعلـم جيـدًا أنها لا تستطيع فعل ذلـك. كانـت ميزة الإحسـاس التي تشير إليهـا لـدى ناغـاري، مـن الصـفات التـي أرادتهـا لنفسـها. لقـد أدركـت ذلـك وهـي تتحدث وتتنهد: "أنا غيورة قليلًا".

همست كازو: "أعتقد أنني أعرف ما تعنيه".

رنين

رنّ جرس الساعة معلنًا الثانية والنصف.

"هيه، ألن يعود ريغي اليوم؟".

بعد أن عرف ريغي أنه اجتاز الاختبار، غـادر إلـى طوكيـو في اليـوم التالي لتوقيع عقد مع وكالة المواهب، وليجد مكانًا يسكن فيه. لقد غادر مـن دون تـردد، فهـو لـم يعـد يـرى أمامـه سـوى حلمـه الـذي أوشـك أن يتحقق.

"نعم".

"هل يعلم بأمر ناناكو؟ إنها...".

"لا أعتقد أنه يعلم".

بعد مغادرته إلى طوكيو مباشرة، كشفت ناناكو لكازو والآخرين أنها مريضة منذ سنوات بمرض يسمى فقر الدم اللاتنسجي المكتسب، وقد عثرت على متبرع عن طريق الصدفة، وستسافر إلى أمريكا على الفور.

"لا، كيف له أن يعرف؟".

التقطت ساكي كتاب مئة سؤال الذي تركته ساتشي على الطاولة، وفتحته بشكل عشوائي على إحدى الصفحات.

"ماذا ستفعل إن كان العالم سينتهي غدًا؟

السؤال السابع والثمانون.

لديكِ طفل بلغ العاشرة من عمره، ماذا ستفعلين إن كان العالم سينتهي غدًا، ماذا ستختارين؟

1. تلتزمين الصمت لأنه لن يفهم.
2. تقولين له الحقيقة لأنك ستشعرين بالذنب إن أخفيتها.

تذكّرت ساكي هذا السؤال، وفكّرت في المرة الأولى التي طُرح فيها. اختارت ناناكو الخيار الأول لأنها لم ترد أن تزعج طفلها من دون داع. ولكن بعد ذلك سألتها ساكي: حسنًا، ناناكو، إذا كنت في العاشرة من عمرك، هل تريدين أن يتم إخبارك؟ وقد ردت ناناكو بأنها ربما تريد أن تعلم الحقيقة.

بدت إجابتاها متناقضتين بشكل واضح، لكن حتى ساكي كانت راضية عن تفكيرها: لن أمانع أن أحزن، لكنني لا أريد لطفلي أن يحزن.

قالت وهي تحدق إلى تلك الصفحة: يبدو أن ناناكو تهتم بما يشعر به الشخص الآخر. من ناحية أخرى، كان الطبيب النفسي الذي في داخلها يفكر: إنها من الأشخاص الذين يُفكرون كثيرًا في مشاعر الآخرين، ويكبحون مشاعرهم الخاصة.

"إذا نظرتُ إلى الأمر من منظور ناناكو، فهي لا تريد لأي شيء أن يعيق أحلام ريغي، ولكني أتساءل، هل سيرضى ريغي عن ذلك؟". قالت ساكي وهي لا تعتقد أن ريغي سيكون راضيًا بإخفاء الأمر عنه. كان واضحًا لساكي، وربما أيضًا لكازو، أن كلا منهما يحب الآخر، لكن لم يدرك أي منهما أن مشاعرهما متبادلة.

قالت ساكي وهي تغلق الكتاب: "هناك ما نستطيع فعله على الأقل: نشرح له عن مرضها".

أجابت كازو وهي تحدق عبر النافذة: "نعم، والباقي يعود لهما". كانت أوراق الأشجار المتناثرة بفعل الرياح تتراقص ببطء في السماء.

تلك الليلة.

انفجر ريغي بصوت خافت: "هاه؟". لا يزال واقفًا بالقرب من المدخل وهو يحمل في يده كيس الهدايا.

كان ناغاري، وكازو، وساتشي، وساكي ينتظرون عودة ريغي إلى المقهى بعد أن أغلقوه.

ردد ريغي بعد سماع اسم المرض من ساكي: "فقر الدم اللاتنسجي المكتسب؟".

"يبدو أنه وبعد بحث طويل عُثر أخيرًا على متبرع لها".

"متبرع؟".

أثار ذكر مرض لم يسمع به من قبل وبعده كلمة "متبرع" انزعاج ريغي. شعر بارتباك شديد؛ بحث *طويل*؟ منذ متى وهي تعاني من هذا المرض؟ لماذا أخفت أمرًا مهمًا مثل هذا عني؟

في الوقت الذي كان يحاول فيه استيعاب ما قيل له، استمرت ساكي بشرح المرض بأسلوب هادئ.

"فقر الدم اللاتنسجي المكتسب هو مرض يفقد فيه الجسم القدرة على إنتاج الدم من الخلايا الجذعية في نقي العظام، وهذا ما يؤدي إلى انخفاض عام في كل خلايا الدم. بكلمات أخرى، يصبح من المستحيل تكوين دم جديد، وهذا ما يسبب صعوبات في الحياة اليومية. كانت حالة ناناكو بسيطة. لذا، لم تكن الآثار واضحة لنا. في الحالات الأكثر خطورة، يمكن أن ينهار المصابون من فقر الدم، ويعانون من التعب والوهن، وإذا تركت دون علاج، فقد تؤدي المضاعفات إلى الموت".

"هل يمكن علاج هذا المرض؟".

"لست خبيرة في هذا المجال، لذا لا يمكنني أن أؤكد لك، لنقل إن هناك فرصة خمسين في المئة للشفاء بعد عملية زرع ناجحة".

ادعت ساكي أنها ليست خبيرة، لكن بدا جليًا أنها قرأت عن المرض.

"خمسون في المئة، حسنًا، وحتى إن نجحت عملية الزرع، يجب على جسم المريض قبول أنسجة المتبرع، لذلك قد تحدث مضاعفات، وقد يرفض الجسم عملية الزرع. هناك عدد قليل من الحالات في اليابان، أعتقد أن هناك فرصة أفضل لنجاح عملية الزرع في الخارج".

"هل ذهبت إلى أمريكا؟".

"صحيح".

لقد رافقها والداها إلى أمريكا. لم تعرف ساكي ولا كازو أي أخبار منذ مغادرتهم، ربما لم يكن هناك أي وقت لذلك، لذا يكتنف الغموض وضعها الحالي.

تنهد ريغي: "يا ليتها أخبرتني".

"ربما لم ترد أن تقلقك".

"لكن بالرغم من ذلك...".

"كما أنها لم ترغب في أن تعترض طريقك، نجحت في الاختبار ومستقبلك يبدو مشرقًا...".

عندما قالت ساكي ذلك، فكر ريغي، لا بد من أنني أحلم. عندما فكّر مرة أخرى، لم يستطع تذكر ما تحدث عنه مع ناناكو منذ أن علم أنه تجاوز الاختبار. لقد أرسل لها رسالة نصية بأنه ذاهب إلى طوكيو للعثور على سكن، ولكن حتى ذلك كان مجرد تواصل من طرف واحد. كان منهمكًا في التفكير بما يحدث معه، لم يتوقف لتخيّل ما كانت تُفكّر فيه عندما كتبت ردّها: "حظًا سعيدًا".

بالنظر إلى شخصية ناناكو، لا شك أنها ستضع اهتماماتها الخاصة في المرتبة الثانية. عض ريغي شفته السفلى عاجزًا عن الكلام. ظل عقله يسترجع ذلك اليوم عندما استخدمت ناناكو أحمر شفاه جديدًا. يومها تحدت الطقس السيئ لتوصل له المظلة. يتذكر أنهما مشيا معًا في طريق العودة إلى المقهى. بالتفكير في الأمر، كانت المرة الأولى التي يدرك فيها أنهما بمفردهما معًا. لقد تذكّر بوضوح كيف بدا أحمر شفاهها الجديد لامعًا مقارنة بأضواء المدينة وأوراق الأشجار القرمزية. كما تذكّر كيف خفق قلبه في ذلك الوقت.

من دون أي تفكير، أخرج هاتفه ونظر إلى الشاشة. لا توجد رسائل جديدة من ناناكو. شعر بالغضب لأن هاتفه ظل صامتًا، وعندما ركّز حوله، رأى كازو تقف إلى جانبه.

قدّمت له رسالة من صفحة واحدة وقالت: "هذه من ناناكو".

وضع ريغي الكيس على أقرب طاولة، وأخذ الرسالة. على ورق ياباني موشى عالي الجودة مع بتلات أزهار الكرز الحقيقية، تم ترتيب الكتابة اليدوية الناعمة لناناكو التي يمكن التعرف إليها على الفور تمامًا، على شكل قصيدة.

عزيزي ريغي،

أهنئك على اجتياز الاختبار.

لم أخبرك بهذا من قبل.

لا شك أن ما ستسمعه سيشكّل لك صدمة.

شُخصت منذ ثلاثة أعوام بفقر الدم اللاتنسجي المكتسب.

الفكرة أنه لا يمكن لجسدي إنتاج الدم بشكل كافٍ، ويبدو أن ذلك يؤثر على الحياة بأشكال متعددة.

هذا إن لم أتلقَ العلاج.

وقد يسبب أيضًا أمراضًا أخرى.

وعندها سيسبب متاعب كثيرة.

لكنني وجدت متبرعًا في أمريكا،

لقد سافرت إلى هناك لأجري عملية بسيطة.

إننا صديقان منذ مدة طويلة، وأعلم أنه كان عليّ أن أُخبرك.

عندما اجتزت اختبارك لم أرغب في أن أكون عقبة في طريقك.

لن أكون أبدًا شخصًا مثل سيتسوكو، آسفة...

مع أنني لم أرتكب خطأ يستدعي مني الأسف، هاها..

أنا خائفة قليلًا بشأن الجراحة، لكنني سأبذل ما في وسعي.

من فضلك لا تقلق عليّ.

لقد اجتزت الاختبار ببعض المواد الرديئة جدًا.

لابد أنه كان نزوة غريبة للآلهة.

اذهب واغتنم هذه الفرصة.

سأشجعك دائمًا.

ناناكو.

كانت الرسالة ترتجف بهدوء بيد ريغي.

تمتم بصوت خافت بذلك السطر بعد أن انتهى من القراءة: "لن أكون شخصًا مثل سيتسوكو".

حسنًا، بالطبع لا...

عض ريغي شفته وهو يفكر في سبب كتابة ناناكو لهذا السطر.

فكّر في سيتسوكو يوشيوكا، صديقة الطفولة وزوجة تودوروكي، أحد عضوي الثنائي الكوميدي بورون دورون، الذي فاز بجائزة الكوميدي الكبرى.

كانت ناناكو حاضرة عندما وصف شريك تودوروكي الكوميدي، هاياشيدا، نوع المرأة التي كانت سيتسوكو وكيف دعمت تودوروكي.

في الواقع، يتشارك ريغي قواسم كثيرة مع تودوروكي.

أصله من هاكوداته، وكان على وشك الانتقال إلى طوكيو ليصبح كوميديًا. كان له صلة بهذا المقهى وصاحبة المقهى يوكاري توكيتا، وكما كان تودوروكي صديق الطفولة لسيتسوكو، فريغي صديق الطفولة لناناكو.

لماذا قالت ناناكو إنها لا يمكن أن تكون سيتسوكو؟ لقد أحبت سيتسوكو تودوروكي، وآمنت بموهبته وأدائه، ودعمته بإخلاص. أظهر سفرها معه إلى طوكيو كم كانت امرأة ذات إرادة، وتعرف أين تريد أن تكون في الحياة، بالإضافة إلى ذلك أنها كانت مفعمة بالثقة. بصفتها امرأة مثلها، رأت ناناكو طريقة سيتسوكو في الحياة رائعة وجذابة.

في المقابل، لم تبالِ ناناكو بموهبة ريغي، فقد راقبته وهو يسعى لتحقيق النجاح ودعمته، لكنها دعمته كما يدعم أي صديقٍ صديقَ طفولته، لم تعرف ما يفترض بها القيام به من أجل ريغي، ولم تفكر في الذهاب معه إلى طوكيو.

مع ذلك، كان الاختلاف بين شخصية ناناكو وسيتسوكو جوهريًا، ولا يمكن مقارنتهما. فعلى عكس تودوروكي وسيتسوكو، اللذين أحب كل منهما الآخر، فكّر كل من ريغي وناناكو في الآخر كصديق طفولة لا أكثر.

لهذا السبب لم تكن العبارة التي كتبتها ناناكو *لن أكون شخصًا مثل سيتسوكو أبدًا* مناسبة. أرادت ناناكو أن تكون سيتسوكو. وهي كانت ستخبر ريغي عن مرضها، وأنها مضطرة للسفر إلى أمريكا.

لم تسمع ناناكو قصة سيتسوكو، لكنها تعرف القصة، وهي تتوق لأن تكون مثلها. قارنت حياتها بحياة سيتسوكو التي اختارت أن تقضي حياتها مع الرجل الذي تحبه. وبمجرد أن أجرت هذه المقارنة، أدركت مشاعرها تجاه ريغي. هذا هو السبب في أنها غيّرت أحمر شفاهها في ذلك اليوم. لقد قررت أن تخطو خطوة إلى الأمام في علاقتهما.

لكن للأسف... في بعض الأحيان يؤدي التوقيت السيئ إلى حرف الأمور باتجاه مختلف، وهذا ما حصل بالضبط في اللحظة التي استجمعت فيها شجاعتها، وأوشكت فيها التعبير عن مشاعرها. لقد رنّ هاتف ريغي.

كانت رسالة اجتياز ريغي للاختبار. إن تأخرت ساعة أو حتى بضع دقائق، ربما كانت علاقتهما لتسلك اتجاها مختلفًا، فبمجرد أن قرأ الرسالة، انصب اهتمامه عليها، وما عاد يُفكر في شيء آخر.

لا يمكن لوم أحد سوى التوقيت السيئ، فمن دون تعبيرهما عن مشاعرهما، توجّه أحدهما إلى طوكيو والآخر إلى أمريكا، والآن أصبحت المسافة التي تفصل بينهما شاسعة.

أخفض يده التي يمسك بها الرسالة بإحكام، وتمايل في طريقه إلى أقرب طاولة وجلس. لو أنني استطعت التواصل معها...أرغب فقط في سماع صوتها الآن، إن كنت أستطيع السفر إليها سأسافر، ولكن...

لم يعرف بالضبط طبيعة هذا الدافع الذي يعتمل داخله، شعر بالإحباط من مشاعر الوحدة والاضطراب.

حتى إن ذهبت فماذا سأفعل؟ الآن من بين كل الأوقات ليس وقتًا مناسبًا للوقوف مكتوف الأيدي، لقد فشلتُ في عدد لا يحصى من الاختبارات، وشعرتُ بإحباط شديد، ولكنني لم أستسلم، وها هي أخيرًا فرصتي.

حتى وهو يصغي إلى صوت عقله الذي يطلب منه أن يعطي الأولوية لحلمه، ارتعش قلبه وهو يرفع الرسالة وينظر إليها.

لكن ماذا سيحصل إذا لم أرها مجددًا؟

في بعض الأحيان عليك أن تقدم تضحيات لتحقيق أحلامك، أليس كذلك؟

هل سأندم إذا ماتت ناناكو؟

لكنني وقّعت العقد، واخترت المكان الذي سأسكن فيه، لا يفترض بي التراجع الآن.

حسنًا، لماذا أنا في غاية القلق؟

أريد أن أرى ناناكو.

ما الذي يزعجني؟

أيهما أهم ناناكو أم حلمي؟

لا أعلم.

ماذا أفعل؟

بدت له أفكاره وكأنها تدور في حلقة مفرغة. دفن وجهه بين يديه، وتنفس بعمق، ثم في تلك اللحظة...

"ريغي".

إنه صوت ساتشي التي تقف أمامه مباشرة. تساءل كم من الوقت مضى عليها وهي تقف هناك، تنظر إلى وجهه بعينيها الواسعتين المستديرتين. لا بد أن ساتشي لاحظت الحالة التي كان فيها، ونادت اسمه بدافع القلق وليس لأي سبب آخر. لكنه شعر وكأنها تسأل: إذا كان العالم سينتهي غدًا، ماذا ستفعل؟ لم تقل ساتشي شيئًا، لكنها قرأت تلك العبارات من الكتاب مرات عدة خلال الأشهر القليلة الماضية. نهض الرجل العجوز الذي يرتدي البذلة السوداء عن كرسيه في الوقت الذي تمتم فيه ريغي متحدثًا إلى نفسه.

"آه.."

لقد سبق له أن رأى هذا المشهد مرات عديدة. وقف الرجل العجوز، سحب ذقنه إلى الخلف قليلًا، حمل الكتاب الذي كان يقرؤه بالقرب من صدره، وتوجه إلى المرحاض من دون أن يصدر عنه صوت.

تسارعت خفقات قلب ريغي، وتذكّر حدوث ذلك في أحد الأيام بعد فترة قصيرة من بدء عمله في المقهى.

كان الفصل ربيعًا، وكانت أشجار الكرز في أوج إزهارها، وهو لا يزال في عامه الثالث من المدرسة الثانوية، لم يكن يعمل في المقهى سوى في الأوقات الأكثر ازدحامًا من أيام السبت والأحد والعطل الرسمية. حضر رجل إلى المقهى، وأعلن عن رغبته في السفر إلى الماضي حتى يتمكن من إعادة موعده الأول، الذي لم يسر جيدًا. بعد أن شرحت له يوكاري قواعد المقهى، غادر على الفور خائب الأمل.

بعد أن غادر الزبون، طرح ريغي سؤالًا على يوكاري: "أمم، هل صحيح أنه ليس بإمكاني تغيير الحاضر وأنا في الماضي مهما أحاول؟".

كان يراقبها وهي تشرح القواعد.

حتى ذلك اليوم، لم يسمع أي إجابة تقنعه.

"نعم، صحيح".

قال بصراحة: "ما الفائدة من هذا الكرسي ما لم يتمكن الشخص من تغيير الحاضر؟ لا أفهم الجدوى من ذلك؟". لأنه ظن أن الزبون الذي امتنع للتو عن فكرة السفر إلى الماضي وغادر، فعل ذلك حين عرف هذه القاعدة.

لم تجادله يوكاري: "هممم، قد لا يكون هناك جدوى من ذلك، بحسب ما أعتقد.. لكن بعض الأشياء يمكن أن تتغير، حتى وإن لم يتغير الحاضر".

سأل ريغي في المقابل: "ما الذي يمكن أن يتغير إن كان الحاضر ثابتًا؟". مجرد قوله تلك الكلمات بوضوح بدا وكأنه اعتراض بمعنى: "ماذا تقصدين؟".

"حسنًا، لنفترض أنك وجدت فتاة تحبها..".

"نعم".

"لنفترض أن الفتاة جميلة وذكية ويعتقد الجميع أنها أجمل فتاة في المدرسة".

"حسنًا".

"لكنك لم تتحدث إليها... فهل تريد أن تدعوها للخروج معك؟".

"ماذا؟".

"هل تريد أن تدعوها؟".

فاجأه السؤال لدرجة أنه لم يفهمه. لكن ريغي في الواقع أحب هذا النوع من الأسئلة، لقد تصور السيناريو الذي تشرحه يوكاري وأجاب عليه.

"لا أريد".

"لماذا؟".

"حسنًا، لأنه لم يسبق لي أن تحدثت إليها، أضيفي إلى ذلك أن فتاة بمثل هذه المواصفات لن تهتم بي أساسًا".

"صحيح".

"ماذا؟".

لا يزال عاجزًا عن معرفة ما ترمي إليه يوكاري. يعلم أن السيناريو الافتراضي قد يكون مفيدًا، لكنه شعر بالغرابة في التعامل مع مثل هذا السيناريو. تجاهلت يوكاري ارتباكه وتابعت:

"افترض الآن أنك سمعت ذات يوم شائعة تفيد أنها قد تكون معجبة بك".

"ماذا؟".

"ماذا ستفعل؟".

كان ذلك كافيًا لجعل خفقات قلبه تتسارع، لكنه لن يغير أي شيء.

"همم، لا شيء إنها مجرد شائعة أليس كذلك؟".

"ولكن ألن يتغير شعورك؟".

"يتغير شعوري؟!".

"من المؤكد أن شيئًا سيختلف، أليس كذلك؟".

بدت وكأنها تُلمّح إلى أن ذلك قد يتسبب بتسارع خفقات قلبه.

بدا التردد في الطريقة التي قال فيها ريغي: "نعم، ربما قليلًا..".

"هل أنت مهتم؟". ابتسمت يوكاري، وبدت أنها تعرف ما الذي يشعر به.

"نعم، ربما".

"هل بدأت تعتقد أن بإمكانك الخروج معها؟".

"مستحيل".

أومأت يوكاري راضية عن إجابته: "فهمت".

"ماذا لو سمعتها تخبر شخصًا تعرفه بأنها معجبة بك؟".

"ماذا؟".

"ماذا ستفعل الآن؟ هل ستبقى على موقفك؟".

تسارعت خفقات قلبه أكثر عندما تخيّل الأمر. بدا أن المحادثة تنحو وفق الوجهة التي تريدها يوكاري.

بصراحة، لم يكن ريغي متحمسًا إلى هذا الحدّ.

"حسنًا، افترض أنك لن تدعوها. مع ذلك، من الواضح أن شيئًا ما قد تغير، أليس كذلك؟".

"نعم، حسنًا، ربما.."

"حقيقة أنك لن تخرج معها لم تتغير، أليس كذلك؟".

فكّر ريغي في الأمر بشكل منطقي. لقد تغير شيء ما، ولكن إذا كانت الحقيقة التي تتحدث عنها يوكاري تشير إلى العلاقة بينهما، كما قالت، فهي فعلًا لم تتغير.

"صحيح، الواقع لم يتغير".

"حسنًا، ما الذي تغير؟".

"هل تتحدثين عن المشاعر؟".

إثارة القلب حقيقة.

"نعم".

"لست متأكدًا".

فهم ريغي أن العلاقة بينهما لم تتغير ولكن المشاعر تغيرت. لكن هناك مشكلة. حتى عندما عرف ذلك، هل هناك فائدة من العودة إلى الماضي؟ لم يعتقد ذلك، زم شفتيه، وتنهد محتجًا.

قالت يوكاري: "أفهم ما تقوله، ولا أعتقد أن أحدًا يعود إلى الماضي وهو يُفكر بهذه الطريقة". قصدت أن أحدًا لن يعود إلى الماضي لتغيير مشاعره فقط. "الجزء المهم هو ما سأوشك على قوله". تابعت: "حتى إن اكتشفت أنها معجبة بك، لن يتغير الواقع، أليس كذلك؟".

"لا أعتقد".

"ماذا لو كانت تُفكّر مثلك؟ وافترضنا أنها لم يسبق لها أن تحدثت إليك، وتعتقد أنها غير موجودة بالنسبة إليك؟ هل هناك فرصة أن ترتبطا؟".

"لا أظن ذلك". بدا ريغي واضحًا تمامًا بكلامه.

"سيكون ذلك مؤسفًا جدًا إن كان كل منكما معجب بالآخر، لذا ما الذي يجب أن يحدث حتى ترتبطا؟".

"أظن أنه يفترض بأحدنا أن يعترف للآخر".

"صحيح، وماذا يتطلب ذلك؟".

"...تصرّفًا؟"

"تمامًا".

شدّ ريغي قبضته احتفالًا بالإجابة الصحيحة، وبدت يوكاري راضية.

"لن يتمكن أحد من أن يصبح فنان مانغا لمجرد أنه يرغب في ذلك".

كان ذلك منطقيًا.

"إن كان الأمر مقتصرًا على السفر إلى الماضي، فيمكن لأي شخص فعل ذلك. لكن هذا المقهى يختار الناس... بقواعده... وعندها يستسلم بعضهم عند سماعها. لكن أولئك الذين يقررون العودة إلى الماضي بعد تعرفهم إلى القواعد، يكون لديهم سبب وجيه لذلك، لا يهم ما هو هذا السبب، سواء كان هناك شخص يريد رؤيتهم، أو شخص يجب أن يروه... حتى وإن لم يتغير الواقع الحالي... حسنًا، هذا كل ما يهم".

"شخص يجب أن يروه حتى وإن لم يتغير الواقع الحالي؟". حاول ريغي تخيّل شخص يريد أن يراه بشدة حتى وإن لم يتغير الواقع، ولكنه لا يزال في المدرسة الثانوية، لم يستطع ريغي التفكير في أحد.

"ليس بإمكانك تخيّل ذلك الشخص أليس كذلك؟".

"صحيح، ليس بإمكاني".

"حسنًا، أعتقد أن عليك الانتظار إلى حين تكون بحاجة شديدة للعودة إلى الماضي وأنت تعرف بالقواعد، أليس هذا صحيحًا؟".

"لا أستطيع تخيّل حدوث ذلك مطلقًا".

"إن كنتُ مكانك، لا يسعني أن أكون واثقة مثلك".

لا شيء يأتي من تلقاء نفسه.

فُتح باب المرحاض من تلقاء نفسه من دون صوت، واختفى الرجل العجوز الذي يرتدي البذلة السوداء كما لو تم امتصاصه.

"متى.."

نظر ريغي إلى الكرسي الشاغر الذي تركه الرجل.

"متى جاءت إلى المقهى آخر مرة؟".

ماذا يمكن أن أقول لها؟

بدا التردد والحيرة على ريغي. ولكن في تحدٍ لمشاعره المشوشة، توجه إلى الكرسي.

قال ناغاري وهو ينظر إلى كازو: "أعتقد...".

"... كـان ذلـك قبـل أسـبوع، في السـادس مـن تشـرين الثـاني، عنـد الساعة الحادية عشرة وست دقائق مساءً".

ذكر كازو للوقت بمثل هذه الدقة، أوحى أنها تعرف برغبة ريغي في العودة إلى الماضي. "أتذكر أنها كانت مع ساتشي".

"حسنًا، حسنًا، شكرًا لك".

جلس ريغي ببطء على الكرسي.

ماذا عساي أن أقول لها؟

لكنه كان يتصرف بدافع من المشاعر المضطربة التي تعتمل في قلبه منذ قراءة رسالة ناناكو.

أريد أن أعرف على وجه اليقين.

أغمض عينيه، وتنفس بعمق.

نادى ريغي على ساتشي، التي كانت تقف بجانب كازو: "ساتشي، هل بإمكانك أن تسكبي لي فنجانًا من القهوة؟".

نظرت ساتشي إلى كازو وهي تنتظر توجيهاتها، وربما لأن ريغي هو من طلب ذلك، بدت عيناها كأنهما تقولان: اسمحوا لي أن أفعل ذلك رجاءً!

أجابت كازو: "اذهبي واستعدي". على الفور، أومأت ساتشي برأسها، وهرولت إلى المطبخ، وتبعها ناغاري.

سيساعد في التحضير كالمعتاد.

لم يتخيل ريغي أن يومًا كهذا سيأتي. عندما عادت المرأة إلى الماضي لكي تلوم والديها المتوفيين، وعندما عاد تودوروكي عضو

بورون دورون، كان ريغي في الخلف، يراقب الأشياء تتكشف بهدوء. لقد شعر وكأنه متفرج على ما يقوم به شخص آخر، تقريبًا مثل مشاهدة تلفاز نيوسون.

لكن الوضع الآن يبدو مختلفًا، فهو الشخص الذي يظهر على شاشة التلفاز، هو الذي يجلس على الكرسي، سيكون هو الشخص الذي يتبخر إلى العدم، وشعر أن قلبه سينفجر في أي لحظة. عندما جلس على الكرسي، وفكّر في ما شعر به تودوروكي وهو يستعد للذهاب ورؤية زوجته المتوفاة، أشعره بالضيق في صدره.

بالرغم من كل محاولاته، لم يستطع تودوروكي تغيير حقيقة أن زوجته توفيت. لقد فقد الشخص الوحيد الذي دعمه كثيرًا. كم كان صعبًا أن يكافح ليحصل على الجائزة الكبرى للممثل الكوميدي بعد ما مُني به من خسارة.

تشوش تفكير ريغي مجددًا.

ماذا سأفعل عندما نلتقي؟

شعر بانقباض في قلبه، عض شفته السفلى وأحنى رأسه. بعد الانتهاء من التحضير، عادت ساتشي من المطبخ حاملة الفنجان والركوة على صينية. لم يحرك ريغي ساكنًا حتى أصبحت ساتشي إلى جانبه.

ماذا سأفعل عندما نلتقي؟ إذا كنت سأغير رأيي، فعليّ أن أغيّر الآن. تدور ذات الشكوك ذهابًا وإيابًا. ومهما يفعل، فلن يغير الواقع الحالي...

في هذه المرحلة، طافت المشاعر السلبية حوله، وبدت أنها تضغط عليه بثقلها.

في أي نقطة...

صاحت ساتشي فجأة: "أوه، لقد نسيت!" ومررت الصينية إلى كازو، ونزلت إلى الطبقة الأرضية.

"ساتشي؟".

بينما انتظر الجميع صامتين ومذهولين، عادت ساتشي على الفور وهي تحمل كتاب مئة سؤال في يدها.

رفعت الكتاب إلى ريغي: "هذا.. طلبت مني ناناكو أن أُعيده إليك".

"...آه".

تذكر ريغي وهو يأخذ الكتاب. في الواقع، هو صاحب الكتاب في الأصل، وقد أعاره لناناكو، ومنذ ذلك الحين كانت ساتشي تستخدمه. لقد نسي ريغي هذه التفاصيل، لكن ناناكو أكدت على ضرورة إعادة ما استعارته. لم يكن الأمر غريبًا على الإطلاق بالنسبة إلى شخص لبق مثلها، ولكن ريغي اعتقد أن هناك سببًا آخر. قرأ في هذا الإجراء البسيط المتمثل في إرجاع غرض مستعار رسالة: قد لا أراك مجددًا. لم يستطع إلا أن يفكر أن هذا ما قصدته ناناكو.

سأل ريغي ساتشي وهو يحدق إليها: "هل انتهيت من الكتاب؟".

"نعم، قالت ناناكو إنها قد لا تراني لفترة من الوقت، لقد أنهيناه معًا".

كما اعتقدت تمامًا.

"في اليوم الذي جاءت فيه إلى هنا؟".

كان يشير إلى اليوم الذي يريد العودة إليه.

"نعم".

"أوه".

قلب ريغي صفحات الكتاب حتى توقفت يده على السؤال الأخير.

"ساتشي".

"ماذا؟".

"هل تذكرين بماذا أجابت ناناكو على السؤال الأخير؟".

"السؤال الأخير؟"

"نعم، السؤال الأخير".

أريد أن أتأكد من مشاعر ناناكو.

"نعم أتذكر".

"ماذا كانت إجابتها؟".

"أعتقد أنها اختارت رقم اثنين".

"رقم اثنين؟".

"نعم".

"أوه".

تمامًا كما توقعت.

"عندما سألتها لماذا؟ قالت لأن الموت مخيف".

تغيرت ملامح ريغي عند سماع تفسير ناناكو.

قالت ناناكو إنها لن تكون شخصًا مثل سيتسوكو، ربما تكون مُحقة، لكنها ليست بحاجة إلى أن تكون كذلك. الشخص الذي أريد

لقاءه ليس سيتسوكو، على أي حال؛ إنه ناناكو. إلى جانب ذلك، ماتت سيتسوكو، ولكن ناناكو لا تزال على قيد الحياة.

رفع ريغي رأسه.

لا نعرف ما يخبئ لنا المستقبل. أريد أن أرى وجه ناناكو الآن، ما الضير في ذلك؟ إذا كانت تشعر بالقلق، ما الخطأ في قول شيء لها؟ أريد أن أخبرها أنها ستكون على ما يرام، أريد إخبارها أنه لا يفترض بها أن تكون شخصًا مثل سيتسوكو، لا أعرف الغاية من قول ذلك، لكن بما أن ناناكو ذاهبة إلى أمريكا مهما يكن الأمر، إذًا ما الضير من إخبارها بذلك قبل ذهابها؟ هل سيسبب هذا معاناة لأحد؟ لا، لن يؤذي أحدًا.

هذا التفكير أشعر ريغي بالإيجابية. فجأة صفع بقوة وجهه مرتين.

"؟؟"

جحظت عينا ساتشي. لقد أثار تصرف ريغي المفاجئ الدهشة.

"ساتشي، شكرًا لإخباري بذلك. لقد منحني الشجاعة". عاد ريغي إلى طبيعته.

مع أنه فاجأها، شعرت ساتشي أن مزاج ريغي قد تلاشى بشكل جذري مقارنة بالتعبير القاتم الذي كان عليه في وقت سابق.

أجابت مبتهجة بفائدة ما قامت به: "هذا جيد".

"حسنًا، أنا جاهز لاحتساء قهوتي الآن".

"بالتأكيد".

رفعت ساتشي الركوة وهمست:

"قبل أن تبرد القهوة..."

ارتفع البخار من القهوة التي تُسكب في الفنجان. في الوقت نفسه، أصبح جسد ريغي يتموج كبخار أبيض يتصاعد ويختفي وكأنه يمتص إلى السقف.

حدث كل ذلك بسرعة.

تحدثت ساكي، التي كانت تشاهد بصمت.

سألت كازو: "هل تعتقدين أنه سيعترف لها بما يكن لها من مشاعر؟".

صاح ناغاري غير مصدق: "هاه؟ يعترف؟ ما الذي يحملك على قول هذا؟".

"أوه حقًا، ناغاري، ألم تلحظ؟".

"ألحظ ماذا؟ ما الذين تتحدثين عنه؟".

"ما الغريب في الأمر؟" كل منهما يكنّ المشاعر للآخر.

"ماذا؟! حقًا؟".

"بالله عليك، برأيك ما الذي يحمل ريغي للعودة إلى الماضي سوى ذلك؟".

"لم أفكّر في الأمر".

بدت ساكي مستخفة وهي تقول: "ناغاري، كيف يمكن أن تكون أعمى إلى هذا الحدّ؟".

"آه.. آسف". بدا الخجل والأسف على ملامح وجه ناغاري مع أنه لم يرتكب أي خطأ.

بالتأكيد، بدت ناناكو قلقة قبل مغادرتها لإجراء الجراحة، ولن يكون غريبًا إن بدأ ريغي يُفكر في احتمالات "ماذا لو...؟". وفي كلتا

الحالتين، يمكن تضخيم هذه المشاعر أكثر إذا كان الموضوع مرتبطًا بالحب.

قال ناغاري حانيًا رأسه: "لم أفكر حقًا في أسباب ذهابه ونحن نرسله إلى الماضي".

"لاحظنا ذلك جميعنا".

"حقًا؟".

تساءلت ساكي: "أليس كذلك؟".

تدخلت ساتشي بحماسة: "نعم" وكشفت كازو عن ابتسامة.

ضيّق ناغاري عينيه الصغيرتين أساسًا: "حسنًا فهمت الآن. هكذا إذًا" ونظر إلى الكرسي الفارغ الذي غادره ريغي للتو.

قالت ساكي وهي تغير الموضوع: "بالمناسبة.. ما كان السؤال الأخير؟ والذي تغيرت تعابير ريغي بعد أن سمع جواب ناناكو عليه".

أجابت كازو ردًا على سؤال ساكي: "إذا كان العالم سينتهي غدًا، وأمك في المخاض لتلدك، فماذا ستفعلين إن كان لديك خيار؟".

أضافت ساتشي، وهي تنظر إلى ساكي: "دكتورة ساكي، أنتِ لم تجيبي عن السؤال مطلقًا، أليس كذلك؟".

أجابت ساكي: "لا، لم أجب، أتخيل أنه سؤال صعب آخر. ما هو الخيار الأول؟".

أجابت ساتشي: "تتابعين الولادة".

"والخيار الذي اختارته ناناكو؟".

"تعتبرين كل هذا لا طائل منه، وتتخلين عن الولادة".

"حسنًا، أتفهم ذلك".

يبدو أن ناناكو خائفة من الموت.

همست ساكي وهي تنظر إلى الكرسي الفارغ: "أتساءل ما الذي كان ريغي يُفكر فيه".

أمضى ريغي رحلة السفر إلى الماضي بأكملها وهو يُفكّر في مئة سؤال. فكّر في أسئلة كثيرة طرحت:

هل ستعيد شيئًا استعرته؟

هل ستصرف شيك جائزة اليانصيب التي فزت بها والذي تبلغ قيمته عشرة ملايين؟

هل ستمضي قدمًا وتعقد قرانك؟

كلما فكر في الأسئلة، وجدها سيناريوهات واقعية يمكن أن تحدث لأي أحد في الحياة.

ما تسبب في شعور بالإلحاح حول الأسئلة هو الافتراض غير الواقعي المتمثل في "إن كان العالم سينتهي غدا" على كل سؤال.

أخذ ريغي يفكر.

لا يعرف الناس متى سيموتون. في الواقع، مات والدا يايوي سيتو في حادث سيارة. وتوفيت سيتسوكو بسبب المرض. حتى يوكيكا، التي عمل معها، تركت هذا العالم بعد شهر واحد فقط من وجودها في المستشفى.

لا أحد يستطيع أن يكون متأكدًا من أنه سيشهد الغد.

أدرك ريغي الآن مدى أهمية الحياة العادية التي نعتبرها من المسلمات ومقدار السعادة في وجود شخص تهتم لأمره بجانبك.

في بعض الأحيان، ما تؤجل قوله إلى الغد قد لا تقوله مطلقًا.

بعد عودته من طوكيو، أدرك ريغي مدى أهمية وجود ناناكو في حياته، لقد ظن وجودها أمرًا مفروغًا منه.

بالنسبة إلى ريغي لم يفت الغد بعد.

لأن ناناكو لا تزال على قيد الحياة.

سيفوته الغد، عندما ينتهي العالم.

لكن في هذا العالم الذي لن ينتهي، ربما كل ما عليه فعله الآن هو أن يكون صادقًا بشأن مشاعره، عليه أن ينسى أي شخص آخر، ويقول للشخص المهم بالنسبة إليه ما يجب أن يقال.

ربما المقصود من هذا الكتاب أن يذكرنا بتلك الأشياء التي يجب أن تكون واضحة؟

من حسن حظه، أن ناناكو لا تزال على قيد الحياة، وأن هذا المقهى موجود. صحيح أن الواقع لا يمكن تغييره، لكن لا يزال هناك شيء يمكن القيام به.

هناك مشاعر يجب التعبير عنها بغض النظر عن المستقبل. لهذا السبب اعتقد ريغي أنه سيعود لرؤية ناناكو حتى وإن كان العالم سينتهي غدًا.

عاد الإحساس بذراعيه وساقيه الذي كان يتلاشى من حوله، وتباطأ تدريجيًا حتى توقف. لمس ريغي جسده ليتأكد من أنه موجود بالفعل. لم يغب الإحساس بالانتفاخ تمامًا. لذا، أراد التأكد فقط. نظر حوله، ورأى كازو خلف المنضدة وساتشي قبالتها تقرأ كتابًا. ربما كان ناغاري في المطبخ. وفقًا لساعة الحائط، لقد تجاوزت السادسة بقليل.

في بداية شهر تشرين الثاني، يحل الظلام مبكرًا. إذا لم يكن هناك زبائن، يُغلق المقهى مبكرًا. الزبائن الوحيدون، وربما آخرهم في هذا اليوم، كانا زوجين مسنين يجلسان بجانب النافذة. جال بعينيه في الأرجاء، لكنه لم يرَ أثرًا لناناكو. وقت قليل يفصله عن الساعة السادسة وإحدى عشرة دقيقة، وهو الوقت الذي حددته كازو، ستكون ناناكو بالتأكيد هناك، كما قالت كازو.

مع أن كازو لاحظت ظهور ريغي، إلا أنها اكتفت بالابتسام له بودّ ولم تظهر ميلًا لبدء محادثة. عرف ريغي أن هذه طريقتها في إظهار الاهتمام بالشخص الذي يظهر على الكرسي. اشتبه أيضًا في أنها ستدرك الشخص الذي جاء لمقابلته منذ لحظة ظهوره.

بعد أن تبادلا النظرات، أومأ ريغي بأدب، وانتظر وصول ناناكو. تشير الساعة إلى السادسة وثماني دقائق، لا يزال عليه الانتظار قليلًا. لمس الفنجان ليتأكد. كان حارًا، وإن لم يكن حارًا جدًا، لكنه شعر أن لديه متسعًا من الوقت حتى تبرد القهوة.

كانت كازو تتحدث إلى الزوجين المسنين بجوار النافذة. بدا كلاهما في السبعين من عمره. بدت أنها دردشة بسيطة، لكن لم يسبق

لريغي أن رأى كازو تتحدث بسعادة إلى الزبائن. عندما أصغى، سمع كازو تخاطبهما بالسيد والسيدة فوساغي. كانت السيدة فوساغي تخبر كازو أنها رافقت زوجها العزيز للسفر إلى هاكوداته لتستمتع معه. يبدو أنهما كانا زبونين في مقهى طوكيو حيث كانت تعمل كازو. بخلاف السيدة فوساغي الودودة، كان زوجها صامتًا من البداية إلى النهاية. لم يستطع ريغي رؤية تعبيره لأنه كان ينظر إليه من الخلف، لكنه بدا مرتبكًا.

مع ذلك، أذهل ريغي كيف بدت السيدة فوساغي سعيدة وهي تنظر إلى زوجها بلطف.

يبدو أن ساتشي تقرأ كتابًا صعبًا.

كانت ساتشي تجلس إلى المنضدة بلا حراك تمامًا، يعلم ريغي جيدًا أن هذا هو حالها عندما تقرأ كتابًا، لذا من المحتمل أنها لم تلحظ ظهوره.

إنها السادسة وعشر دقائق وثلاثون ثانية.

نظر ريغي إلى المدخل، ستصل ناناكو قريبًا، تخيّل وجهها عندما تراه جالسًا هنا.

هل ستصرخ متفاجئة؟ تنظر إليّ في صمت مذهول، أم.. أوه، لن تبكي، أليس كذلك؟

سيكون ذلك محرجًا. الآن بعد أن فكّر في الأمر، ربما تشعر بالقلق، وهذه هي الزيارة الأخيرة لها إلى المقهى قبل المغادرة إلى أمريكا وكل ما تلى ذلك. ربما كان يرضي نفسه، لكن ما دام الأمر وصل بها إلى كتابة تلك الرسالة، فلم يستطع استبعاد قلقها. حاول أن يتذكر

آخر مرة بكت فيها ناناكو، ولكن لم يجد أي ذكرى لذلك منذ كانا في الروضة. كل ما يتذكره هو تلك الأوقات عندما كانت تضحك عليه أو تنظر إليه مذعورة. لقد تذكر أنها كانت تسخر من مادته الكوميدية، وقد فضّل ذلك كثيرًا على بعض الثناء العجيب غير الصادقين. لذا، سيكون البكاء محرجًا له، فهو لن يعرف كيف يتفاعل مع ذلك.

صوت رنين جرس الباب

قاطع جرس الباب أفكاره. إنها السادسة وإحدى عشرة دقيقة تمامًا.

إنها هنا.

عندما دخلت ناناكو المقهى، استقبلتها كازو بـ "مرحبًا"، ثم نظرت إلى ريغي الجالس على الكرسي. ظن أنه أتى ليرى ناناكو. من الواضح أنها فعلت ذلك لتلفت انتباه ناناكو لوجوده. تبعت ناناكو نظرة كازو.

"هاه؟".

لقد لاحظته.

قلبي ينبض.

"آه، مرحبًا يا هذا".

بدا ريغي محرجًا وهو يُحييها.

"ريغي، اعتقدت أنك في طوكيو؟ هل عدت باكرًا؟".

مهلًا، ماذا؟!

شعر ريغي أنه استبعد من السيناريو بسبب تصرفها المبالغ في العفوية.

"لا، في الواقع لا أزال في طوكيو".

وبسبب ذلك، بدا سخيفًا.

"هاه، ما الذي تبحث عنه؟". قطبت ناناكو حاجبيها بشكل مريب.

"هناك شيء أريد أن أقوله".

"لمن؟".

"لك بالطبع".

"أنا؟".

"نعم أنتِ".

"لماذا؟".

أنت بطيئة الاستيعاب إلى حدّ مذهل.

"إذا كان عليك أن تسأل، فأنا لا أعرف..".

هنا كنت قلقًا من أنها قد تبكي. هذا محرج. وضع ريغي رأسه بين يديه وتنهد بعمق. في أي وقت آخر، مثل هذه المحادثة ستكون عادية، هذا إذا لم يذهب إلى طوكيو، ولم تذهب ناناكو إلى أمريكا لإجراء الجراحة.

"ما قصتِك؟".

"هاه؟"

"هل ترين الأمر طبيعيًا أن تغادري إلى أمريكا خلال وجودي في طوكيو؟".

أخيرًا، أدركت ناناكو ما الأمر. وبدا ذهنها مضطربًا.

"يا إلهي. هذا الكرسي! لماذا؟ لا تخبرني أنك قادم من المستقبل؟".

لقد كان رد فعل نموذجيًا لناناكو وبدا مخيبًا قليلًا. لكن ريغي وجد ذلك مريحًا.

أفضل بكثير من النظر إلى وجه قلق أو باكٍ.

"أوه، أنت جئت من المستقبل، فهذا يعني أنك قرأت رسالتي؟".

شيئًا فشيئًا، استوعبت ناناكو ما يحدث، وصفقت يديها أمام عينيها عند كل جديد.

نقطة التفاهم.

"لماذا ذهبتِ من دون أن تخبريني؟" لم يأتِ ليوبخها، لكن موقف ناناكو العفوي جعله ينتقدها.

قالت ناناكو بفظاظة: "حسنًا فهمت... أنا آسفة".

"لا، انظري، كل شيء على ما يرام" شعر ريغي بالسوء لأنها أبدت أسفها.

وقف الزوجان المسنان اللذان كانت كازو تتحدث إليهما، وقد يفترض أحدهم أنهما لم يلحظا حساسية الوضع بين ريغي وناناكو. تقدمت كازو إلى ماكينة المحاسبة، وكانت ساتشي خلفها، وبينما كانا يدفعان، خرج ناغاري من المطبخ لتوديعهما. وفي غضون ذلك أطلق "أوه" ناعمة عندما لاحظ ريغي جالسًا على الكرسي. هذا هو أقصى ردّ فعل له. من الواضح أنه لاحظ ما يجري بين ناناكو وريغي.

بعد مغادرة الزوجين المسنين، لوّحت ساتشي لريغي وخيّم الصمت على كل المقهى. كانت ناناكو واقفة وبدت قلقة بعض الشيء حتى جاءت كازو حاملة صودا الآيس كريم، وأشارت إليها كي تجلس.

خاطبته قائلة: "من الواضح أنه ليس هناك متسع من الوقت، ولكن استفد من هذه اللحظة إلى أقصى حدّ". وهذا ما اعتبره ريغي رسالة موجهة إليه: إذا كان لديك ما تقوله لها، فمن الأفضل أن تقوله بسرعة.

بدا متأسفًا، جلست ناناكو قبالته. شعرت بالذنب لمغادرتها، أو بدقة أكثر، لأنها كانت على وشك المغادرة إلى أمريكا من دون أن تخبره.

"يا ليتكِ أخبرتِني". أراد أن يبدو أكثر لطفًا، لكن بسبب إحراجه، بدا وكأنه يشكو.

"أنا آسفة".

"كما قلت... لم آتِ إلى هنا لألومك".

"أعرف أنه مجرد عذر، لكنني لم ألحظ أي أعراض".

واصلت ناناكو النظر إلى الأسفل وهي تجد شيئًا من الصعوبة في التحدث.

"ظننت بطريقة ما أنني سأتعافى، وكنت أتمنى أن أتعافى. وفجأة، وصلت رسالة من يوكاري تقول إنها وجدت لي متبرعًا".

"ماذا؟ اعتقدت أن يوكاري تبحث عن والد ذلك الصبي؟".

"حسنًا، هذا ما تقوم به، بالإضافة إلى ذلك، كانت أيضًا تبحث لي عن متبرع".

"فهمت..".

بكلمات أخرى، كانت يوكاري تعرف بشأن مرض ناناكو. وجد ريغي نفسه منزعجًا لأنه كان الشخص الوحيد الذي لا يعرف. لاحظت ناناكو ما كان يُفكّر فيه، فأضافت بسرعة: "كنت سأخبرك في ذلك اليوم، لكن..."

عرف ريغي على الفور أنها كانت تشير إلى اليوم الذي بدّلت فيه أحمر شفاهها.

"لكنك اكتشفت أنك نجحت في الاختبار، ولم تكن اللحظة مناسبة...".

"لا أظن ذلك". ليس من السهل سماع ذلك. "لقد تصرفت بشكل سيئ، آسف".

"لا، لا، لا بأس. لقد اكتشفتَ للتو أنك حققت حلمك الأكبر، كانت معرفتك بمرضي ستشكل لك عائقًا، لم أرغب أن أكون عقبة في طريقك".

كانت تقول بالضبط ما كتبته في رسالتها.

إذا تركتها عند هذا الحدّ، فما هو الهدف من مجيئي؟

مدّ ريغي يده وتلمّس الفنجان محبطًا لعدم قدرته على أن يكون صادقًا مع نفسه. شعر أن الفنجان أقل سخونة من قبل.

"كيف حال طوكيو؟".

"هاه؟".

"ستكون المرة الأولى التي تعيش فيها بمفردك".

"أوه، نعم".

"آسفة لأنني لا أستطيع المساعدة، لكنني سأسعد دائمًا من أجلك".

هذه هي نفسها، ناناكو المعتادة.

قالت وهي تمد يدها إلى صودا الآيس كريم: "ابقَ هناك".

"نعم".

بدا رد ريغي محبطًا بعض الشيء.

ربما شغلت نفسي كثيرًا وبالغت في التفكير في الأمر.

لا يزال هناك بعض الوقت قبل أن تبرد القهوة تمامًا، ولكن عندما نظر ريغي إلى ناناكو، لم يعد سبب سفره إلى الماضي واضحًا.

إن بدت ناناكو قلقة، كان سيقول بعض الكلمات اللطيفة. لكنها طلبت منه للتو "البقاء هنا". في أي وقت آخر، كان بإمكانه الرد بسهولة بالقول، "نعم، أنت أيضًا". لكنه لم يستطع.

أليس جيدًا أنها تتصرف بهذا الشكل؟

لم يكن شيئًا سيئًا أن ناناكو كانت مختلفة عما كان يتخيله... أنها كانت تتصرف كالمعتاد.

مع ذلك، هناك جزء منه لا يمكن أن يكون سعيدًا بصدق بهذا الأمر.

عاد إلى الماضي ليراها، شعر أنه غبي، لكنه كره نفسه لأنه فكّر بهذه الطريقة.

أعتقد أنني قد أعود قبل أن تلحظ ناناكو هذا الشعور الغريب.

بدأ ريغي يقول عندما وصلت يده إلى الفنجان: "حسنًا، أنا...".

فقط في تلك اللحظة...

"هذا هو السؤال الأخير".

كان صوت ساتشي. لكنها لم تكن تتحدث إليهما. بدأت بقراءة سؤال لكازو، التي تقف خلف المنضدة، ولناغاري، الذي كان مشغولًا بإنهاء الأعمال في المطبخ.

غادر الزوجان المسنان، لذلك وصل صوت ساتشي بسهولة إلى ناناكو وريغي من دون أن يحاولا استراق السمع. تابعت ساتشي.

"أمك في المخاض لتلدك".

"نعم".

كان الرد من كازو.

"إذا كان العالم سينتهي غدًا، فماذا ستفعلين إن كان الخيار بيدك؟"

1. تتابعين الولادة.

2. تعتبرين أن كل هذا لا طائل منه، وتتخلين عن الولادة".

سألت ساتشي بكل براءة طفولتها وهي تنظر إلى وجه كازو خلف ماكينة المحاسبة: "أيهما ستختارين يا أمي؟".

"حسنًا، دعيني أفكر".

أمالت كازو رأسها وكأنها تستغرق في التفكير بينما كانت تشرع في تنظيف المنضدة. لفتت المحادثة انتباه ريغي. قالت ناناكو، التي تراقب الحديث أيضًا: "مرحبًا".

لا يزال صوتها مميزًا. ولكن على عكس الحال حتى الآن، فقد أصبح أرق وأضعف وكأنه سيتلاشى.

نظر ريغي إليها، لكنها ظلت تنظر بعيدًا.

سألت: "هل حدث لي شيء؟".

لم يفهم ريغي على الفور ما تعنيه ناناكو. كان يحدق بغرابة إلى وجهها المنكمش. للحظة كان التوتر لا يطاق، ثم ادعت: "آه" بابتسامة كبيرة بدت متصنعة.

"أمزح فقط! انس ما قلته، حسنًا؟" تململت ونهضت عن الكرسي ووقفت على بعد مسافة منه.

"ألن تبرد القهوة؟ من الأفضل لك أن تشربها قريبًا"..

"ناناكو..".

في تلك اللحظة، فهم ريغي كل شيء.

ناناكو قلقة بشأن نتيجة الجراحة.

شتم نفسه لأنه سطحي.

ليست ناناكو هي غير المبالية بل هو.

لا شك في أن ناناكو كانت قلقة بشأن الجراحة طوال الوقت منذ ظهوره. لا بد من أنها قارنت مجيئه بيايوي التي أتت لتلوم والديها المتوفيين أو تودوروكي الذي عاد لرؤية زوجته. وقد افترضت أسوأ سيناريو منذ أن رأت ريغي.

في حالتها، هذا يعني فشل الجراحة... أنها ستموت. لا بد من أنها تفكر في أن ريغي جاء لرؤيتها لأنها ماتت. لقد كانت مبتهجة بشكل متعمد وخالية من الهموم إلى درجة أزعجت ريغي. لم ترد أن تعرف عن المستقبل، لذا حاولت ألا تكتشف شيئًا، بدت وكأنها تريد الاحتفاظ بمشاعرها الحقيقية تجاه ريغي حتى يشرب القهوة ويعود إلى المستقبل.

لكنها عبّرت عن مشاعرها، ولم تستطع إخفاءها.

لم ينتبه ريغي إلى الهدف من تظاهر ناناكو.

"... آسف".

كان ريغي يعتذر عن قراءة مشاعر ناناكو بشكل خاطئ. لكن ناناكو فهمت اعتذار ريغي بشكل آخر.

"يا إلهي، لا أريد أن أعرف!".

"أنت...".

لقد كنا معًا طوال حياتنا.

ذهبنا إلى الحضانة نفسها، وروضة الأطفال، والمدرسة الابتدائية، والمدرسة الإعدادية، والمدرسة الثانوية، والآن الجامعة.

كان وجودنا معًا أمرًا طبيعيًا، لقد اعتبرته أمرًا مفروغًا منه.

لم أتساءل عن سبب وجودنا معًا.

متى شعرت بهذه المشاعر تجاهها؟

متى شعرت بمثل هذه المشاعر تجاهي؟

لدى التفكير في الأمر، لم أسمع عن وجود صديق لها.

على الرغم من أن بعض أصدقائي الذكور يعتبرون ناناكو جذابة، إلا أنني فكرت بها دائمًا بشكل مختلف.

لقد حلمت لفترة طويلة في أن أصبح ممثلًا كوميديًا.

قررت بالفعل الذهاب إلى طوكيو في المدرسة الإعدادية عندما فكرت للمرة الأولى في أن أصبح ممثلًا كوميديًا.

لكن انتظر لحظة؟

هل كنت أخطط للذهاب إلى طوكيو بمفردي؟

هل كنت سأعيش بعيدًا عن ناناكو؟

لقد كنا معًا منذ الأزل..

ذهبنا إلى الحضانة نفسها...

روضة الأطفال نفسها...

المدرسة الابتدائية...

المدرسة المتوسطة...

المدرسة الثانوية...

الجامعة...

ثم طوكيو...

لطالما اعتبرت وجودنا معًا أمرًا مسلمًا به، ولم أستغرب أننا دائمًا معًا.

ربما أحببتُ ناناكو دائمًا. لقد اعتبرت ذلك دائمًا أمرًا مفروغًا منه، ولم أشكك فيه مطلقًا. ربما كان حلمي وحلم ناناكو لا ينفصلان.

لم أفكّر في أي شيء من ذلك... لم أشك في الأمر...

حسنًا، سأصلح ذلك...

"أنت.."

"لا أريد أن أسمع".

"ستصبحين زوجتي".

"اسكت!"

صرخت وأغلقت أذنيها بيديها، وتقلصت عيناها إلى نقطتين.

"... هاه؟"

"أنت، ستصبحين، زوجتي".

كرر ريغي كلامه، مشددًا على كل كلمة على حدة.

"هذه كذبة، أليس كذلك؟".

"لماذا أكذب؟".

ولكن أنا..."ماذا عن مرضي؟".

"أي مرض؟".

"لقد وجدت متبرعًا".

"اذهبي إلى أمريكا".

لا أحد يعرف المستقبل.

"أذهب، و؟"

"ستذهبين، وستعودين، وستصبحين زوجتي".

بعد كل ذلك...

"هاه؟"

"تهانينا".

أنا حر في قول أي شيء. لأنه مستقبلي، أو مستقبلنا معًا.

"لماذا؟".

"لماذا؟ أنا أيضًا أريد أن أطرح هذا السؤال".

ولأن...

"ماذا تريد أن تسأل؟".

"حسنًا، أنت من أصر على أن نتزوج، كما ترين؟".

كل ما أقوله لن يغير الواقع في الوقت الحاضر.

"لم أقل شيئًا من هذا القبيل!".

"لكنك ستفعلين! في المستقبل!"

"أوه، من المستحيل أن أقول ذلك!"

"لكنكِ فعلتِ!"

"أنت تكذب!"

"هل سيقول أي شخص شيئًا محرجًا جدًا في كذبة!"

هل يمكن لأي شخص أن يقول أي شيء محرج للغاية إلا إذا كان يكذب!

"أنا لا أمزح".

"أنا تعودت على ذلك!"

"ماذا؟".

"لكن على الرغم من ذلك، لن أتجاهل حلمي، ولن أتخلى عنه. لذا، سأذهب إلى طوكيو. قد تستمر الحياة من دون طعام كافٍ. لكن لسوء الحظ، ستصبحين زوجتي. أقول إن ذلك يحدث، لذا سوف يحدث"

توقف ريغي عن الحديث بعد أن قال كل ذلك دفعة واحدة، تابع: "لهذا السبب...".

"فقط، توقف!"

أريد أن أبذل قصارى جهدي وأن أكون معك دائمًا، هذا ما قاله. تردد صدى اقتراح ريغي في أرجاء المقهى، وفي وقت ما، كانت ساتشي وكازو تراقبان، كذلك كان ناغاري يراقب من المطبخ.

ضحكت ناناكو بشكل مفاجئ.

"هاه؟".

على ماذا تضحك؟

"مزحة ظريفة".

"إنها ليست تمثيلية كوميدية!"

"أوه، هذا جيد".

"ماذا؟".

تنهمر الدموع على وجه ناناكو وهي تضحك. تتدفق في قطرات كبيرة، بدا ريغي محتارًا.

"هيه، مهلًا!". نظرت ناناكو إليه بشكل مباشر.

قالت: "شكرًا لك". ومدّت ذراعيها بثقل. واصلت بصوت عالٍ بما يكفي لتفاجئ حتى ريغي: "يا إلهي! أنا زوجة ريغي!". كان صوتها واضحًا وكأنه غُسل من الارتباك والقلق.

نظرت ناناكو إليه بصمت.

"لذلك، أعتقد أن لا شيء أستطيع القيام به لتغيير المستقبل".

"نعم، هذه هي القاعدة، للأسف".

"حسنًا فهمت، يا إلهي!".

"نعم".

"حسنًا، لا يوجد تغيير على ما أعتقد".

ابتسمت ناناكو ابتسامة عريضة.

أجابت كازو ردًا على سؤال ساتشي: "اختار الرقم واحد". فاجأ التوقيت غير المتوقع لردها ساتشي، التي كانت تراقب الحوار بين ريغي وناناكو.

كانت تلك طريقتها في قول: سينتهي الوقت قريبًا.

يجب على ريغي، القادم من المستقبل، أن يشرب القهوة قبل أن تبرد.

"صحيح".

تعرف ناناكو هذه القاعدة جيدًا.

"هيّا، اشرب".

أشارت إلى القهوة على عجل. كان ريغي جاهزًا، وقد انتهى من إبلاغها بمشاعره ولم يبقَ ما يفكر فيه.

"نعم، حسنًا، إلى اللقاء".

مع ذلك، تناول القهوة دفعة واحدة. شعر بالدوار.

"أوه، مهلًا، ما هي إجابتك على هذا؟".

"هاه؟".

أخذت ناناكو الكتاب من ساتشي وعرضته على ريغي: "ما إجابتك عن السؤال الأخير، ريغي؟".

تذكر ريغي. السؤال الذي اختارت ناناكو الإجابة عليه برقم اثنين لأن "الموت مخيف". رد ريغي بينما كان وعيه يتلاشى:

"أختار الرقم واحد، سأمضي قدمًا وأولد".

"رقم واحد؟ لماذا؟".

"سأكون سعيدًا بأن أولد، وإن ولدت ليوم واحد فقط، في حال كنت أملك يومًا واحدًا".

لفّ البخار جسد ريغي.

"إذا ولدت، فمن يدري ماذا سيكون المستقبل؟ لا أحد يعرف حقًا. ربما لن ينتهي العالم. لهذا السبب اخترت الرقم واحد".

قالت ناناكو: "أوه، حسنًا، أنا كذلك".

في اللحظة التي صرخت فيها ناناكو بذلك، ارتفع البخار الذي يلف جسد ريغي ليكشف عن الرجل العجوز الذي يرتدي البذلة السوداء تحته.

ولم يتضح ما إذا كانت كلمات ناناكو الأخيرة قد وصلت إلى ريغي أم لا.

لفترة من الوقت، كانت ناناكو تنظر ببساطة إلى السقف الذي اختفى فيه بخار ريغي.

سألت ساتشي بفضول: "هل ستتزوجين ريغي؟".

ابتسمت ناناكو.

رفعت كتفيها قائلة: "حسنًا، يبدو أنني في نهاية المطاف سأطلب منه أن يتزوجني...".

بعد أيام عدة، وصلت بطاقة بريدية من ناناكو إلى ريغي، كانت صورة التقطت بعد الجراحة في ما يبدو أنه غرفة مستشفى. يبدو أن ابتسامتها تقول: أنا بخير! ظهرت يوكاري توكيتا إلى جانبها في الصورة تبتسم مثلها. قالت ساكي، وهي تنظر إلى البطاقة البريدية بعد أن مررها ريغي لها: "لا يبدو أن يوكاري ستعود قريبًا".

بدت وكأنها تشكك في صحة قصة يوكاري وبحثها عن والد الصبي.

تنهد ناغاري وبدا شبه مستسلم وهو يقول: "نعم، أوافقك الرأي".

لكن الحق يقال، بدأ ناغاري يحب هاكوداته، وبدأ يعتقد أنه لن يكون

أمرًا سيئًا إذا غابت يوكاري لبعض الوقت. ردّ ريغي عندما أعادت ساكي البطاقة البريدية إليه: "لكن عليك أن تعجبي بيوكاري، إنها شخصية رائعة حقًا، ألا تعتقدين ذلك؟".

سيغادر ريغي اليوم إلى طوكيو. قبل المغادرة، ذهب إلى المقهى ليقول وداعًا ويظهر لهم البطاقة البريدية ليوكاري وناناكو.

"كانت في تلك الصورة قبل عشرين عامًا، وقد ساعدت تلك المرأة التي كانت على وشك إلقاء نفسها ودفعتها إلى المستقبل. وكانت صديقة تودوروكي وهاياشيدا من بورون دورون. وتركت ملاحظة لناغاري بخصوص عودة يوكيكا من الماضي. وها هي الآن أيضًا، أليس كذلك؟".

كانت يوكاري هناك في الصورة مع ناناكو.

"لا يسعني إلا أن أفكر في أن الأمور ربما كانت ستتحول بشكل مختلف عن حادثة تودوروكي إن لم ترسل يوكاري بطاقات بريدية لتهنئة الاثنين بفوزهما بجائزة الكوميدي الكبرى".

بدا أن ريغي يشير إلى أن تصرفات يوكاري أشبه بنوع من التدخل السامي.

قال ناغاري مدافعًا: "ولكن مع ذلك، أعتقد أنها جميعًا مجرد مصادفات".

"لست متأكدًا. هناك هذا أيضًا..". طرح ريغي كتاب مئة سؤال وكان على وشك أن يقول شيئًا عندما سمع وقع خطوات تصعد من الطبقة الأرضية.

كانت ساتشي. تتنفس بصعوبة، حملت كتابًا لريغي.

"أريد أن أعطيك هذا".

"لي؟".

"نعم".

كانت رواية بعنوان *العشاق*.

سأل ناغاري: "هيه، أليس هذا هو كتابك المفضل؟ هل تريدين حقًا التخلي عنه؟".

"نعم".

اختارت ساتشي كتابها المفضل ليكون هدية الوداع لريغي.

"هل أنت متأكدة؟".

أجابت ساتشي بابتسامة: "نعم".

تصفح ريغي صفحات عدة من الكتاب. لا بد أنها اعتنت به جيدًا كونه كتابها المفضل. لكن مع ذلك، كانت الصفحات متسخة قليلًا حول الحواف لأنها قرأته مرارًا وتكرارًا، من الواضح أنه كتاب تحبه وتعتز به.

قالت كازو: "هذا الكتاب هو سبب حبك للكتب، أليس كذلك يا ساتشي؟".

أجابت ساتشي بفرح: "نعم".

قال ريغي وهو ينظر إليها مباشرة: "لكن هذا الكتاب ثمين جدًا بالنسبة إليكِ..."

نظرت ساتشي إليه مباشرة.

"حسنًا، قرأت أنه عندما تقدم هدية لشخص يسعى لتحقيق أحلامه، فعليك أن تقدم له أكثر شيء عزيز لديك. في بعض الأيام، لن يتمكن هذا

الشخص الذي يطارد أحلامه من العثور على القوة للاستمرار، وسيشعر بالمرارة والألم، وسيتعين عليه أن يوازن أحلامه مع الواقع لاتخاذ القرار. عندما يحدث ذلك، فإن الشخص الموهوب كثيرًا سيكون قادرًا على الكفاح قليلًا. يبدو أن الهدية ستساعدك على الشعور بأنك لست بمفردك. لذا، سأقدم لك هذا الكتاب لأني أريدك أن تحقق حلمك".

"ساتشي، هذا لطف منك".

أضافت: "إن لم تكافح بقوة، فإن حياة ناناكو ستضطرب أيضًا".

هذا ما جعل الجميع يضحكون.

وبهذا، غادر ريغي إلى طوكيو.

بعد أشهر عدة، وصلت أخبار وفاة ناناكو إلى ناغاري، الذي عاد إلى طوكيو. كان يومًا ربيعيًا تطايرت فيه بتلات أزهار الكرز في مهب الريح، كندف الثلج المتطايرة.

بعد الجراحة، بدا أن ناناكو تتعافى بشكل جيد. ومع ذلك، كان رفض جسدها نخاع المتبرع فجأة أحد مخاطر الزرع، خضعت لعملية جراحية أخرى، لكنها أصبحت تذوي يومًا بعد يوم، بسبب الآثار الجانبية التي لا يتحملها معظم الناس مثل الحمى والإقياء وما إلى ذلك. حتى والداها تساءلا عن مصدر قوتها، لكن يبدو أنها استمدت قوتها مما قاله ريغي في ذلك اليوم: "ستصبحين زوجتي".

بعد سنوات عدة، في محاولته الخامسة، فاز ريغي بجائزة الكوميدي الكبرى. وها هو يقف عند قبر ناناكو، ممسكًا بيده الرواية التي أهدته إياها ساتشي ونسخة جديدة من كتاب مئة سؤال. دُفنت ناناكو في مكان مرتفع أعلى تل هاكوداته، بالقرب من قبور الأجانب، في مكان مطل على الخليج.

قبل مغادرته، ترك ريغي نسخة من كتاب "مئة سؤال" الذي دوّنت على صفحته الأخيرة عبارة ختامية لا بد من أنه قرأها مرات لا تحصى، حتى كادت الأحرف أن تتلاشى تمامًا.

في تلك الصفحة الأخيرة، أُدخل شيء ما.

خاتم زواج.

العبارة التي كتبت على الصفحة الأخيرة من كتاب "إن كان العالم سينتهي غدًا؟ مئة سؤال" والتي قرأها ريغي حتى أصبحت قديمة وممزقة، كانت على النحو التالي:

هناك شيء أؤمن به بشدة: يجب أن لا يسبب موت أحدهم التعاسة.

وهذا يعزى لسبب بسيط: إذا اعتبرنا أن كل موت هو سبب للتعاسة، فهذا يعني أن الناس يولدون ليصبحوا تعساء، ولكن العكس هو الصحيح، الناس يولدون ليصبحوا سعداء.

يوكاري توكيتا.